Rendez-vous au printemps

Aux Éditions J'ai lu

SECRETS ET MYSTÈRES

1 – Cette étrange intruse
N° 11752
2 – L'amour décodé
N° 12187
3 – Adorable chipie
N° 12348

Diaboliquement vôtre
N° 12878

LES CÉLIBATAIRES DE BOW STREET

1 – Les mariés du secret
N° 13028
2 – Les meilleurs ennemis
N° 13155
3 – Princesse sans couronne
N° 13281

Kate
BATEMAN

RIVALITÉS – 1

Rendez-vous au printemps

Traduit de l'anglais (États-Unis)
par Agnès Girard

J'AI LU

POUR elle

Titre original
A RECKLESS MATCH

Éditeur original
St. Martin's Paperbacks,
an imprint of St. Martin's Publishing Group, New York

Quelle fatigue de toujours rivaliser,
mais quelle émulation aussi.
C'est encore notre jeu préféré.

Art GARFUNKEL
(à propos de Paul Simon)

La légende

Tout commença avec un cochon.

Selon les Montgomery, le cochon avait été volé. Selon les Davies, il s'était perdu.

Que la bête ait été subtilisée ou qu'elle se soit simplement aventurée de l'autre côté d'une frontière très disputée entre les domaines de ces deux familles, le point de vue dépendait avant tout du camp dans lequel vous vous trouviez.

Les Montgomery exigèrent sa restitution. Les Davies l'avaient déjà mangé. En représailles, les Montgomery volèrent un autre cochon. À partir de là, ce fut l'escalade.

On raconta qu'il ne s'agissait pas d'un cochon, mais d'une femme, et qu'elle s'était enfuie de son plein gré avec son amant défendu. Quoi qu'il en soit, des siècles d'animosité s'ensuivirent.

À peine quinze kilomètres séparaient l'énorme château gallois des Davies du tout aussi spectaculaire manoir anglais des Montgomery, mais les grasses prairies et les vertes vallées qui s'étendaient entre les deux domaines devinrent la frontière la plus disputée de Grande-Bretagne, peut-être même d'Europe.

Une rivière de belle largeur faisait office de frontière naturelle. Le pont qui l'enjambait étant trop étroit pour permettre le passage d'un autre véhicule qu'une charrette attelée d'un seul cheval, toute attaque d'envergure, d'un côté ou de l'autre, était impossible. En revanche, les incursions individuelles étaient légion. En témoignaient de nombreux cas d'assassinats, de troubles de l'ordre, etc.

Régulièrement, il était suggéré aux deux familles qu'elles bâtissent un mur, comme celui qu'avait érigé l'empereur romain Hadrien entre l'Écosse et l'Angleterre, mais les deux camps y étaient fermement opposés. Un mur, cela aurait gâché leur plaisir.

Pour finir, le roi Henri VII, fatigué de ces affrontements sanglants entre deux des plus puissantes maisons de son royaume, et inspiré par ce que l'on racontait d'autres familles en guerre – les Médicis et les Borgia en Italie –, opta pour une solution merveilleusement machiavélique : un décret royal unissant les deux maisons, et la peine de mort en cas d'infraction audit décret.

De part et d'autre de la rivière fut délimitée une large bande de terrain appartenant de plein droit aux deux familles. Chaque année, le jour de l'équinoxe de printemps, un représentant de chaque famille devait se présenter sur le pont et serrer la main de son homologue en signe de bonne volonté. En cas de non-respect de la règle, la propriété du domaine de la famille défaillante reviendrait à l'autre famille.

Pour les deux camps, la mort n'était rien à côté de la honte qu'il y aurait eue à perdre ainsi son domaine, et personne ne manqua jamais une rencontre, même si la poignée de main s'accompagna souvent de menaces plus ou moins clairement énoncées promettant les pires violences.

Toute guerre ouverte étant ainsi activement découragée, les deux familles trouvèrent d'autres manières, parfois très imaginatives, de s'affronter, puisque défier l'autre camp était, il fallait bien le reconnaître, leur occupation favorite. En cas de conflit dans le royaume, si les Montgomery soutenaient une faction en particulier, les Davies, cela ne faisait pas un pli, soutenaient la faction opposée. Ainsi, l'animosité entre les deux familles survécut à des siècles de troubles et de luttes – catholiques contre protestants, Tudors contre Stuarts, parlementaires contre royalistes. Ils devinrent experts en retournements de veste politiques, en sourires méprisants lorsqu'ils se croisaient dans les soirées mondaines, et se plumèrent joyeusement aux cartes et aux dés.

À la fin du XVIIe siècle, les deux camps s'estimaient plutôt civilisés. Ils échangeaient désormais des piques dans de somptueuses salles de bal, se volaient femmes et maîtresses et, à l'occasion et en toute discrétion, s'affrontaient en duel.

Les Montgomery allaient à Oxford, les Davies à Cambridge. Et si les deux familles envoyèrent leurs fils se battre contre Napoléon, les Montgomery choisirent la cavalerie, tandis que les Davies optèrent pour l'infanterie et la marine.

Tout cela sans jamais rater le premier jour du printemps…

1

21 mars 1815, équinoxe de printemps

— Je ne vois personne.

Madeline Montgomery plissa les yeux en direction du chemin désert et sentit une lueur d'espoir s'allumer en elle – chose rare depuis quelque temps. Elle sortit sa montre en argent. Il ne restait plus que six minutes avant midi, on était le premier jour du printemps, et personne n'arrivait en face. Pas un seul imbécile de Davies en vue.

— Galahad, murmura-t-elle, incrédule. Tu te rends compte ? Il n'y a personne !

Son vieux hongre gris remua les oreilles, complètement indifférent à la signification historique de ce moment. Maddie s'assit sur le parapet. Cela faisait des mois qu'elle ne s'était pas sentie aussi optimiste, depuis que son père lui avait révélé leur « situation financière pour le moins précaire ».

— C'est un miracle !

Galahad s'intéressait surtout aux pissenlits qui poussaient à ses pieds. Maddie renversa la tête, fit glisser son chapeau en arrière et offrit son visage au soleil. Elle aurait plus de taches de rousseur, et alors ? L'expérience lui avait montré combien la vie était fragile : un jour où le ciel était aussi bleu qu'aujourd'hui, elle avait été foudroyée en plein champ et avait survécu. Un accident pour le moins étrange – les médecins avaient parlé d'une chance sur un million. Et voilà qu'un événement encore plus improbable était sur le point de se produire. Cinq cents ans d'histoire allaient être balayés, comme ça. La fière et célèbre maison des Montgomery – et, par voie de conséquence, Maddie elle-même – était sur le point d'être tirée d'affaire !

Grâce à un rendez-vous manqué.

L'émotion l'étreignit. Sir Owain Davies, le vieux comte de Powys, n'aurait jamais cédé ses terres à son père. Se défier l'un l'autre avait été leur principale source de distraction au cours de ces cinquante dernières années.

Mais sir Owain s'était éteint l'été précédent, et Gryffud, le nouveau comte, son fils aîné et héritier, n'avait pas reparu au domaine familial depuis qu'il était rentré des guerres napoléoniennes, six mois plus tôt. Il s'était installé à Londres où, d'après les gazettes à scandale, il était très occupé à mettre le cœur de ces dames en émoi et à jouir de tous les plaisirs qu'offrait la métropole.

Maddie n'avait pas vraiment suivi ses faits et gestes, bien sûr. Gryff Llewellyn Davies était son ennemi juré, et ce depuis l'enfance.

Son rire moqueur résonna dans sa mémoire, et elle s'éventa de la main, puis défit le nœud de son chapeau et le retira, avant d'enlever également ses gants. Sa chevelure, qui avait toujours été trop lourde pour les épingles qu'on y plantait, céda à la gravité et lui recouvrit les épaules à la manière d'un torrent impétueux.

Les allusions peu subtiles aux exploits de Gryff, qu'elle avait suivis dans les journaux, avaient provoqué une sensation désagréable, une sorte de pincement dans sa poitrine, mais cela n'avait rien à voir avec de l'envie, et encore moins avec de la jalousie, ni avec quoi que ce soit de sentimental. Elle se fichait complètement de ce que cet horrible individu faisait. Vraiment. C'était un irresponsable, qui menait une vie dissolue, négligeait ses devoirs et les affaires de son domaine depuis bien trop longtemps. Et, grâce à cela, la situation était sur le point de tourner à l'avantage de Maddie. Pendant que monsieur prenait du bon temps, elle s'attelait à sauver sa famille de la ruine.

À cette idée, elle ne put retenir un petit sourire. Jamais il ne penserait à revenir à temps pour lui serrer la main. *La Gazette* n'avait-elle pas mentionné sa participation à un duel – ce qui était illégal – rien que la semaine dernière ? Sans doute avait-il été abattu par un mari trompé et furieux.

Maddie soupira. Non, si ce vaurien avait perdu la vie, elle aurait été au courant. En réalité, il était probablement occupé à fêter sa victoire trop facile, un verre de brandy dans une main et une fille aux mœurs légères à portée de l'autre.

Elle consulta une nouvelle fois sa montre.

— Plus que trois minutes.

Galahad l'ignora, concentré sur ses pissenlits. Elle jeta un nouveau regard sur le chemin désert, osant à peine espérer.

Aucun des trois autres Davies ne pouvait venir. Rhys et Carys étaient tous les deux à Londres avec Gryff, et le plus jeune des frères, Morgan, passait son temps en mer.

Tandis que les aiguilles en acier de sa montre de gousset approchaient du chiffre douze, Maddie refoula le sentiment d'euphorie qui menaçait de lui faire tourner la tête. Elle regarda la paisible vallée autour d'elle et se retint de sauter et de tourner sur elle-même comme une folle. Ni les Davies ni les Montgomery n'avaient jamais vraiment possédé cette large bande de terrain, et ses richesses naturelles étaient restées inexploitées.

— Il y a du charbon là-dessous, Galahad. Peut-être même de l'or ! Si nous parvenons à l'extraire, nous serons riches de nouveau, et je n'aurai plus à approcher ce vieux pervers de sir Mostyn, encore moins à l'épouser !

Le cheval remua le museau, et Maddie éclata de rire.

— Et tu sais ce qui est encore plus merveilleux ? C'est que j'aurai *enfin* le dessus sur cet insupportable Gryffud Davies !

Galahad baissa les oreilles et montra les dents, comme chaque fois qu'il entendait le nom de son adversaire. Maddie approuva d'un hochement de tête.

— Tu crois que papa me laissera lui écrire pour lui annoncer qu'il a perdu ses terres ? Non, mais imagine un peu sa tête !

Elle soupira d'aise.

Le symbole caché derrière le choix de l'équinoxe de printemps ne lui avait pas échappé. Il n'y avait que deux équinoxes par an, moments où l'axe de rotation de la Terre n'était incliné ni vers le soleil ni à l'opposé du soleil. Ces jours-là, la durée du jour était identique à celle de la nuit. Douze heures pour chacun. L'égalité parfaite. Histoire de rappeler aux Davies et aux Montgomery qu'ils partageaient à égalité cette bande de terre.

Mais c'était terminé, tout ça ! Aujourd'hui marquait le début d'une nouvelle et merveilleuse époq…

Une bourrasque emporta son chapeau posé sur le parapet. D'un bond, elle tenta de le rattraper, en vain. Le chapeau tomba dans la rivière et s'éloigna au fil de l'eau.

— Flûte !

Galahad leva la tête et poussa un petit hennissement ironique, avant d'orienter ses oreilles en direction de la route, de l'autre côté du pont. Maddie chercha ce qui avait attiré son attention. Elle écouta attentivement, priant pour que ce ne soit rien. Hélas, elle ne tarda pas à l'entendre à son tour. Ce rythme sourd, caractéristique, était celui de sabots sur la terre du chemin. Comme un grondement de tonnerre dans le lointain.

— Non ! grommela-t-elle.

Un cavalier apparut sur la crête, laissant un nuage de poussière dans son sillage. Une main en visière, elle tenta de mieux le distinguer. Peut-être était-ce un des gars du village ?

Mais non, bien sûr. Cette silhouette aux larges épaules, elle l'aurait reconnue entre toutes. Enfer et damnation !

— C'est pas vrai…

Le hennissement de Galahad, une fois de plus, ressembla beaucoup à un rire. Le traître.

Cela faisait presque quatre ans qu'elle n'avait pas revu Gryffud Davies, mais personne d'autre, dans la région, n'avait pareille allure à cheval. À croire qu'il était né sur une selle. Qui d'autre aurait pu avoir une telle grâce, aussi naturelle qu'arrogante ?

Le cœur de Maddie se mit à battre à la perspective de cette confrontation. Avec un peu de chance, il aurait perdu ce charme incroyable, cette étincelle moqueuse dans le regard. Gryff Davies avait toujours semblé hésiter entre l'envie de l'étrangler et celle de la séduire. Elle n'avait jamais réussi à savoir ce qui serait le pire.

L'estomac noué tant elle redoutait ce moment, elle essuya ses paumes soudain moites sur ses jupes froissées, afficha une expression d'indifférence polie et attendit.

En le regardant approcher, elle nota les changements que le passage de trois années au combat avait eus sur lui. Ce fut pire que ce qu'elle craignait : il était toujours aussi beau. À se pâmer. Cheveux bruns bouclés, nez droit, lèvres qui semblaient sans cesse sur le point de s'incurver en un sourire, mais s'attardaient en général du côté de la moquerie lorsqu'il la regardait.

Sans oublier ces yeux verts espiègles, qui ne manquaient jamais de la faire défaillir et de lui ôter tous ses moyens. Ils brillaient toujours de cette alliance fatale entre condescendance amusée et intensité contenue.

Maddie serra les poings sur ses jupes et redressa le menton, ignorant délibérément le fait que la rivière avait emporté son chapeau et que le vent l'avait complètement décoiffée. Elle se moquait de ce que Gryffud Davies pensait d'elle.

De toute façon, il était probable qu'il ne la reconnaîtrait même pas. Elle ne ressemblait plus vraiment à la jeune fille maigrichonne au visage constellé de taches de rousseur qu'elle était au moment où il était parti à la guerre. Peut-être la prendrait-il pour une des filles du village.

Mon Dieu, faites que oui.

Il fit ralentir sa monture à l'approche du pont et l'examina d'un regard si appuyé qu'elle perdit tout espoir de passer pour une autre. Aussi se redressa-t-elle et le fixa-t-elle en retour, d'un regard noir.

Un sourire séduisant en diable se dessina sur les lèvres de Gryffud Davies.

— Tiens, tiens. Maddie Montgomery. Je t'ai manqué, ma douce ?

2

Gryff laissa courir son regard sur la créature très belle et très en colère qui se tenait sur le pont, et se sentit soudain de bien meilleure humeur. Madeline Montgomery, l'insupportable pimbêche aux reparties cinglantes, rivait sur lui un œil assassin. Et c'était magnifique.

Elle fronça ses délicats sourcils, visiblement contrariée.

— Je t'interdis de m'appeler comme ça.

— Comment ? Ma douce ?

— Non. Maddie. Je m'appelle Madeline. Ou, mieux encore, Mlle Montgomery.

— Bon, ma douce, alors.

Un muscle tressauta sur son visage, et il comprit qu'elle grinçait des dents.

— Pas comme ça non plus. Je ne suis pas ta douce.

— Avoue que je t'ai manqué, la taquina-t-il. Depuis mon départ, tu ne rêves que d'une bonne bagarre. Personne au village ne s'est donc dévoué ?

La poitrine de Maddie palpitait sous l'effet d'une indignation puissante mais silencieuse, et Gryff ravala un petit soupir de satisfaction. Le monde, qui tournait de travers depuis le début de la guerre, venait de retrouver son rythme. Tout se remettait en place.

— Tu ne m'as pas manqué du tout, qu'est-ce que tu crois ?

Elle marmonna autre chose, dont il ne saisit que les mots « insupportable crétin » et « abruti ». Il se mordit la lèvre pour ne pas rire et sentit une puissante vague d'euphorie s'emparer de lui. Au-delà de ces vallées, les ambitions démesurées de Napoléon avaient peut-être rendu le monde méconnaissable, mais certaines choses ne changeaient pas. L'antipathie que lui vouait Mlle Montgomery ne s'était pas affadie, et il trouvait cela formidable.

Ce qui avait changé, en revanche, et de la plus belle des manières, c'était son apparence. Son expérience de joueur de cartes lui avait appris à rester impassible, mais il avait tout de même dû faire un effort pour masquer le choc qu'il avait eu en découvrant ce qui s'était passé pendant son absence.

Trois ans plus tôt, le jeune homme arrogant de vingt-trois ans affamé d'aventure et de gloire s'était beaucoup moqué de ce garçon manqué maigrichon et dénué de courbes qu'était Madeline Montgomery. Ce qui ne l'avait pas empêché de l'apprécier, évidemment. La vivacité d'esprit, le don de la repartie et le caractère bien trempé de la demoiselle la rendaient à ses yeux tout bonnement irrésistible.

Qu'ils soient ennemis jurés n'avait fait qu'ajouter au charme de la situation. Quoi de plus naturel, donc, que les yeux brillants et les lèvres appétissantes de Madeline Montgomery aient peuplé ses fantasmes et occupé ses rêves les plus coquins ?

Malgré ce que racontaient les feuilles à scandale, il n'était pas un débauché, mais possédait une bonne connaissance de la gent féminine. Et s'il avait passé d'innombrables heures à se demander ce qu'elle était devenue en son absence, la réalité dépassait de très loin tout ce qu'il avait pu imaginer.

Maddie Montgomery était ravissante.

Ses pommettes rosirent légèrement sous son regard, et il retint un nouveau petit rire.

Son visage n'avait pas vraiment changé. Les taches de rousseur qui parsemaient son nez et ses joues avaient pâli, mais pas complètement disparu. Ce n'était guère surprenant, dans la mesure où elle ne semblait pas avoir pour habitude de porter un chapeau. À dix-huit ans non plus, elle n'aimait pas en porter.

Sa chevelure était toujours aussi imposante et rebelle, ondulée, d'un auburn magnifique. Le rose délicat de ses lèvres évoquait l'intérieur d'un coquillage, et l'étonnant bleu-gris de ses yeux le bouleversait.

Mais ce corps, Seigneur, ce corps... Le garçon manqué tout en coudes et en genoux était devenu... une déesse. Une furie, aussi, mais une déesse. Déjà, il sentait ses doigts le démanger de suivre la courbe de sa taille, la rondeur parfaite de ses hanches, et ce fut au prix d'un réel effort qu'il se retint de sauter de cheval pour venir prendre son visage entre ses paumes et s'assurer qu'elle était bien réelle. Pour l'enlacer et l'embrasser à en perdre le souffle.

Il ne fallait pas qu'il la provoque, bien sûr. Cela ne leur attirerait que des ennuis. Mais la taquiner était un plaisir qui lui avait terriblement manqué pendant ces trois longues et misérables années. Dans certains moments difficiles, c'était le souvenir de son visage qui l'avait fait tenir. Blessé, épuisé par le combat, il s'était souvent juré de rester vivant, ne serait-ce que pour la faire enrager, pour la taquiner juste une fois encore.

Pour faire plus que la taquiner.

Pour la goûter.

Non. Mauvaise idée. Très mauvaise idée.

Il inspira, souffla lentement pour se calmer et haussa les sourcils de cette façon qui, il le savait, la rendrait folle.

— Bonté divine ! Qu'est-il arrivé au garçon manqué crasseux que je connaissais ? La dernière fois que je t'ai vue, tu étais couverte de boue.

— Parce que toi et ton horrible frère m'aviez poussée dans la rivière et…

Elle fit un effort pour se taire, se mordit la lèvre et ravala sa colère. Son souffle souleva sa poitrine, qui combla de façon tout à fait satisfaisante la tenue de cavalière très ajustée qu'elle portait. Gryff en fut rempli d'aise.

— Non, dit-elle. Nous sommes adultes, maintenant. Nous pouvons nous comporter de façon civilisée. Je refuse de m'emporter.

— C'était pourtant si drôle, avant.

Elle le regarda dans les yeux.

— Tu veux vraiment savoir ce qui m'est arrivé ?

Il répondit d'un hochement de tête.

Elle croisa les bras sur cette poitrine décidément délicieuse.

— Très bien. J'ai été frappée par la foudre.

Elle espérait le surprendre, bien sûr, mais l'accident avait été relaté en détail à Gryff dès son retour à Londres. Le monde entier savait qu'un Davies se délecterait des malheurs d'un Montgomery, et la bonne société s'était fait un plaisir d'alimenter sa curiosité.

Pendant un terrible instant, il avait cru qu'elle n'en était pas sortie vivante, et son cœur s'était arrêté de battre. Un monde sans elle pour s'opposer à lui était inimaginable. Lorsqu'il avait compris qu'elle avait survécu, tout était allé mieux.

On disait qu'elle avait souffert de brûlures un peu partout sur le corps, mais personne n'avait pu s'en assurer. Ses vêtements recouvraient les traces laissées par ses blessures. Sa convalescence l'avait retenue loin de Londres et elle n'avait pas pu y faire ses débuts, mais elle s'était rattrapée la saison suivante, et tous s'accordaient à dire qu'elle avait largement animé les bals et autres événements mondains de la capitale.

Qu'elle se soit parfaitement remise avait été pour lui un soulagement qu'il ne s'expliquait pas. Savoir qu'elle n'était toujours pas mariée aussi. Discrètement, Gryff observa sa main gauche, à la recherche d'une bague de fiançailles, pour le cas où ses informations auraient été fausses, mais elle ne portait aucun bijou.

Non qu'il souhaitât l'épouser, bien sûr. Il ne se sentait absolument pas prêt pour quelque chose d'aussi radical que le mariage, même si c'était ce que l'on attendait de lui, maintenant qu'il avait hérité du titre. Après avoir risqué sa vie dans l'armée, il avait décidé de s'accorder un an de tranquillité avant d'endosser le rôle de comte et les responsabilités qui allaient avec.

Mais imaginer Maddie Montgomery mariée, et par conséquent dans l'impossibilité de reprendre ce petit jeu du chat et de la souris qui les avait tant distraits tous les deux, voilà qui ne lui plaisait guère.

— Un coup de foudre, hein ? dit-il en souriant. Ça te va bien.

— J'ai failli mourir !

— Mais failli seulement, sinon tu ne serais pas ici aujourd'hui, à attendre mon arrivée en retenant ton souffle. À moins que tu ne te sois perdue ? Le domaine des Montgomery est à quelques kilomètres par là, dit-il en indiquant la direction d'où elle était arrivée.

Elle pointa un doigt dans la direction opposée.

— Et les limites de celui des Davies sont par là. Nous savons tous les deux où commencent et où s'arrêtent nos domaines respectifs.

— Oh. Donc tu es bien ici pour me voir. Quelle charmante idée.

Elle écarta les bras, au comble de l'exaspération.

— Mais bien sûr que je suis ici pour te voir, imbécile ! C'est l'équinoxe de printemps aujourd'hui. Tu ne pensais tout de même pas qu'un Montgomery allait oublier une date aussi importante ?

Elle semblait tellement mécontente qu'il éclata de rire.

— Tu as cru que je ne viendrais pas !

— « Espéré » conviendrait mieux, marmonna-t-elle.

— Tu as cru que j'avais renoncé au domaine !

Gryff secoua la tête et considéra Maddie d'un air compatissant.

— Oh, ma douce, je suis désolé de te décevoir, dit-il d'un ton qui sous-entendait le contraire. Mais jamais je ne renoncerai à quelque chose qui nous apporte à l'un et à l'autre autant de satisfaction.

L'air accusateur de Maddie éveilla en lui presque autant d'agréables sensations que lorsqu'il imaginait toutes les activités auxquelles il aurait pu l'initier et qui impliquaient une « satisfaction réciproque ». Intérieurement, il se donna une petite tape à l'arrière du crâne.

Ça suffit.

— Tu as délibérément attendu la dernière minute pour nous donner de faux espoirs, fulmina-t-elle.

Il ne prit même pas la peine de nier et balaya d'un regard la vallée déserte, autour d'eux.

— Nous ? Je ne vois personne d'autre que toi, ma belle. D'ailleurs, pourquoi est-ce toi qui es venue cette année ? Où est ton père ?

Elle détourna les yeux.

— Il ne va pas très bien, alors je lui ai proposé d'aller au rendez-vous à sa place.

— Parce que tu pensais que personne ne viendrait.

Elle rougit, et Gryff sut qu'il avait vu juste. Il mit pied à terre en riant.

— En tout cas, une chose est sûre : tu es bien plus mignonne que ton père, dit-il en lâchant les rênes, certain que Paladin ne s'éloignerait pas.

Il fit un pas vers elle, mais un éclat de couleur, en contrebas du pont, attira son attention. Un chapeau de paille en piètre état était pris dans les roseaux.

Il se retourna et observa la coiffure échevelée de Maddie.

— C'est le tien ?

Elle poussa un soupir résigné.

— Oui. Mais inutile d'essayer de le récupérer, il est fichu.

Alors qu'ils regardaient le couvre-chef, le courant le délogea de sa prison et il repartit au fil de l'eau, ses rubans voguant gaiement derrière lui. Quelques instants plus tard, il avait disparu.

Elle poussa un grognement agacé et se tourna vers lui, levant la tête pour le regarder bien en face. Elle n'avait pas beaucoup grandi depuis leur dernière rencontre. Son menton lui arrivait à peine à l'épaule.

— Bien. Autant en finir tout de suite, Davies, dit-elle en lui tendant la main.

Gryff baissa les yeux. La main de Maddie était si petite à côté de la sienne ! Frêle, pâle, avec de jolis ongles à l'ovale parfait. Les siennes étaient énormes, et hâlées. C'étaient des mains de soldat, dont les cals causés par le fusil et le barda qu'il avait portés à travers toute l'Europe n'avaient pas encore disparu.

— Allons-y, Gryff, dit-elle d'un ton âpre en voyant son hésitation. Tu connais les termes du décret. Nous devons nous serrer la main pour que l'année à venir s'écoule dans la paix.

— Très bien.

Gryff attrapa avec les dents un doigt de son gant de cavalier, le retira, puis enleva l'autre de la même façon. Les yeux de Maddie s'attardèrent un instant sur ses lèvres, avant de rencontrer une nouvelle fois les siens. Il sentit la brûlure du désir courir dans ses veines.

Et il referma sa main sur celle de Maddie.

Une décharge d'énergie le traversa au contact de sa peau, comme si elle avait gardé en elle la puissance électrique de l'éclair qui l'avait foudroyée. Elle sursauta, voulut reculer, mais c'était trop tard. Un désir bien particulier s'était emparé de lui et refusait d'être ignoré.

Comme elle tentait de dégager sa main, il la serra plus fort et l'attira vers lui, la poussant à franchir d'un pas hésitant la distance qui les séparait.

— Une poignée de main, c'est tellement officiel, murmura-t-il. Je pense qu'il est temps pour nous de lancer une nouvelle tradition.

Et, sans lui laisser le temps de protester, il posa ses lèvres sur celles de Maddie.

3

Un court instant, Maddie enregistra la surprenante sensation des lèvres de Gryff sur les siennes, cette brûlure délicieuse. Puis il s'écarta, et ce fut terminé.

Elle battit des cils en le regardant faire un pas en arrière et lâcher sa main.

Gryff Davies venait de l'embrasser.

De l'embrasser !

Elle fit la moue. Dans la mesure où elle avait passé l'essentiel de ces dix dernières années à imaginer précisément cet instant, ce qui venait d'arriver était presque décevant. Elle avait rêvé de quelque chose d'un peu plus long. Oserait-elle dire de plus… approfondi ?

Pourtant, malgré la brièveté de la chose, il était indéniable que l'effleurement de leurs deux peaux l'avait fait frissonner de la tête aux pieds.

Elle aurait dû lui donner une claque, elle en était presque certaine. Non parce qu'il avait manqué de respect à la jeune fille qu'elle était, mais parce qu'il n'avait pas fait du bon travail. Après tout, il avait une réputation de débauché. Tant qu'à la séduire, autant le faire correctement.

Comme s'il lisait dans ses pensées, il recula un peu plus et, une fois hors de portée, lui adressa un sourire navré.

— Inutile de te tourmenter, ma douce. Je considère que je l'ai reçue, cette claque.

Et, sans lui laisser le temps de répondre, il rejoignit son cheval – un magnifique bai à côté duquel le pauvre Galahad avait l'air d'une mule aux genoux cagneux – et se mit en selle d'un mouvement leste.

Maddie s'aperçut qu'elle était bouche bée. Elle y remédia aussitôt et chercha une repartie cinglante.

— Oh ! Espèce de...

Il leva une main.

— Je sais, je sais. Mufle. Goujat. Libertin. Ajoutons débauché et dépravé, histoire de compléter le portrait.

Son sourire en coin et sa façon de regarder ses lèvres lui donnèrent le vertige. Une chaleur insidieuse se répandit au creux de son ventre.

Il enfila ses gants avec des gestes précis et efficaces, contrôlant l'imposant étalon de ses seules cuisses, et Maddie fit un effort pour ne pas fixer les muscles puissants sous le pantalon couleur fauve.

— Bien. Le pacte est donc noué pour une nouvelle année, dit-il d'un air amusé. Si vous voulez bien m'excuser, mademoiselle Montgomery, je vous souhaite le bonjour.

Il porta les doigts à son front, la salua et lança sa monture en avant. Maddie dut se plaquer contre le parapet pour le laisser passer.

— Tu vas t'installer à Trellech Court ? trouva-t-elle enfin la force de demander.

Il haussa lcs épaules.

— Pendant quelque temps, oui. Il faut que je m'occupe du domaine.

— Je suis désolée pour ton père.

De nouveau, il haussa les épaules, mais son sourire n'était plus aussi joyeux.

— Nous étions rarement d'accord, tous les deux. Mais je te remercie. Je n'ai pas pu être présent aux funérailles. La nouvelle a mis trois semaines à m'atteindre au Portugal.

— Mon père y a assisté.

— Il devait jubiler.

— Pas du tout. Il voulait rendre hommage à un adversaire digne de ce nom. Tu sais combien ils aimaient se défier l'un l'autre. Il n'est plus le même, depuis.

— Cela ne m'étonne pas. Ils avaient élevé au rang d'art leur animosité réciproque.

C'était vrai. Pendant cinquante ans, ils s'étaient affrontés dans tous les domaines, chacun fêtant l'échec de l'autre. Argent, femmes, cartes, tout était prétexte à concurrence. Les derniers temps, ils avaient pris l'habitude de surenchérir l'un contre l'autre à toutes les ventes, chez Tattersalls pour les pur-sang, et chez Christie's pour les livres rares qu'ils collectionnaient tous les deux. Mais ces joyeux affrontements avaient cessé avec le décès du comte.

Maddie s'assombrit. Au début, elle avait attribué la mauvaise humeur de son père à la disparition de son rival. Le plaisir d'affronter un adversaire aussi intelligent que soi, le frisson d'excitation éprouvé lorsqu'on le dépassait, tout cela s'était éteint avec lui.

Et, bien sûr, Tristan lui manquait. Dès que Napoléon avait été envoyé en exil sur l'île d'Elbe, le frère aîné de Maddie était parti pour un *Grand Tour*[1], afin d'étudier l'art et l'architecture qu'il aimait

1. En français dans le texte. Traditionnellement, long voyage en Europe effectué par les jeunes gens de la haute société pour parfaire leur éducation. (*N.d.T.*)

tant. Cela faisait plusieurs mois maintenant qu'il voyageait.

Mais si son père maugréait depuis des mois, ce n'était pas seulement à cause de cela. Six semaines plus tôt, il avait enfin admis la vérité : les Montgomery étaient au bord de la faillite. Il avait investi – et perdu – une somme énorme dans le terrible scandale boursier qui avait agité la capitale, l'année précédente. Ses dettes étaient colossales. Même la vente de Newstead Park, siège de la maison Montgomery depuis d'innombrables générations, n'aurait pas suffi à les rembourser. Malgré cela, quand son père avait suggéré que Maddie épouse sir Mostyn Drake, un de leurs voisins, vieux mais très riche, elle avait été très choquée.

Maddie s'était toujours considérée comme une fille dévouée, prête à faire les sacrifices nécessaires pour le bien de sa famille. Mais épouser ce vieillard libidineux et deux fois veuf, non. Elle ne pouvait s'y résoudre.

Malheureusement, elle n'avait toujours pas trouvé de meilleure solution.

Penser à la triste situation qui était la sienne effaça ce qui restait en elle des sensations délicieuses provoquées par le baiser de Gryff. Pendant quelques minutes, avant son arrivée, elle avait cru ses problèmes résolus. Mais maintenant, tout espoir était perdu. Rien n'avait changé.

Sans doute son désespoir se vit-il sur son visage, car Gryff afficha soudain ce qui, chez un autre homme, aurait pu indiquer de la préoccupation.

Maddie ravala un rire amer. Gryff était un Davies. Il se fichait bien de son bonheur et mourrait de rire s'il apprenait que son ennemi était désormais sans le sou et dans le dénuement.

La honte et la frustration lui firent serrer les dents, et elle dut refouler les larmes qui lui piquaient les yeux.

— Hé, ma belle… qu'est-ce qui ne va pas ?

Elle secoua la tête et se détourna. Pas question de lui révéler ses problèmes. Il y avait plus de chances qu'elle soit de nouveau frappée par la foudre.

Elle attrapa les rênes de Galahad, et lorsqu'elle monta en selle, elle s'était ressaisie. Elle lança un regard hautain en direction de Gryff Davies.

— Tout va très bien. Parfaitement bien. Bonne journée, monseigneur.

— Tout va très bien, mon œil, oui, marmonna Gryff en la regardant s'éloigner, le dos raide.

Comment pouvait-elle prétendre une chose pareille, quand il avait vu de ses yeux la délicate perplexité causée par son baiser disparaître et laisser la place à l'expression d'un profond désarroi ? Son regard s'était assombri. Il avait perçu sa douleur et avait dû se retenir pour ne pas descendre de cheval et venir la réconforter.

Ce qui aurait été de la folie, il en convenait.

— Tu es dingue.

Les problèmes de Maddie Montgomery ne le regardaient pas. Il avait sa part de soucis. Le prince de Galles avait eu vent de son récent duel.

Se battre en duel était strictement interdit, et même si Gryff n'avait pas tué son adversaire – il ne l'avait même pas blessé, en fait –, le prince était si imprévisible qu'il pouvait aussi bien jeter Gryff en prison pour faire un exemple que rire de cette histoire un soir à son club. Gryff avait jugé plus prudent de quitter Londres et d'aller se mettre au vert pendant quelques semaines, jusqu'à ce que les choses se calment.

Seigneur, cette villégiature promettait d'être sinistre, surtout sans Rhys, Morgan ou Carys pour rompre la monotonie. Pas de partie de cartes, pas de matchs de boxe, pas d'opéra ni de théâtre. En dehors des domestiques, les seuls êtres vivants à Trellech seraient l'étrange collection d'animaux qui constituaient la ménagerie – ce qui restait de la passion de son père pour les animaux exotiques, qu'il faisait venir du monde entier.

Gryff n'avait rien contre cette troupe hétéroclite de bêtes à poil et à plume – en dehors de ce satané paon, Geoffrey, dont le cri strident lui donnait des envies de meurtre – mais, en matière de compagnie, il préférait tout de même l'espèce humaine à l'espèce animale.

Il inspira profondément, s'efforçant de se détendre et de laisser la beauté naturelle de l'endroit effacer la tension de ses épaules. La campagne galloise avait toujours eu cet effet sur lui. Elle retirait les épaisseurs de la civilisation, l'armure invisible qu'il portait en permanence à Londres. Plus il s'éloignait de la capitale, plus se réveillait en lui un être primaire, libre de toute contrainte.

Ce n'était pas ce qu'il cherchait. Il avait vécu ainsi durant trois ans, soldat réduit à l'état d'animal, ne vivant que pour tuer ou être tué. Lui, ce qu'il voulait, c'était s'amuser, vivre des aventures sans risque, flirter sans s'engager.

Son regard revint sur la petite silhouette arrogante qui s'éloignait. *Mais pas avec elle, ça, non.* Qu'est-ce qu'il lui avait pris de l'embrasser ? Elle était par définition le fruit défendu, et il ne pouvait vraiment pas se permettre un nouveau scandale.

Mais la taquiner avait toujours été son passe-temps favori. Il n'avait jamais pu s'empêcher de la faire tourner en bourrique. Malheureusement, aujourd'hui, il n'avait pas fait que la contrarier. Il s'était mis lui aussi dans un bel état. Son érection menaçait de faire sauter les boutons de sa braguette, et il n'avait pas eu aussi chaud depuis bien longtemps.

Il secoua la tête en observant ce dos si droit et le balancement séduisant de ses hanches, en rythme avec l'allure du cheval.

— Et cette idiote se déplace sans chaperon, en plus ?

Il serra les rênes, et Paladin s'ébroua. Gryff le calma d'un claquement de langue.

La bonne société anglaise n'avait pas pu changer à ce point en son absence. Une jeune femme, fût-elle la formidable Madeline Montgomery, n'aurait pas dû arpenter la campagne toute seule.

Certes, elle se trouvait à moins de deux kilomètres de ses terres, mais ce n'était pas une excuse. Ce coin perdu n'était pas aussi dangereux que Londres, mais contrebandiers et bandits de grand chemin pullulaient le long de la côte.

Gryff poussa un soupir agacé. En plus, elle ne devait pas savoir se défendre.

— Déjà qu'elle a du mal à contrôler son chapeau, grommela-t-il.

Il n'y avait qu'à voir la facilité avec laquelle il lui avait volé un baiser. Un assaillant moins bien intentionné lui aurait volé beaucoup plus. Il frissonna en pensant aux horreurs qui pouvaient arriver à une femme sans escorte. L'armée française, à Vitoria, avait violé et pillé sans retenue.

Mlle Montgomery était peut-être une ennemie jurée de sa famille, mais il devait au moins faire en sorte qu'elle rentre chez elle saine et sauve. Morte, elle ne pourrait plus l'horripiler.

En soupirant, il fit faire demi-tour à Paladin et la suivit.

4

Maddie n'avait pas envie de rentrer. Elle fit quitter le chemin à Galahad et le guida entre les arbres jusqu'à l'un des endroits qu'elle préférait, niché au creux d'un petit vallon reculé. Là se trouvait l'un de ces puits sacrés si nombreux dans la campagne.

Les Gallois l'appelaient Ffynnon Pen Rhys – le puits de Pen Rhys. Les Anglais, bien sûr, avaient leur propre nom pour le désigner : le Puits de Vertu, sans doute en référence à un saint chaste ou à une vierge martyre. Avant son accident, Maddie y venait régulièrement, franchissant sans le dire les limites du domaine, en quête d'aventure, intriguée par les légendes locales pleines de mystère. Elle n'y était pas revenue depuis.

Le puits se trouvait au centre d'une petite clairière protégée par un enchevêtrement d'arbres centenaires qui étouffaient les bruits et conféraient à l'endroit une atmosphère sereine, spirituelle, comme une cathédrale naturelle. Des morceaux de rubans et de tissus de couleur avaient été noués aux branches les plus basses de certains arbres, offrandes des visiteurs aux esprits qui habitaient cet endroit magique. Délavés par la pluie et le vent, les rouges vifs et les bleus lumineux n'offraient plus que du rose pâle et du bleu pervenche.

Elle descendit de cheval et traversa à pied la clairière tapissée de mousse jusqu'au muret de pierre qui abritait le puits. De l'extérieur, le muret arrivait aux genoux, mais quelques marches raides en descendaient et débouchaient deux mètres plus bas sur une minuscule cour pavée de pierres. Une fois que l'on se trouvait là, le muret vous dépassait d'une bonne tête.

Le puits se trouvait au centre de cet espace, abrité sous une arche, cerné d'une margelle en pierres plates. Après de fortes pluies, il débordait souvent dans la cour, mais aujourd'hui, les pierres étaient sèches sous les bottines de Maddie.

Selon la tradition locale, jeter une pièce ou un objet en métal dans le puits portait chance. Si les bulles remontaient vite, le vœu se réaliserait rapidement. Si elles remontaient lentement, il faudrait plus de temps au vœu pour se réaliser. S'il n'y avait pas de bulles, le vœu ne se réaliserait pas du tout.

Maddie considérait cette croyance avec scepticisme. Lors de son dernier passage, il y avait des années de cela, elle avait fait le souhait que Gryff Davies meure dans d'atroces souffrances ou tombe follement amoureux d'elle – dans les deux cas, ce serait bien fait pour lui. Mais, de toute évidence, les bulles remontées cette fois-là après la disparition de sa pièce de six pence s'étaient trompées.

Bon. Aux grands maux les grands remèdes.

Elle chercha une pièce dans la poche de sa veste, n'en trouva pas et faillit rire d'elle-même. Les Montgomery n'avaient pas un sou en poche, c'était ce que disait son père.

Le seul objet en métal qu'elle trouva était son canif, mais il avait appartenu à sa mère, et elle ne voulait pas s'en séparer.

Une idée lui vint soudain. Elle palpa sa chevelure indisciplinée et y trouva une épingle encore prise dans ses boucles, derrière son oreille. Elle s'approcha de la margelle.

— S'il te plaît, puits, murmura-t-elle, se sentant un peu idiote de dire cela à voix haute, même s'il n'y avait que Galahad pour l'entendre. Fais que je n'aie pas à épouser sir Mostyn. Et aide-moi à trouver un autre moyen pour renflouer les caisses des Montgomery.

Elle embrassa l'épingle à cheveux – cela portait bonheur –, la jeta dans le puits et tendit l'oreille, à l'affût du « plouf ».

Elle n'entendit rien.

Elle se pencha en avant pour examiner la surface de l'eau, y chercher une ondulation, mais à sa grande surprise, elle ne vit qu'un trou noir.

— Seigneur !

Son murmure étonné résonna dans l'obscurité.

— Figure-toi que j'avais complètement oublié l'existence de ce puits.

Maddie fit volte-face en poussant un petit cri, une main sur la poitrine. Le beau visage de Gryff Davies la regardait par-dessus le muret, l'air visiblement très intéressé par ce qu'il voyait.

— Mais qu'est-ce que tu fais ici ? gronda-t-elle. Tu me suis ?

Son expression était l'innocence même, mais elle ne s'y fia pas.

— Pourquoi te suivrais-je ? Je croyais que tu rentrais chez toi. Je faisais juste un petit tour de mes terres, pour me les remettre en tête.

— *Nos* terres. Cette partie appartient à nos deux familles, je te rappelle.

Il eut un sourire angélique.

— Comment pourrais-je l'oublier ?

Certaine d'avoir rougi, gênée d'avoir été ainsi surprise, et trouvant la situation désagréable, Gryff ayant l'avantage du fait de sa position élevée, elle remonta les marches avec précipitation et se retrouva face à lui.

Son cheval broutait tranquillement à côté de Galahad, en bordure de la clairière. Gryff s'assit sur le muret, l'air tout à fait à son aise. Maddie prit soudain conscience qu'ils étaient seuls tous les deux et ne pensa plus qu'à cela. L'épaisseur des arbres et la densité des fougères étouffaient même les chants d'oiseaux.

Elle regarda autour d'elle, cherchant quoi dire.

— Les eaux de ce puits sont censées guérir tous les maux, du scorbut aux coliques.

— Et duquel de ces maux souffres-tu ? demanda-t-il avec un sourire en coin.

— D'aucun, évidemment. Je ne suis ni un marin ni un mouton. Je suis en excellente santé.

Il laissa courir son regard sur elle.

— Je veux bien le croire. Tu sembles remarquablement bien portante et robuste.

Elle se sentit rougir de plus belle.

— Si tu n'es pas ici pour guérir d'une horrible maladie, tu es venue pour faire un vœu, dit Gryff. Malheureusement, je n'ai jamais entendu dire que ces eaux guérissaient la langue de vipère et le mauvais caractère.

Elle le fusilla du regard.

— Et je suis presque sûr que nous sommes à court de sourds-muets dans la région, donc si tu cherchais le mari parfait…

Quel homme insupportable !

— Tu te trompes complètement. Je ne cherche pas du tout un mari.

Bien au contraire. Elle souhaitait échapper à un prétendant, pas en trouver un.

— Et quand bien même j'en chercherais un, cela ne te regarderait pas.

Il se leva, et elle recula, méfiante.

— Alors que désires-tu ? Dis-moi, je suis tout ouïe. Que peut bien vouloir la gâtée et choyée Mlle Montgomery ?

« La liberté, faillit-elle lâcher. Et la fortune pour la garder. »

— Tu ne le sauras jamais. De toute façon, ce puits est à sec.

Le regard de Gryff brillait. À l'évidence, il s'amusait beaucoup.

— C'est une métaphore ? Allons, ajouta-t-il en feignant de compatir. Ce n'est pas parce que tu es une vieille fille de vingt-deux ans que tu es un vieux pruneau tout sec. Pas encore.

Le regard de Maddie lançait des flèches, et le sourire de Gryff se fit carnassier.

— C'est parce que tu ne rencontres pas les hommes qu'il te faut. Mais tu sais, je serais prêt à parier que si je pouvais…

— Ce n'était pas une métaphore, l'interrompit-elle.

Elle n'était pas certaine d'avoir compris ce qu'il sous-entendait, mais sa façon de le dire indiquait qu'il n'aurait pas dû évoquer ce sujet avec une jeune fille.

— Je parlais du puits. Il est vraiment à sec. Vide, quoi.

D'un regard circulaire, il balaya la verdoyante nature qui les entourait.

— Tu es sûre ? L'endroit n'a pas l'air d'avoir manqué de pluie. La nature s'épanouit de partout. Je sens presque tout ce bon air faire du bien à mes poumons. Bon Dieu, le smog londonien me manque tellement !

Il leva les bras et s'étira en inspirant profondément. Maddie détourna le regard de ces larges épaules roulant sous l'étoffe de la veste et s'éloigna du puits pour s'avancer dans la clairière.

— C'est bizarre. Nous n'avons pas eu beaucoup de jours sans pluie. Pas suffisamment pour assécher un puits, en tout cas. Quelque chose a peut-être causé un changement dans l'écoulement de la source souterraine qui alimente le puits…

Elle avait atteint le bord de la clairière et se dirigeait vers un tas de pierres couvertes de mousse.

— Quelle importance ? lança-t-il d'un air las. Je suis sûr que ce n'est pas la première fois qu'un puits s'assèche.

— Ici ? Je n'ai jamais rien entendu de tel.

— Tu es une experte en puits, maintenant ?

— Non, mais j'ai l'habitude d'observer la surface d'un terrain pour en déterminer le sous-sol.

— Ah oui. Je me souviens que tu adorais patauger dans la boue, à la recherche d'un trésor.

— Cela s'appelle l'archéologie, rétorqua-t-elle sèchement. Ce n'est pas juste « patauger dans la boue », comme tu dis.

— Oui, il faut de la chance, aussi. Ce dont tu sembles manquer. Je parie que tu n'as jamais rien trouvé de plus excitant que quelques pièces romaines et des fragments de pots en terre cuite. Je me trompe ?

Il ne se trompait pas, et elle trouva cela extrêmement irritant. Toute son enfance, elle avait rêvé de découvrir un trésor. Au fil des siècles, cette région avait connu des périodes fastes. Des Celtes aux Romains, tous ses occupants avaient marqué son histoire. Qui savait quels objets précieux se cachaient sous leurs pieds ?

Depuis quelques années, Maddie dirigeait ses propres fouilles, engageant des gars du village pour les travaux les plus fatigants, et rêvant de découvrir un butin laissé par les Vikings. Depuis qu'elle était au courant des problèmes financiers de son père, elle passait encore plus de temps sur le terrain, cherchant n'importe quoi qui puisse être vendu à bon prix au British Museum ou à un collectionneur privé.

Elle secoua la tête en pensant à la naïveté qui était la sienne. Espérer trouver un trésor enfoui était aussi idiot qu'attendre d'un puits qu'il leur apporte la fortune.

Mais comment éviter la ruine, alors ? Elle avait déjà passé en revue tous les tableaux du manoir, espérant que l'un d'entre eux aurait par mégarde été étiqueté « copie de Rembrandt » plutôt que « par Rembrandt », mais sans succès. Avec sa cousine Harriet, elle avait ensuite écumé la bibliothèque à la recherche d'un exemplaire original d'une pièce de Shakespeare qui aurait été oublié là, sous la poussière.

La seule autre solution était qu'elle épouse un homme riche. Pour la bonne société, elle n'avait pour atouts que son ascendance noble et le fait d'être célibataire. Peut-être devait-elle ravaler son orgueil, partir pour Londres, et tenter de trouver un mari fortuné ?

Même si c'était chose courante dans la bonne société, cette idée lui déplaisait au plus haut point. En outre, il était peu probable qu'elle y parvienne. Elle était trop excentrique, avait des idées trop arrêtées sur tout. Elle n'avait rien de la petite souris timide et réservée que la plupart des hommes cherchaient quand ils songeaient à prendre femme et à fonder une famille. Les seuls à avoir manifesté un quelconque intérêt pour elle étaient les veufs et les vieux libidineux comme sir Mostyn.

— La chance n'a rien à voir là-dedans, dit-elle, se souvenant soudain de la présence de Gryff. Il s'agit d'établir des probabilités à partir d'observations scientifiques.

Gryff répondit d'un grognement sceptique.

À quelques pas de là, une étrange dépression dans le relief attira l'attention de Maddie. Elle avança dans cette direction.

— Il y a forcément une explication logique à l'absence d'eau dans le puits. Une chute de pierres en amont, par exemple.

La dépression formait une petite cuvette tapissée d'herbe, comme si un géant avait pris une poignée de terre à cet endroit et y avait laissé ce vide. Elle approcha du bord, se retourna pour voir si Gryff l'avait suivie. Au même instant, le sol se déroba sous ses pieds.

Elle leva les bras, cherchant à garder l'équilibre, mais il était trop tard. Sans même avoir le temps de pousser un cri, elle se sentit tomber, sans pouvoir se rattraper à autre chose qu'à la terre et aux rochers qui tombaient avec elle. Dans un fracas assourdissant, la dernière chose qu'elle entendit fut la voix de Gryff qui hurlait son nom.

5

Maddie atterrit sur le dos. Le choc fut rude et lui coupa le souffle. Puis l'air saturé de poussière la fit tousser, et ses côtes protestèrent. Autour d'elle, une pluie de pierres et de terre tomba encore avant de s'arrêter, et ce fut le silence. Elle ouvrit les yeux, à demi surprise d'être encore vivante.

L'obscurité régnait, et elle eut d'abord du mal à discerner quoi que ce soit. Puis elle leva les yeux et distingua, environ trois mètres plus haut, un carré de ciel bleu et quelques nuages.

Le visage de Gryff apparut bientôt, visiblement inquiet.

— Bon Dieu ! Tu es blessée ? Ne bouge pas, surtout !

Maddie faillit lui rire au nez. Il craignait sans doute, si elle mourait, d'être tenu pour responsable de son décès. Ce ne serait pas la première fois qu'un Davies envoyait un Montgomery ad patres.

Rapidement, elle passa en revue ses membres, fit tourner ses poignets et ses chevilles, puis voulut se redresser.

— Ne bouge pas ! cria Gryff. Reste où tu es, j'arrive.

— Non ! Si tu descends, nous serons tous les deux coincés en bas.

Il ignora sa remarque. Sa tête disparut, pour être remplacée par deux pieds bottés. Il se laissa glisser lentement dans le trou, le long de la pente caillouteuse qui descendait désormais jusqu'au fond. Des cailloux et de la terre tombèrent en cascade dans son sillage. Quelques instants plus tard, il était près d'elle.

— Tu es blessée ?

Maddie ignora la main qu'il lui tendait et s'assit toute seule. Cette attitude rebelle lui valut un soupir désapprobateur, puis Gryff s'agenouilla et referma les mains sur ses chevilles. Elle poussa un petit cri et voulut le repousser.

— Arrête de bouger, grommela-t-il.

Maddie, encore sous le choc, ne protesta pas lorsqu'il remonta ses jupons, découvrant ses bottines et, plus haut, ses mollets. Avec des gestes sûrs, il palpa ses chevilles, vérifiant si tout allait bien. Elle le regarda faire, interdite.

— Avant que tu me reproches tout et son contraire, je tiens à préciser que je ne cherche pas à profiter de la situation, dit-il avec un sourire. Nous devons nous assurer que tu n'as rien de cassé. Tu n'as qu'à faire comme si j'étais le vieux Dr Williams.

Maddie retint un éclat de rire. Gryff n'avait vraiment rien de commun avec le vieux médecin du village aux cheveux blancs et aux épaules voûtées. Les mains du Dr Williams, constellées de taches de vieillesse, étaient toujours froides, quelle que soit la saison, tandis que la chaleur des doigts de Gryff à travers le coton de ses bas, lorsqu'ils remontèrent doucement le long de ses mollets jusqu'à ses genoux, était incontestable.

Son ventre se noua soudain. Jusqu'où comptait-il aller comme ça ? Elle rabattit ses jupons et plia les genoux pour l'empêcher de monter plus haut.

— Je n'ai rien de cassé. Je t'assure.

Il la lâcha avec un petit rire et s'accroupit.

— Tu n'es pas drôle. Mais je reconnais qu'apparemment, tu ne t'es pas fait mal. Comment va ta tête ?

— Elle est toujours là, répliqua sèchement Maddie. Arrête un peu avec tes manières. Je vais bien.

Il leva deux doigts devant elle et plongea son regard dans le sien. Le cœur de Maddie fit un bond. Dans la pénombre, les yeux verts de Gryff semblaient presque noirs.

— Combien vois-tu de doigts ?

Il était beaucoup trop près. Elle sentait son souffle sur sa joue.

— Verts, murmura-t-elle.

Il eut un mouvement de recul.

— Quoi ?

Elle écarta sa main.

— Rien. Deux. Je vois deux doigts.

Il hocha la tête, apparemment satisfait, et se leva… moyennant quoi le rabat de son pantalon – et la bosse sans équivoque qu'il recouvrait – se trouva juste face à elle. Maddie cligna des yeux, cherchant à reprendre le contrôle de ses sens. Peut-être ferait-elle mieux de rester assise encore un moment…

— Tu peux te lever ?

— Je crois.

Une nouvelle fois, il lui tendit la main. Une nouvelle fois, elle l'ignora et se releva seule, avec raideur. « Comme une femme de quatre-vingt-dix ans », songea-t-elle.

— Je vais bien. Vraiment. Je suis juste un peu secouée. Mais ce n'était pas pire que de tomber de cheval. J'ai eu le souffle coupé, c'est tout.

Ses côtes n'étaient pas tout à fait d'accord et le lui firent savoir lorsqu'elle voulut se pencher en avant pour nettoyer sa jupe d'un revers de main. De la terre et des graviers tombèrent de ses cheveux.

— Et ton derrière ? Il a un gros bleu ? Tu veux que je jette un œil ?

Elle plissa les yeux.

— Tu devrais peut-être desserrer ton corset, non ? poursuivit-il, très sérieux. Pour mieux respirer.

— Tu sembles plein d'idées pour me pousser à me déshabiller.

— Et ça marche ? demanda-t-il d'un air ingénu.

— Absolument pas.

Il poussa un long soupir déçu et s'approcha. Elle fit un pas en arrière, pour plus de sûreté.

— Ne bouge pas, ordonna-t-il doucement.

L'espace d'un instant, elle crut qu'il allait poser une main sur sa joue, lui caresser le visage, mais au dernier moment, sa main bifurqua. Elle sentit qu'il tirait sur quelque chose et comprit, lorsqu'il la lui mit sous le nez, qu'il s'agissait d'une épingle à cheveux pendouillant au-dessus de son épaule.

Elle se sentit mourir de honte. Elle devait avoir une tête affreuse, à mille lieues de l'apparence sophistiquée, mûre et décontractée qu'elle aurait voulu lui montrer. Qu'y avait-il donc chez lui pour qu'elle se sente aussi gauche et empotée que la gamine de dix-huit ans qui l'avait vu partir ?

Elle lui arracha l'épingle des mains, puis se raidit lorsqu'il écarta les cheveux qui lui barraient le front. Et sentit que quelque chose la piquait.

— Tu es blessée.

Du bout des doigts, elle palpa la bosse, douloureuse.

— C'est juste une égratignure.

— Espérons qu'un coup pareil t'aura mis du plomb dans la tête.

— Que veux-tu dire ?

— Qu'est-ce qui t'a pris de partir comme ça ? Tu n'es pas un cabri.

Elle en resta bouche bée.

— Quoi ? Tu me fais des reproches ? Pour un accident inévitable ?

— Parfaitement, je te fais des reproches. Tu n'aurais pas dû t'aventurer dans cette clairière comme ça. Et si je ne t'avais pas suivie ? En ce moment, tu pourrais être dans ce trou, avec une jambe cassée ou pire, et il pourrait s'écouler des semaines avant qu'on te retrouve.

Il n'avait pas tort, mais elle refusa de le reconnaître et préféra attaquer plutôt que de se défendre.

— Pourquoi me suivais-tu, voilà ce que j'aimerais savoir.

— Pour être sûr que tu rentres chez toi sans encombre, bien sûr.

Cet aveu la laissa sans voix, et à court d'arguments.

— Oh.

— Oui, oh, comme tu dis. Contrairement à ce que vous semblez croire, mademoiselle Montgomery, il y a un peu de chevalier servant en moi. Alors si ça vous dit de me remercier...

Elle ouvrit la bouche pour l'envoyer au diable, mais il n'attendait visiblement pas de réponse, car il avait déjà pivoté sur lui-même et, les mains sur les hanches, examinait l'endroit où ils se trouvaient.

— On dirait une espèce de grotte.

Maddie regarda autour d'elle en plissant les yeux. Le trou, au-dessus de leurs têtes, n'éclairait qu'un espace restreint, mais sur sa gauche, elle distingua une paroi rocheuse. Un souffle d'air frais et humide et le sentiment que l'obscurité s'étendait beaucoup plus loin que ce cercle de lumière lui donnèrent la chair de poule.

— Il doit y en avoir plusieurs en enfilade, qui conduisent l'eau jusqu'au puits, dit-elle. Mais nous ne sommes qu'à trois mètres de profondeur. Le puits est beaucoup plus profond que ça.

— Donc la série de grottes continue, mais sous nos pieds.

Il fit quelques pas, disparut dans l'obscurité, et elle faillit le supplier de revenir.

— Il fait trop sombre, lança-t-il. Je reviendrai un autre jour avec des lanternes, pour voir jusqu'où elle va.

Il reparut, et elle lut sur son visage un mélange d'excitation et d'espièglerie. Était-ce l'expression qu'il avait lorsque son cheval gagnait à l'hippodrome de Newmarket, ou quand il avait en main d'excellentes cartes à la table de jeu ?

— Ça t'intéresse tant que ça d'explorer cet endroit ?

— Depuis mon retour de France, je cherche désespérément comment pimenter mon quotidien. J'ai trouvé.

— Ton duel contre lord Sommerville, ce n'était pas assez excitant ? demanda-t-elle d'un petit air innocent.

Il haussa les épaules.

— Je ne l'ai même pas blessé.

Elle attendit qu'il lui en dise un peu plus, mais il n'en fit rien.

— Bon, en tout cas, pas question que tu fasses cela sans moi, lâcha-t-elle finalement. Ces terres appartiennent conjointement à nos deux familles, tu te souviens ? J'ai autant le droit que toi de faire des fouilles ici. Et puis, qui sait ? Tu pourrais découvrir quelque chose d'intéressant.

— Je doute que nous ayons la même conception de ce qui est intéressant, toi et moi. Mais comme c'est probablement la seule distraction un peu originale que l'on trouve dans le coin...

— Il est possible que nous soyons les premiers à entrer dans cette grotte depuis des milliers d'années. Nous pourrions faire une découverte archéologique d'importance, comme des ossements humains ou des objets.

— Je vais peut-être te surprendre, mais trouver des restes humains n'arrive pas en premier sur ma liste de distractions incontournables. Je te promets quand même de t'avertir si j'en découvre. Ça te va ?

— Pas vraiment. De toute façon, tu passeras sans doute à côté sans les voir. Ou alors tu trouveras quelque chose de vraiment intéressant et tu ne me le diras pas, pour monopoliser l'attention et l'admiration.

Il leva les yeux au ciel.

— Très bien, mademoiselle je-ne-fais-confiance-à-personne. Tu pourras venir avec moi. Si tu penses être capable de tenir le rythme.

Il avait dit cela un peu en l'air, mais ce fut plus fort qu'elle, et même si elle savait que relever un quelconque défi lancé par Gryff Davies était une erreur, elle mordit à l'hameçon.

— Bien sûr que je tiendrai le rythme. On se retrouve quand ?

— Tu penses que tu seras d'attaque demain ?

— Bien sûr.

— Alors très bien. Rendez-vous ici à midi.

Il entreprit d'escalader l'éboulis, et elle le suivit, malgré ses muscles douloureux. Il ne chercha même pas à l'aider, cette fois. Lorsqu'ils émergèrent enfin dans la clairière, elle inspira profondément, soulagée d'être sortie de l'oppressante obscurité.

Les chevaux broutaient toujours tranquillement l'un à côté de l'autre, près des arbres. Elle se servit d'un rocher, à côté de Galahad, pour monter en selle et adressa un salut un peu raide à Gryff, qui répondit d'un grand geste moqueur.

— À demain, ma douce. J'ai hâte.

6

Maddie espérait rentrer discrètement, par l'entrée de service, mais elle tomba nez à nez avec sa cousine Harriet dans le couloir.

Le père d'Harriet, oncle John, était le frère du père de Maddie. Harriet habitait la plupart du temps à Londres, où elle aidait son père à tenir l'agence de cartographie qu'il dirigeait, mais elle passait toujours une bonne partie de l'été à Newstead Park. Elle n'avait qu'un an de moins que Maddie, qui la considérait comme la sœur qu'elle n'avait jamais eue. En voyant l'état dans lequel était Maddie, elle ouvrit de grands yeux.

— Seigneur, que s'est-il passé ? Tu es tombée de cheval ?

— Non, le vent a emporté mon chapeau dans la rivière, et ensuite, je suis tombée dans un trou. Mais ce n'était pas le pire, loin de là.

— Les Davies ont envoyé l'un des leurs, je suppose ? devina Harriet.

— Le redoutable Gryff Davies en personne.

— Vraiment ? Je le croyais encore à Londres, à enchaîner les scandales.

— Malheureusement non. Il a pris la peine de venir lui-même, rien que pour nous narguer.

Maddie longea le couloir en boitillant et entra dans sa chambre, où Harriet la suivit.

— Espérer qu'il oublierait de venir était sans doute utopique, dit-elle d'un ton raisonnable.

Maddie se laissa tomber sur son lit et poussa un grognement.

— Tous nos problèmes auraient été résolus.

Harriet était au courant de la situation financière catastrophique de la famille. Malheureusement, son père n'était pas en position d'aider celui de Maddie. La cartographie marchait moins bien depuis la fin de la guerre, et il n'avait aucune économie.

— Alors ? Il était comment ?

— Pareil qu'avant. Pire.

Harriet eut un petit rire.

— Les frères Davies sont tous tellement séduisants.

— Tellement énervants, tu veux dire.

Harriet lui donna un petit coup de coude, et Maddie sentit le rouge lui monter aux joues.

— C'est à cause de Gryff Davies que tu es tombée dans ce trou ?

— Non. Enfin, si. Indirectement.

Harriet eut la sagesse de ne pas chercher à comprendre ce que cela voulait dire.

— Et... il n'a pas parlé de son frère, par hasard ?

Maddie éclata de rire devant l'air faussement désinvolte de sa cousine. Depuis des années, Harriet était obsédée par Morgan, le plus jeune des frères Davies.

— De Rhys, tu veux dire ? la taquina-t-elle d'un ton innocent.

— Non, de l'autre. Celui qui est parti en mer.

— Oh, tu veux parler de *Morgan*. Non, je ne crois pas qu'il ait été question de lui, ni de son autre frère.

De sa sœur non plus. Il était trop occupé à être insupportable. Pourquoi cette question ?

— Pour rien.

Comme Maddie la regardait d'un air dubitatif, Harriet précisa sa réponse en la toisant :

— Puisque tu veux tout savoir, j'ai entendu dire que l'amirauté se servait de certaines de nos cartes pour naviguer. Du coup, je me demandais comment il allait. Et s'il était satisfait de la précision des cartes. C'est tout.

— Ah, d'accord. Il s'agit donc d'une préoccupation purement professionnelle, dit Maddie avec sérieux.

Les oreilles d'Harriet viraient au cramoisi.

— Bien sûr. Mais, pour tout te dire, je lis les rapports de l'amirauté dans le *Times*. Et cela fait plusieurs mois qu'on n'a plus de nouvelles du vaisseau sur lequel navigue Morgan.

— Ne me dis pas que tu t'inquiètes pour un Davies, se moqua Maddie. Ces hommes-là sont pires que les mauvaises herbes, on ne s'en débarrasse jamais.

— Bien sûr que non, je ne m'inquiète pas, répliqua Harriet un peu trop vite. Pas plus que pour n'importe quelle créature vivante, comme un serpent. Ou un crapaud.

— Ah, d'accord, je comprends. Tu poses la question par pure bonté d'âme. Mais Gryff n'a pas parlé de lui, je suis désolée.

Elle roula sur le lit et grimaça. Assurément, elle serait couverte de bleus et pleine de courbatures le lendemain, mais il n'était pas question qu'elle laisse Gryff partir à l'aventure sans elle.

— Tu as vu les tantes, aujourd'hui ?

— Pas depuis le petit déjeuner. Elles étaient invitées à déjeuner chez lady Brassey, à Raglan Grange.

Les tantes – c'était ainsi qu'on les appelait – étaient les sœurs aînées de sa mère, Prudence et Constance. Elles occupaient depuis toujours l'aile est de Newstead. D'après ce que Maddie avait entendu dire, elles étaient arrivées trente ans plus tôt, pour quelques jours, et n'étaient jamais reparties.

Quand il parlait d'elles, son père le faisait toujours en grommelant. Il les appelait « les deux sorcières », « les commères réunies » et, la plupart du temps, les laissait tranquilles. Mais depuis que la scarlatine avait emporté sa femme, alors que Maddie n'avait que dix ans, les tantes avaient été pour le reste de la famille une vraie source de réconfort et un indéfectible soutien.

— Ton père te cherchait, dit Harriet.

— Il voudra savoir lequel de ces satanés Davies a osé pointer le bout de son nez. En fait, j'ai été plutôt surprise qu'il me laisse y aller à sa place. Cette rencontre était l'un des événements de l'année, autrefois, et il adorait aller se mesurer au vieux comte.

— Peut-être que le nouveau comte va lancer un nouveau projet contre lequel il pourra s'élever, juste par principe ?

— Si quelqu'un a le don d'énerver ses semblables, c'est bien Gryff Davies. Je suis certaine qu'il fera tout ce qu'il peut pour se rendre insupportable en attendant de retourner à Londres.

Elle se leva et entreprit de déboutonner sa veste.

— Il faut que je me change. Papa déteste me voir pleine de boue quand je rentre de mes fouilles.

Après avoir passé une robe en coton et réussi à domestiquer sa chevelure en un sage chignon, elle descendit jusqu'au bureau de son père. Il était assis devant un monceau de papiers, ses petites lunettes à monture métallique sur le nez, et leva la tête en l'entendant entrer.

— Alors ?

Son expression optimiste serra le cœur de Maddie. C'était à elle que revenait le triste privilège de réduire ses espoirs à néant, et elle détestait cela. Elle secoua la tête, et le découragement reprit aussitôt sa place sur le visage de son père.

— Ils ont réussi à trouver quelqu'un pour représenter la famille, alors.

C'était plus une constatation qu'une question.

— Un cousin éloigné, à la mode de Bretagne. Un bellâtre fainéant avec juste assez de sang Davies dans les veines pour empêcher que la terre nous revienne. Je me trompe ?

— Pas complètement. Un Davies est bien venu. Mais c'était le nouveau comte. Le fils aîné, Gryffud.

— Le soldat ? Ton oncle John m'a pourtant écrit qu'il était bien à l'abri à Londres, occupé à se creuser une tombe à coups de whisky et de nuits de débauche.

Maddie fit la moue.

— C'était sans doute vrai, mais il a tout de même trouvé le moyen de venir ici pour honorer le décret.

— Tu es sûre que c'était lui ? Ces maudits oiseaux sont capables d'envoyer un imposteur. Tu lui as demandé de prouver qu'il était bien un Davies ?

— Je n'en ai pas eu besoin. Il a exactement la même tête que lorsque nous étions enfants.

« Enfin, pas tout à fait, songea Maddie. Il est plus carré. Plus fou. Plus irrespectueux. Et dégage un cynisme qui ne fait qu'ajouter à son charme. Qu'il aille au diable ! »

— Un jeune coq imbu de sa personne, je parie, grommela son père.

— Exactement.

— C'est fâcheux. Mais bon, je me doutais bien que quelqu'un viendrait. Il faudrait que le dernier Davies moisisse dans sa tombe pour qu'ils nous concèdent un centimètre de terrain.

Maddie se retint de lever les yeux au ciel. Son père en faisait toujours trop. C'était son côté théâtral.

— Qu'est-ce que c'est que tout ça ? demanda-t-elle en montrant les papiers qui jonchaient le bureau.

Une lueur d'excitation s'alluma dans le regard de son père.

— Ce sont les plans qu'avait tracés le vieux comte pour creuser un canal à travers les terres qui appartiennent à nos deux familles. Je suis sûr que le fils sera aussi fou que son père et tentera de relancer le projet. J'ai besoin de parler avec mon avocat, qu'il me trouve de nouveaux arguments contre pareilles inepties.

— Un avocat ? Cela va entraîner des dépenses. Et puis, le nouveau comte ne s'intéressera peut-être pas du tout à ce projet. Tu ne veux pas attendre de voir, plutôt ?

Son père, bien sûr, ignora ce conseil, pourtant avisé.

— Mais tu es contre cette idée de canal toi aussi, Maddie.

— J'ai de bonnes raisons de l'être, moi. La construction d'un canal à cet endroit détruirait tout ce qui serait susceptible d'avoir un intérêt archéologique. Quelles sont tes raisons, à toi ?

— Pff… Je n'ai pas besoin de raisons. Tout ce qui sort de la tête d'un de ces corniauds de Gallois est forcément une mauvaise idée. On n'a jamais eu besoin d'un canal ici. Pourquoi se mettre à creuser la campagne aujourd'hui ?

Maddie inspira profondément. Ils avaient déjà eu cette discussion. Et même si la perspective de voir cette magnifique vallée défigurée par un canal lui déplaisait, le besoin impérieux d'argent devait pouvoir passer avant tout argument historique et esthétique.

— Le monde évolue. Peut-être que ce n'est pas une si mauvaise idée, un canal. Nous percevrions une partie des droits de passage payés par les bateaux qui l'emprunteraient.

Son père haussa les sourcils.

— Pourquoi te fais-tu l'avocat du diable, tout à coup ?

— Parce que tous les projets n'impliquant pas que j'épouse sir Mostyn Drake devraient mériter qu'on les étudie, répondit-elle sèchement.

— Allons, Maddie…

— Je ne peux pas ! Cet homme est abominable.

— Je reconnais qu'à première vue, personne ne se précipiterait pour l'épouser. Mais il est riche. Et c'est un excellent homme d'affaires. Une fois mariée, tu le verras à peine…

— Tu penses qu'il me laissera continuer mes fouilles ?

Son père allait répondre, mais elle poursuivit sans attendre :

— Non. Chaque fois que j'en parle, je vois bien qu'il a un petit sourire en coin. « L'épouse d'un juge de paix ne peut pas se donner ainsi en spectacle, à arpenter la campagne », voilà ce qu'il m'a dit.

Son père se décomposa un peu plus. C'en était presque comique.

— Ah.

— Même si l'homme que je finirai par épouser ne partage pas mon goût pour l'archéologie, j'espère qu'au moins il me laissera garder ce hobby. Avec maman, vous formiez un couple tellement merveilleux. Je veux la même chose.

Son père s'affala un peu plus dans son fauteuil, et Maddie comprit qu'elle avait gagné.

— Ah, Maddie, soupira-t-il. C'est ce que je veux pour toi, moi aussi. Mais je me disais...

Il s'interrompit, se passa une main dans les cheveux.

— Il m'a offert de l'argent, tu sais.

Maddie se figea.

— Qui ? Sir Mostyn ? Pour m'épouser ?

— Oui.

— Combien ?

— Deux mille livres.

Maddie ferma les yeux.

— Et il renoncerait à ta dot. Ce qui épongerait les dettes les plus urgentes, lâcha son père, plus abattu que jamais.

— Combien as-tu perdu, exactement ?

— Presque six mille livres.

La pièce vacilla autour d'elle. Seigneur ! Elle savait la famille en difficulté, mais à ce point... Six mille livres, c'était une somme exorbitante.

— Deux mille livres, cela calmerait les créanciers les plus impatients et me laisserait le temps de trouver le reste de l'argent ailleurs. Nous n'aurions pas à vendre la maison.

Maddie s'en voulait. Était-ce puéril de sa part de souhaiter épouser un homme pour qui elle aurait des sentiments, comme l'avaient fait ses parents ? Son bonheur personnel était-il plus important que celui du reste de la famille, qu'elle aimait de tout son cœur ? Et si, à cause d'elle, les tantes étaient contraintes de quitter la maison dans laquelle elles vivaient depuis des décennies ? Une maison que, génération après génération, les Montgomery avaient toujours défendue.

Mais épouser sir Mostyn... Cette idée lui donnait la nausée.

Les choses auraient été différentes s'il avait été un homme bien. Il n'était pas beau, mais l'apparence ne faisait pas tout. L'âge non plus. Un homme plus âgé qu'elle, mais bon, ne l'aurait pas rebutée. Un homme qui aurait respecté ses opinions et son goût pour l'archéologie. Qui l'aurait considérée comme une partenaire, à qui il aurait été possible de se confier, d'avouer ses difficultés, et dont elle aurait pu attendre le même soutien que celui qu'elle était prête à lui apporter.

Tout cela était hors de question avec sir Mostyn. Ce sinistre individu lui faisait penser à un croque-mort. Ou à un corbeau. Ses tenues invariablement sombres soulignaient son teint blafard, et ses yeux chassieux, d'un bleu délavé, s'attardaient toujours trop longtemps sur sa poitrine.

Le soupir résigné de son père la ramena à la réalité.

— Je lui ai dit que nous l'informerions de notre décision samedi, au bal de sir Digby. Si vraiment tu ne peux pas supporter l'idée de l'épouser, je ne t'y forcerai pas.

Il lui sourit, et Maddie lui rendit son sourire, mais elle avait le cœur lourd.

— Merci. Tu verras, nous trouverons un autre moyen de réunir cette somme.

Un nouveau grommellement accueillit sa réponse. Elle décida de changer de sujet.

— Il semblerait que Napoléon ait atteint Paris, dit-elle en montrant le *Times*, sur le bureau de son père. Il aurait déjà rassemblé cent cinquante mille hommes.

La diversion fit effet. Son père détestait Bonaparte depuis toujours. Il s'enflamma.

— Ce bandit ! Il ne sera content que lorsque nous chanterons tous *La Marseillaise*.

Cela faisait bientôt trois semaines que l'empereur déchu s'était échappé de l'île d'Elbe où il avait été exilé, et les journaux anglais suivaient son inexorable progression en direction de la capitale française avec une aigreur haletante.

— J'espère que Tristan ne s'est pas retrouvé pris dans toute cette folie, dit Maddie.

Son frère aîné avait la fâcheuse habitude de se laisser entraîner dans les pires aventures.

— J'ai écrit à sa dernière adresse, un endroit au nom imprononçable, quelque part en Autriche, mais je n'ai pas eu de réponse. Tu sais comme il est. Il ne tient pas en place.

Maddie hocha la tête. Que dire de plus ?

— Les tantes sont allées dîner chez lady Brassey.

— Je me disais, aussi… On sent moins l'odeur du soufre, dit son père avec un sourire en coin.

Elle lui lança un regard lourd de reproches.

— Sois gentil. Tu sais très bien que sans elles nous serions perdus.

Son père secoua la tête.

— Je te le répète, Maddie, ta mère était la meilleure des trois.

Son regard se perdit dans le vague au souvenir de son épouse. Puis il toussota et, d'un geste, fit signe à sa fille qu'il voulait être seul.

— Allez, file. Nous nous verrons au dîner.

Elle le laissa ressasser ses souvenirs. Dieu sait quelle aurait été sa réaction si elle lui avait annoncé avoir rendez-vous avec son nouvel ennemi juré le lendemain. Mais la possibilité d'une découverte archéologique valait bien qu'elle surmonte ses a priori et qu'elle rencontre un Davies.

Seule. Dans le noir.

7

Le lendemain, Gryff était déjà devant l'entrée de la grotte quand Maddie arriva.

Il s'était habillé pour la circonstance, en culotte de cheval, bottes cavalières boueuses et veste qui semblait moins ajustée que celle qu'il portait la veille, même si elle soulignait admirablement sa carrure. Sa chemise blanche était fermée par un foulard négligemment noué, et elle ne put s'empêcher de sourire. Il ressemblait à un petit propriétaire terrien, et pas du tout au soldat aguerri ni au chéri de ces dames dont la rumeur se plaisait à commenter les faits d'armes.

Mais les apparences pouvaient être trompeuses, elle le savait. Alors, venir seule ici était-il de la folie ? Que savait-elle de l'homme qu'il était devenu ? Les années passées sur les champs de bataille pouvaient avoir eu toutes sortes de conséquences négatives sur sa personnalité.

Et s'il était devenu fou ? Il pourrait l'étrangler, au fond de ce trou, et personne n'en saurait jamais rien.

Elle aurait dû dire à Harriet où elle allait. Non, mieux, elle aurait dû demander à sa cousine de l'accompagner. Mais une partie d'elle-même avait souhaité vivre seule cette aventure – et garder Gryffud Davies pour elle.

Juste une journée.

Elle n'aurait su dire pourquoi, mais, malgré l'indubitable supériorité physique de Gryff et le fait qu'ils ne s'étaient jamais entendus, elle s'était toujours sentie en sécurité avec lui. Avec lui, elle était en terrain connu, et la constance avec laquelle il n'avait cessé de l'asticoter la rassurait. De plus, même s'il l'avait tourmentée sans relâche quand ils étaient enfants, il n'avait jamais rien fait qui l'ait mise physiquement en danger. C'était une fripouille, certes, mais le sens de l'honneur était enraciné en lui de la même manière que les veines de charbon étaient incrustées dans les collines galloises.

Il la regarda mettre pied à terre avec un petit sourire provocateur.

— Bonjour mademoiselle Montgomery. Prête pour l'aventure ?

— Toujours.

Il la dévisagea, et elle se retint de porter une main à ses cheveux pour vérifier si sa coiffure tenait. Après le désastre de la veille, elle avait contenu sa chevelure le plus strictement possible, avec l'aide d'un nombre impressionnant d'épingles et de peignes. En principe, à moins d'un tremblement de terre, tout devait rester en place.

Ne voulant pas qu'il pense qu'elle avait soigné son apparence pour lui, elle avait mis la tenue qu'elle portait en général lorsqu'elle faisait des fouilles : robe de serge bleue, spencer assorti et bottines en cuir qui n'en étaient pas à leur première sortie. Son père plaisantait toujours sur cette tenue, disant qu'elle avait ainsi une allure de lavandière. Mais il n'était pas question qu'elle abîme une jolie robe en allant patauger dans la boue, surtout en ces temps difficiles où elle n'avait pas les moyens d'en acheter une autre.

— Avant que nous descendions, Davies, j'aimerais que nous déclarions une trêve temporaire.

Il sourit.

— Une trêve ? Mais ce n'est pas drôle !

— Tu crois que j'ai oublié tous les tours que vous nous avez joués, tes frères et toi, quand Harriet et moi étions petites ?

— Ce n'étaient que des jeux d'enfants.

Des jeux d'enfants qui, étrangement, la déstabilisaient, et appelaient toujours une revanche de sa part. Elle ne tenait pas à ce que cela recommence.

— Une trêve, répéta-t-elle très sérieusement. Pour tout le temps que nous passerons dans ces grottes. Cela inclut l'interdiction de me sauter dessus dans le noir pour m'effrayer.

Il porta une main à son cœur comme s'il venait de recevoir un coup mortel.

— Mais jamais je ne ferais une chose pareille !

— Ce ne serait pas la première fois. Si ça se trouve, en ce moment même, tu prévois de m'étrangler et de laisser pourrir mon corps au fond de ce trou.

Il fit la moue.

— J'aimerais faire beaucoup de choses à ton corps, ma douce, mais crois-moi, l'étrangler n'est pas sur la liste. En plus, un ennemi mort, ce n'est plus drôle. Demande à ton père.

— Ah, ça, c'est vrai, concéda-t-elle, tentant désespérément d'ignorer la bouffée de chaleur que provoquait en elle la remarque suggestive de Gryff. Donc tu es d'accord pour un cessez-le-feu ?

— Oui. Et je suggère que nous scellions notre pacte de la même manière qu'hier.

Son regard vert espiègle se posa sur ses lèvres, et elle se sentit sur le point de prendre feu.

— Ta parole me suffira, dit-elle sèchement.

— Quelle déception, soupira-t-il, avant d'aviser le petit sac qu'elle venait de décrocher de sa selle. Qu'est-ce que tu transportes là-dedans ? Une paire de gants blancs ? Un mouchoir avec tes initiales ? Vous autres femmes, vous avez toujours des choses tellement ridicules sur vous…

— Je ne suis pas une stupide coquette. J'ai des bougies et de quoi faire du feu. Une boussole. Mon canif.

Le grognement qu'il émit pouvait passer pour du respect peinant à s'exprimer. Il mit son propre sac en bandoulière.

— Tu peux laisser les bougies. Les flammes à l'air libre, dans un espace fermé comme une mine, ce n'est pas une bonne idée.

— Il ne s'agit pas d'une mine, mais d'une grotte.

— Mais il vaut mieux prévenir que guérir.

D'une sacoche accrochée à sa selle, il tira une lampe cylindrique en cuivre. La partie supérieure était formée d'un tamis métallique très serré surmonté d'un couvercle. Gryff alluma la mèche du brûleur qui se trouvait à l'intérieur.

— Ça, c'est la dernière invention en matière d'éclairage dans le domaine minier. C'est un nouveau type de lampe, dite lampe de sûreté. Le tamis métallique refroidit la flamme, qui ne peut plus le traverser. Elle a été conçue par un certain Stephenson. Elle donne un peu moins de lumière qu'une bougie, mais est beaucoup plus sûre.

— Plus sûre comment ?

— Quand on est sous terre, il faut faire attention au grisou.

Elle plissa le nez.

— Le grisou ?

— C'est le nom que donnent les mineurs aux gaz autres que l'air qui peuvent s'accumuler dans des poches à l'intérieur de la couche de charbon et les intoxiquer. Ou exploser. Une petite étincelle ne peut pas faire exploser ces poches de gaz, mais une flamme nue, comme celle d'une bougie, oui.

— Seigneur, murmura Maddie. Comment sais-tu cela ?

— Je sais que tu me prends pour un dilettante qui ne s'intéresse à rien, mais mon père a insisté pour que j'en apprenne le plus possible sur les mines de charbon de la famille, sachant que j'en hériterai un jour.

Il lui donna la lampe et en alluma une autre pour lui. Ensemble, ils s'approchèrent du trou dans lequel elle était tombée. Gryff se pencha en avant.

— Il avait beau avoir des défauts, poursuivit-il, il a vraiment essayé d'améliorer les conditions de travail de ses employés. L'an dernier, tous nos mineurs ont été équipés de cette lampe.

Maddie retint un frisson et se pencha à son tour au-dessus du trou béant. L'obscurité n'invitait guère à descendre, mais Gryff se laissa glisser sur la pente.

— Il y a plusieurs sortes de grisou, tu sais, continua-t-il d'un ton enjoué. Le plus explosif est composé de méthane, qui s'accumule dans des poches à l'intérieur des couches de charbon. Il peut provoquer des explosions s'il entre en contact avec une flamme nue. C'est arrivé il y a trois ans, dans les mines Felling, près de Newcastle. Quatre-vingt-treize personnes sont mortes.

— Quelle horreur !

— Il y a aussi le grisou composé de gaz carbonique et de vapeur d'eau, sans oxygène du tout. Il empêche de respirer, et on meurt asphyxié.

Maddie eut soudain la désagréable sensation qu'elle étouffait. Cette crapule essayait juste de lui faire peur, pour qu'elle renonce à l'accompagner. Mais elle en avait vu d'autres. Elle se força à le suivre le long de l'éboulis.

— Il y a également un mélange d'oxyde de carbone avec d'autres gaz issus de la combustion, et puis un dernier grisou, qui sent l'œuf pourri parce qu'il est bourré de soufre.

— Arrête un peu, soupira-t-elle sans parvenir à voir s'il plaisantait ou non, car il n'y avait pas assez de lumière. Qu'est-ce que tu vas inventer ensuite ? Un grisou qui sent bon ?

Il ignora le sarcasme.

— Et, bien sûr, il y a aussi le coup de poussier, mortel, produit par l'explosion de poussières de carbone, hautement inflammables.

— Bien sûr.

Il leva sa lampe.

— Voilà pourquoi nous avons besoin de ça.

Elle poussa un soupir accablé.

— Très bien. Pas de bougies, donc.

— C'est rassurant de voir que tu es capable de reconnaître quand les autres ont raison.

— À t'entendre, je te contredis juste pour le plaisir.

— Mais c'est ce que font toujours les Montgomery et les Davies, non ?

Ils étaient arrivés en bas, et il s'éloigna pour aller inspecter la paroi du fond. Maddie se prit à espérer que la grotte ne s'étendait pas plus loin que quelques mètres dans l'une ou l'autre direction.

Malheureusement, il poussa un cri de surprise et s'exclama, ravi :

— Regarde ! Un tunnel. Je le savais.

Elle jeta un regard inquiet en direction de l'obscurité.

— Attends. Et s'il y a des chauves-souris ? Ou des rats ?

— Ou des chats ? Avec des petits chapeaux ?

Elle leva les yeux au ciel. Ce qu'il pouvait être puéril, parfois !

— Je commence à me demander si tu n'as pas été blessé à la tête sur le champ de bataille.

— Bien sûr que si. Plusieurs fois, dit-il en revenant vers elle. Mais ce n'est ni des chauves-souris ni des rats que tu dois avoir peur. C'est du redoutable serpent cravate.

— Le serpent cravate, répéta-t-elle, amusée malgré elle. Je t'écoute.

— C'est un parent du serpent jarretière.

— Mais oui. Comment n'y ai-je pas pensé !

— Le serpent cravate s'appelle ainsi parce qu'il s'enroule autour du cou de sa victime comme une cravate.

Il s'approcha d'elle et referma ses mains autour de son cou. Maddie retint un cri de surprise. Il avait les mains chaudes, et si grandes que ses doigts se prirent dans ses cheveux, sur sa nuque, tandis que ses deux pouces caressaient délicatement son menton.

Elle déglutit, sentit la contraction de ses muscles sous les mains de Gryff. Déjà, son cœur battait plus vite. Il devait sentir son pouls. Mais elle fit de son mieux pour afficher indifférence et détachement.

— Il s'enroule, tourne et tourne autour du cou, murmura-t-il sans la lâcher.

Avec la légèreté d'une plume, son pouce descendit sur sa gorge, et Maddie comprit soudain ce que la pauvre souris ressentait lorsque le python l'étouffait. Elle était incapable de bouger, vidée de toute volonté.

— Et puis il serre, continua Gryff d'une voix presque éteinte. Lentement. Jusqu'au dernier souffle de sa victime.

Déjà, elle avait l'impression de défaillir, du seul fait de la proximité de leurs deux corps.

Lorsqu'il serra un tout petit peu plus fort, elle sentit qu'elle s'enflammait, et cela la déconcerta. La pointe de ses seins se dressa contre son corset, et une sensation étrange se répandit au creux de son ventre. Et plus bas. Elle frémit, horrifiée par sa réaction. Il prenait un plaisir morbide à lui faire peur.

— Arrête, dit-elle en le repoussant, brisant le charme.

Il la lâcha et fit un pas en arrière, visiblement content de lui.

— N'aie pas peur, mademoiselle Montgomery. Il n'y a pas de serpent cravate en Angleterre, ni au pays de Galles. L'animal le plus dangereux que tu rencontreras dans cette caverne, c'est moi.

C'est bien ce que je crains.

Il ramassa sa lampe et s'enfonça dans la pénombre.

— Allez, suivez-moi, la bleusaille.

— La bleusaille ?

— C'est comme cela que l'on appelle les nouvelles recrues dans l'armée.

Rien qu'à l'idée qu'on puisse avoir Gryff comme officier supérieur et être sous ses ordres jour et nuit, Maddie était horrifiée. Elle fouilla dans son sac, en tira le bâton de craie trouvé dans la pièce qui servait à l'étude et traça une flèche sur la paroi, à hauteur de sa taille.

Il se retourna.

— Que fais-tu ?

— Je marque notre chemin, pour qu'on ne se perde pas. Si la galerie souterraine s'étend plus loin, nous pourrons suivre les flèches pour rentrer.

— Bonne idée. Tu aurais aussi pu prendre une pelote de fil et la dérouler.

— Comme Thésée dans le labyrinthe du Minotaure ?

— Oui.

Il sembla surpris qu'elle ait saisi son allusion à ce classique de la mythologie, et elle lui renvoya un sourire serein. Elle avait eu beaucoup de temps pour lire pendant sa convalescence et connaissait sans doute mieux Homère que lui.

— C'était une idée d'Ariane. La plupart de ces héros grecs, tout forts et grands soient-ils, ont besoin d'une femme intelligente à leurs côtés.

— Si c'est toi qui diriges cette expédition, ma douce, nous sommes perdus, dit-il en riant. Jamais nous ne ressortirons de cette galerie.

Elle lui répondit d'un regard noir qui le fit battre en retraite.

La grotte était bien une galerie, d'environ trois mètres de haut sur autant de large. Une charrette et un cheval auraient facilement pu s'y déplacer. Le sol était assez lisse – peut-être s'agissait-il du lit d'une rivière asséchée ? Ici et là, dans les creux de la roche, brillaient des flaques d'eau. On entendait des gouttes tomber, un peu plus loin. Gryff avait déjà pris de l'avance, et Maddie le rattrapa d'un pas rapide, une main sur la paroi de la galerie. Elle ne tenait pas à rester seule dans l'obscurité.

— Dire que je craignais de m'ennuyer, dit-il lorsqu'elle parvint à sa hauteur. Mais on n'a pas ce genre de distraction à Londres.

— Pourtant, d'après ce que j'ai entendu dire, tu as trouvé de quoi t'amuser, là-bas. On raconte que tu as dû quitter la ville à cause de ce duel contre Sommerville.

— C'est vrai.

Elle leva les yeux, espérant qu'il lui en dirait un peu plus, mais il semblait résolu à la décevoir. Quel homme agaçant, vraiment.

Bientôt, le puits de lumière ouvert lors de sa chute ne fut plus qu'un point derrière eux. Elle traça une nouvelle flèche à la craie, tandis qu'un air glacial venu d'en haut la faisait frissonner.

— Tu as peur du noir ? demanda Gryff.

— Non, pas du noir exactement. Mais savoir que nous avons plusieurs tonnes de terre et de roches au-dessus de nos têtes... Reconnais que ce n'est pas une sensation très agréable.

— Avoir tout un régiment français qui charge dans ta direction n'est pas très agréable non plus, tu peux me croire. J'échange les balles contre la terre et les roches quand tu veux. Tu as froid ?

— Un peu.

— Dans l'armée, on nous apprend à partager notre chaleur corporelle quand il fait froid, dit-il avec un sourire narquois.

Elle se sentit rougir et remercia le Ciel pour le manque de lumière. Une chose était sûre : elle n'avait plus froid, tout à coup. Imaginer Gryff plaquant son corps contre le sien lui donnait des bouffées de chaleur.

— Je vais très bien, merci.

Gryff se mit à rire, comme s'il savait précisément l'effet qu'il lui faisait.

— J'aurais dû dire à Harriet de venir aussi, grommela-t-elle.

— Ta cousine ? Elle n'est pas à Londres ?

— Non, elle est ici pour l'été, comme tous les ans.

Gryff se souvenait-il du nombre de fois où ses frères et lui les avaient dérangées toutes les deux pendant l'été ? Maddie avait toujours maudit le don qu'ils semblaient avoir pour prédire où elles seraient – à la chasse aux papillons dans la prairie, ou à la recherche d'un trésor dans l'un des nombreux châteaux abandonnés qui jalonnaient la campagne. Mais finalement, songea-t-elle en fronçant les sourcils, s'étaient-ils toujours trouvés sur leur chemin par hasard ? Ou les avaient-ils toujours cherchées, rien que pour les faire enrager ?

— Harriet est cartographe, maintenant, dit-elle. Elle aurait pu venir et faire un tracé de ces galeries.

— Établir une carte depuis les sous-sols, ce doit être difficile. Il est compliqué d'évaluer les distances quand on n'a pas de point de repère. Peut-être même qu'une boussole ne fonctionnerait pas, ici.

— Pourquoi ? Le champ magnétique de la Terre n'est-il pas toujours le même, où que l'on soit ?

— Si, mais sous terre, on trouve des poches de roches ferreuses qui peuvent affoler la boussole. Il y a des mines de fer ici depuis aussi longtemps qu'il y a des mines de charbon. Des mines d'or, aussi, mais en moindre proportion.

La galerie était devenue plus basse, et Maddie pria pour qu'ils en aient atteint le bout, mais Gryff se courba et continua d'avancer.

— Attention à ne pas te cogner, dit-il.

Comme elle faisait une bonne tête de moins que lui, elle n'eut pas à se baisser. Le halo de sa lampe éclairait la largeur des épaules de son compagnon et la courbe parfaite de son postérieur. *Franchement, quel besoin as-tu de remarquer cela ?* Surtout dans un espace aussi confiné. *Qu'est-ce qu'il te prend, à la fin ?*

La foudre lui avait peut-être vraiment embrouillé le cerveau, finalement. Les symptômes avaient juste mis plusieurs années à se manifester.

8

Maddie leva sa lampe, intriguée par les ombres étranges projetées sur les parois de la galerie.

— Cela me fait penser au moment où l'on attaque un nouveau chantier de fouilles, lança-t-elle à Gryff, toujours devant elle. Il y a tant de possibilités, c'est excitant. Nous pourrions trouver le tombeau du roi Arthur ! D'après la légende, il avait sa cour pas très loin d'ici, à Caerleon.

— Pff... On a plus de chances de tomber sur des dragons endormis dans un lac souterrain.

Comme elle ne disait rien, il se retourna.

— Tu ne connais pas cette légende ? s'exclama-t-il devant son air perplexe.

— Non.

Il secoua la tête.

— C'est parce que tu es anglaise. Tous les Gallois l'entendent dès le berceau. Bon, je te la raconte, alors. Il y avait autrefois un seigneur de guerre appelé Vortigen, qui avait décidé de bâtir une forteresse à Dinas Emrys, au nord d'ici. Ses hommes construisaient des murailles, mais chaque matin, à leur retour, elles s'étaient écroulées. Merlin l'Enchanteur lui expliqua que deux dragons, un blanc et un rouge, représentant respectivement l'Angleterre et le pays de

Galles, vivaient dans un lac, sous la colline de Dinas Emrys, se battaient tout le temps, et que c'étaient leurs combats qui faisaient tomber les murailles. Alors Vortigen fit creuser la colline, découvrit le lac et réveilla les dragons, qui commencèrent à se battre. Le dragon blanc perdit et s'enfuit, et le dragon rouge retourna dans le lac.

— J'aurais dû me douter que dans ton histoire ce serait le Gallois qui battrait l'Anglais.

— De toute façon, je doute que nous trouvions grand-chose ici. C'est trop profond. Si des hommes des cavernes s'étaient servis de cet endroit pour s'abriter, ils seraient restés près de l'entrée.

— Peut-être, mais ils auraient pu cacher des choses un peu plus loin dans la galerie. Leurs objets précieux, par exemple.

— Ciel, mais j'ai affaire à une chasseuse de trésor ! s'écria Gryff, feignant l'horreur. Comme ce Belzoni[1], en Égypte.

— Mais pas du tout !

Gryff, pourtant, n'était pas si loin de la vérité. Elle s'était lancée dans les fouilles archéologiques par soif de connaissances, mais découvrir un trésor aurait indéniablement aidé ses finances.

— Trouver quelque chose de valeur serait agréable, je ne le nie pas, précisa-t-elle. Mais ce n'est pas ma motivation première.

Menteuse.

— Bien sûr, dit-il en contournant une concrétion calcaire qui descendait du plafond. Tu es une Montgomery. Tu ne manques pas d'argent.

1. Giovanni Belzoni (1778-1823), explorateur, pionnier de l'égyptologie, accusé d'avoir pillé des tombeaux égyptiens. (*N.d.T.*)

Le moral de Maddie dégringola en flèche, mais son orgueil prit le dessus, et elle afficha un sourire enjoué.

— Exactement.

— Je me suis laissé dire que depuis mon départ tu n'avais pas arrêté de faire des fouilles.

— Il y a des ruines historiques partout dans cette vallée. Des restes romains à Caerleon, et des menhirs juste à côté de Trellech, appelés Harold's Stones. Si je trouve quelque chose d'important, ce sera bénéfique pour toute la région.

— En quoi ?

— Cela attirera les touristes et générera des emplois. Un grand nombre de soldats revenus au pays ne trouvent pas de travail. Tout le monde sait que certains se sont tournés vers la contrebande et le vol pour joindre les deux bouts. Beaucoup de gens se rendent déjà à l'abbaye de Tintern, en aval de la rivière. Ils viendraient jusqu'ici s'il y avait quelque chose à voir.

— Ils visitent Tintern parce que Wordsworth a écrit un poème sur l'abbaye et parce que Turner l'a immortalisée sur une de ses toiles. Une ruine pittoresque est bien plus intéressante qu'un tas de terre informe.

— C'est bien pour cela que je cherche des objets. Un « trésor », comme tu dis. Les gens sont toujours impressionnés par ce qui brille. Il nous faut un coffre de bijoux romains ou un site funéraire antique. Je suis sûre qu'il y en a.

— Autant chercher une aiguille dans une botte de foin. Comment peux-tu être aussi optimiste ? Toi qui as été frappée par la foudre, bon Dieu !

— Mais c'est justement pour cela que je suis optimiste. Je suis la preuve vivante que tout peut arriver.

D'après les médecins, c'est un miracle que j'aie survécu. Bon, pour ne rien te cacher, j'espérais un peu en retirer des pouvoirs magiques, comme allumer une bougie avec les doigts ou devenir virtuose au piano du jour au lendemain, mais non. Rien du tout. Pas la moindre étincelle.

— Ah, je ne suis pas d'accord, mademoiselle Montgomery. Question étincelles, tu as ce qu'il faut.

Une nouvelle fois, elle se sentit rougir.

— Pas suffisamment, j'espère, pour provoquer un coup de grisou.

Le rire de Gryff résonna dans la galerie, et elle se troubla.

— Dommage que tu n'aies pas conservé un peu de toute cette énergie. Tu nous serais très utile, là, si tu brillais dans l'obscurité.

— Mais je ne pourrais sans doute toucher personne. Tu imagines, si tous ceux à qui je serrais la main recevaient une décharge électrique ?

Comme celle qu'elle avait reçue lorsqu'il l'avait embrassée.

Non, elle ne penserait pas à cela. D'ailleurs, elle n'avait pas passé presque toute la soirée de la veille à se remémorer cet instant.

Menteuse.

Il contourna une nouvelle concrétion.

— Tu te souviens de ce qui est arrivé quand tu as été frappée par la foudre ?

— Je n'ai pas été foudroyée directement. Enfin, je ne pense pas. J'étais sur un chantier de fouilles, en plein milieu d'un champ. Le ciel était dégagé, et je n'ai pas entendu le tonnerre ni vu d'éclairs. Les gens que j'employais étaient rentrés chez eux. J'allais faire de même, alors j'ai planté ma pelle dans la terre et je suis partie. J'étais à environ deux mètres de la pelle quand il y a eu un éclair aveuglant et un énorme coup de tonnerre.

» Je crois que la foudre est tombée sur le manche de ma pelle. J'ai dû perdre connaissance pendant quelques instants, parce que, quand j'ai ouvert les yeux, j'étais allongée sur le sol. Mon cœur battait à tout rompre, j'avais un horrible sifflement dans les oreilles et une sensation de brûlure dans le bras. Heureusement, Galahad n'avait pas pris ses jambes à son cou ; j'ai réussi à me mettre en selle et à rentrer à la maison.

» J'avais mal partout, et en me déshabillant, j'ai vu que des traces de brûlures de forme étrange apparaissaient sur ma peau. Le long du bras, partout sur le torse, j'avais des marques qui ressemblaient à des torsades, à des marbrures.

» Mon père a fait venir le Dr Williams. Il était fasciné. C'était la première fois qu'il examinait quelqu'un qui avait été frappé par la foudre. Il a pris des notes, fait des dessins – je suis sûre qu'il pensait déjà à l'article qu'il allait présenter au Collège royal des médecins.

— Tu en ris maintenant, dit Gryff, étonnamment sérieux. Mais, sur le coup, cela a dû être douloureux.

— Horrible. Les marques rouges sont devenues des cloques, qui ont mis des semaines à sécher et à cicatriser. Il a fallu plusieurs mois pour que ma peau retrouve une couleur normale. Aujourd'hui encore, alors que cela fait plusieurs années, il me reste quelques traces rouges. Je pense qu'elles ne partiront jamais complètement. J'ai la peau tellement claire…

— Et c'est encore douloureux ?

— De temps en temps. Une douleur intense remonte brusquement le long de mon bras, mais cela ne dure jamais plus de quelques minutes. Et les choses auraient pu être tellement pires ! Mon cerveau n'a pas été abîmé, et c'est ce qui compte.

— Il était assez mal en point au départ, pour autant que je me souvienne. Tu te mettais sans arrêt dans des situations impossibles.

Maddie traça une nouvelle flèche sur la paroi.

— Tes frères et toi n'y étiez pour rien, bien sûr.

Elle commençait à avoir mal aux jambes. Ils avaient déjà dû parcourir un bon kilomètre. La galerie était légèrement en pente ; peut-être descendait-elle jusqu'à la mer.

Ils n'allaient tout de même pas marcher jusque-là ? Mais, après tout, elle avait affaire à un ancien soldat, qui devait avoir l'habitude de parcourir des kilomètres sans se plaindre.

Elle cala sa sacoche sur sa hanche et ravala ses objections. Pas question qu'il entende une Montgomery se plaindre. Elle irait jusqu'au bout.

9

— Tu sais, frôler la mort m'a fait beaucoup réfléchir, dit Maddie tandis qu'ils avançaient péniblement. Que serait-il arrivé si je n'avais pas repris connaissance ? Qu'auraient dit les gens de moi ?

— Que tu étais un garçon manqué qui ne portait jamais de chapeau.

Elle ignora la plaisanterie.

— Non, vraiment. Qu'avais-je fait de ma vie ? Pas grand-chose, voilà la triste vérité.

— Tu n'avais que dix-huit ans. Personne ne se serait attendu à…

— Exactement ! On n'attend rien d'une jeune fille de bonne famille comme moi ! Rien d'intéressant, en tout cas. Nous sommes censées parler poliment, ne pas faire de vagues, épouser celui qu'on nous choisit. Les seuls dont on attend qu'ils fassent quelque chose de leur vie, ce sont les hommes. On vous donne une éducation pour vous aider à faire avancer la science ou la littérature. Vous devenez avocats et propriétaires terriens, militaires et hommes d'Église, artistes et médecins. Regarde Tristan, par exemple. Sa passion pour l'architecture l'a mené sur le continent, où il voyage sans arrêt et passe des moments merveilleux.

Elle se tut soudain, comme si la véhémence de ses propos la surprenait elle-même. C'était la première fois qu'elle exprimait ouvertement sa frustration. En dehors d'un vague sentiment d'insatisfaction, elle n'avait jamais vraiment eu conscience d'éprouver ces sentiments. Sans doute couvaient-ils en elle depuis des mois, voire des années.

— Jeanne d'Arc a mené les Français à la victoire contre les Anglais quand elle n'avait que dix-huit ans, reprit-elle d'un ton plus calme. Cléopâtre est devenue reine au même âge.

Elle traça une nouvelle flèche sur la paroi.

— Non que je tienne à réaliser quoi que ce soit de spectaculaire. Je voudrais juste faire quelque chose dont je puisse être fière. Qui rende le monde meilleur. Élargisse la connaissance qu'on en a. L'embellisse. Est-ce trop demander ?

Elle se tut et retint son souffle, craignant d'en avoir trop dit, d'en avoir trop révélé sur elle-même. Cette obscurité était dangereuse. Elle créait une fausse sensation d'intimité et lui donnait l'impression qu'elle pouvait tout lui dire.

C'était ridicule.

— C'est très noble, comme objectif, dit-il enfin. Quand on y pense, moi non plus je n'ai pas fait grand-chose ces dernières années, hormis défiler sur le continent et me battre. On est loin de la prouesse.

Surprise et soulagée qu'il ne se moque pas de ses ambitions, elle fut sur le point de lui rappeler qu'il avait risqué sa vie pour défendre son pays, mais il ne lui en laissa pas le temps.

— Une fois remise, qu'as-tu fait ?

— Je suis allée à Londres et j'ai fait toutes les choses que je rêvais de faire depuis toujours. Je suis allée au théâtre et à l'opéra. Au British Museum, à la Tour de Londres, à la Bourse.

Elle avait aimé s'abandonner au tourbillon de cette vie, s'était laissé courtiser, avait un peu flirté, mais aucun homme n'avait réellement retenu son attention. Elle n'était pas pressée de trouver un mari, de toute façon.

— Mais il y a tellement de bals et de fêtes que cela finit par être ennuyeux, conclut-elle.

— Tu plaisantes, j'espère ? s'écria-t-il en feignant d'être choqué. Je pensais que vous autres, les demoiselles, ne viviez que pour danser et faire du shopping. Qui a dit : « Quand on se lasse de Londres, c'est qu'on est las de la vie » ?

— Samuel Johnson. Mais je dois être l'exception qui confirme la règle, parce qu'au bout de quelques semaines, je n'avais qu'une envie : rentrer chez moi et reprendre mes fouilles.

— D'où te vient cette fascination pour l'archéologie ?

Elle haussa les épaules.

— J'ai toujours aimé l'histoire. Quand on vit dans cette région, il est difficile de ne pas s'y intéresser. Il y a plus de châteaux au pays de Galles que n'importe où en Europe. Mais je pense que j'ai réellement commencé à m'intéresser à l'archéologie quand le vieil ami de mon père, sir Richard Hoare, nous a rendu visite. Avec un certain William Cunnington, il avait fait des fouilles près du site de Stonehenge, à côté de Glastonbury. C'est là qu'ils sont tombés sur le « trésor de Bush Barrow », des bijoux, de l'or et des armes enterrés dans une tombe. D'après sir Richard, il existe des sites funéraires du même style un peu partout dans le pays.

— Pardonne-moi si je me fais l'avocat du diable, mais cela s'appelle de la profanation de tombes, non ? Jamais tu n'exhumerais un corps enterré la semaine dernière pour lui voler son alliance. Alors en quoi est-ce acceptable pour quelqu'un qui est mort il y a plus de mille ans ?

Maddie se rembrunit. Elle n'avait jamais vu les choses sous cet angle. C'était bien les Davies, ça, toujours à chercher – et à trouver – un argument logique pour vous énerver.

— En fait, on ne touche jamais aux ossements. On retire les objets, c'est tout. Et puis, il n'y a pas que dans les tombes et les tumulus que l'on découvre des objets. Très souvent, un trésor était enterré dans la perspective d'être récupéré plus tard, seulement la mort a surpris son propriétaire avant qu'il ait pu revenir. Alors le trésor reste où il est, à attendre que quelqu'un comme moi le découvre.

Gryff s'arrêta, et Maddie réprima un soupir de soulagement.

— Nous avons atteint la fin de la galerie ?

— Pas du tout. Nous sommes à une fourche. D'autres galeries partent d'ici. Dans quelle direction allons-nous ?

— Tu ne crois pas que nous sommes allés assez loin comme ça ?

Il lui fit les gros yeux.

— Où est passée ton âme d'aventurière ? Écoute, on entend de l'eau couler. Je pense que la rivière souterraine dont tu parlais n'est plus très loin. Viens.

Il se dirigea vers la galerie la plus petite. Maddie considéra l'étroit boyau avec appréhension.

— Non, je ne préfère pas. Et si elle s'étrécit encore ? Je ne tiens pas à me retrouver coincée là-dedans.

— Tu ne risques rien. Je vais passer devant, et je suis plus large que toi.

— Mais si toi, tu restes coincé ?

— Alors tu m'abandonneras à mon sort et je mourrai de faim. Et tu pourras fêter la fin d'un diable de Davies de plus.

— Ne me tente pas.

Maddie traça une flèche sur la paroi et, d'un geste exagérément courtois, lui fit signe de passer devant elle.

— Après toi, dit-elle.

Il se mit de côté pour pouvoir s'engager dans l'étroit passage. Bientôt, le halo de sa lampe disparut complètement, et Maddie sentit la panique monter en elle.

Mais la voix de Gryff résonna soudain.

— Allez, Montgomery. On ne traîne pas !

Elle soupira, puis s'engagea à son tour dans la galerie. Levant sa lampe, elle rentra le ventre pour se glisser dans le boyau. Ses jupes accrochaient les parois inégales, et elle maudit intérieurement Gryff Davies, mais après quelques mètres, le passage s'élargit de nouveau, et ils purent continuer.

— Mon père aussi avait des projets pour développer l'économie locale, tu sais, dit soudain Gryff. Mais c'était perdu d'avance.

— Pourquoi ?

— Parce que pour que cela marche, il avait besoin de la coopération des Montgomery.

— Ah. Les rares fois où un Davies a coopéré avec un Montgomery, c'était pour lui tendre un calice empoisonné ou le pousser du haut des remparts. D'après la légende, la reine Elizabeth aurait raconté à Shakespeare qu'à côté de nos familles, les Montaigu et les Capulet étaient des amateurs.

— C'est bon de savoir que nous entretenons la tradition.

— C'était quoi, les projets de ton père ? Creuser ce canal ?

— Oui.

— Alors tu as raison. C'est perdu d'avance.

— Je pense que ton père a refusé par principe.

— Contrecarrer les plans d'un Davies lui a sûrement fait grand plaisir, je ne le nie pas. Mais il y a une certaine logique derrière son refus. Il a dit non parce que je le lui ai demandé.

Gryff s'arrêta net, et elle faillit lui rentrer dedans lorsqu'il se retourna, l'air furieux.

— Toi ? C'est à cause de toi ? Mais pourquoi ? Vous auriez perçu un pourcentage sur les droits de passage. C'est gagner de l'argent qui te déplaît ?

— Gagner de l'argent ne me déplaît pas, répliqua Maddie, agacée. Loin de là.

Après tout, n'importe quelle source de revenus aurait été une bénédiction en ces temps difficiles, même si elle nécessitait de passer un accord avec le diable. Ou avec un Davies, ce qui était à peu près la même chose.

— Pourquoi, alors ?

— Ces plans faisaient passer le canal trop près d'un important tumulus, près de Newchurch. Trois étés de suite, j'ai demandé à ton père l'autorisation de faire des fouilles de ce côté, et il a toujours refusé. Il ne m'a même pas laissée creuser une unique tranchée pour voir jusqu'où s'étend le site.

— Donc c'est un peu ce que je disais tout à l'heure. Tu penses que des gens morts depuis des siècles devraient passer avant ceux qui vivent aujourd'hui.

— Ce n'est pas aussi simple. Le passé et le présent méritent la même considération. Et depuis quand t'intéresses-tu à ce projet, d'abord ? Tu n'étais même pas là ces dernières années.

Le ton accusateur de Maddie ne plut guère à Gryff. Il la toisa d'un regard hautain et hostile.

— Je m'y intéresse depuis que j'ai hérité du titre de comte de Powys, répondit-il sèchement. Tout ce qui se passe sur ces terres me concerne. Mon père avait choisi ce tracé parce que c'était la distance la plus courte entre le puits d'extraction et la rivière. La ligne droite, c'est ce que l'on fait de moins cher. Éviter le tumulus coûterait beaucoup d'argent. Qu'as-tu donc contre le progrès ?

— J'ai surtout beaucoup de choses contre défigurer une campagne magnifique en la perçant d'un canal immense et moche.

— Ce n'est qu'une rivière, insista-t-il.

Elle soupira, exaspérée. Il était décidément trop têtu.

— Alors nous allons devoir nous mettre d'accord sur le fait que nous ne sommes pas d'accord, *monsieur le comte*.

Il cilla en l'entendant utiliser son titre avec autant d'ironie et fit un pas vers elle, plus menaçant que jamais. Un frisson d'excitation – ou de terreur – la parcourut. Il était vraiment impressionnant.

Le halo de leurs lampes et l'insondable obscurité qui régnait au-delà donnaient l'étrange impression qu'ils étaient seuls au monde et flottaient hors du temps et de l'espace.

La veste de Gryff effleura Maddie, et elle sentit son odeur et son souffle sur son visage lorsqu'il posa sur elle un regard irrité.

Un muscle de sa mâchoire tressauta. Ses yeux étaient presque noirs.

— Toujours aussi contrariante que dans mon souvenir, mademoiselle Montgomery, grommela-t-il.

Maddie soutint son regard, refusant de se laisser intimider par son arrogance, mais son cœur battait si fort qu'elle était certaine de l'entendre résonner dans la galerie.

— Je te retourne le compliment.

Les yeux de Gryff se posèrent brièvement sur ses lèvres et, l'espace d'un instant, elle crut qu'il allait l'embrasser, si furieux fût-il. Elle se figea, frémissant sous l'effet combiné de la peur et du désir.

Elle n'aurait pas été surprise qu'il la plaque contre la paroi et lui fasse subir les derniers outrages, mais après quelques secondes, la tension retomba. Il lâcha un juron à mi-voix et recula, avant de lui tourner le dos. Un soupir tremblant échappa à Maddie, partagée entre le soulagement et la déception.

Ils étaient ennemis, bon sang ! Le manque d'air avait dû lui monter à la tête. Ces fantasmes choquants et ces hallucinations indécentes étaient forcément les premiers signes d'asphyxie. Elle était en train de céder à la folie, tel un ermite en mal de rapports charnels.

Elle fixa le fond de la galerie pour tenter de se ressaisir. C'est alors que quelque chose attira son attention.

— Gryff, murmura-t-elle. Regarde.

— Quoi encore ?

Elle leva sa lampe.

— Là… On dirait la lumière du jour, non ?

Il revint se placer à côté d'elle et regarda en plissant les yeux dans la direction qu'elle indiquait. Dans un recoin, l'obscurité semblait moins dense.

— Bon Dieu, je crois que tu as raison, lâcha-t-il à contrecœur.

Il s'élança brusquement, évitant une concrétion et sautant par-dessus une autre avec agilité. Maddie, le suivit, ralentie par ses jupes et ses foulées plus courtes, mais bientôt, la faible lumière qu'elle avait perçue devint plus distincte. Puis apparut au détour d'un coude un passage voûté bas de plafond mais d'environ trois mètres de large, à travers lequel s'écoulait lentement un filet d'eau.

Gryff grimpa sur un rocher et passa la tête dans l'ouverture. Son cri de joie la fit sursauter.

— Nous y sommes arrivés ! Nous avons trouvé une sortie !

Maddie leva les yeux au ciel.

— *J*'ai trouvé une sortie, tu veux dire. Toi, tu étais trop occupé à râler.

Il se retourna.

— C'était un travail d'équipe.

— Qu'est-ce qu'il y a de l'autre côté ?

— Une autre grotte, mais qui s'ouvre sur la mer.

— La mer ? Tu veux dire que nous avons marché jusqu'à la côte ? Mais c'est impossible !

Il sourit, ayant visiblement retrouvé sa bonne humeur – sans doute à la perspective d'être bientôt débarrassé d'elle.

— Il faut croire que non. On perd la notion du temps quand on s'amuse. Et, de toute façon, il ne s'agit que de quelques kilomètres.

Il glissa le torse dans l'ouverture et passa de l'autre côté, puis son visage reparut. La lampe l'éclairait par en dessous, lui donnant un air dangereux, diabolique. Il semblait comme chez lui dans cette grotte, tel Hadès dans les enfers.

Une bourrasque chargée de l'odeur caractéristique d'algue et d'iode l'ébouriffa, et Maddie essaya de ne pas remarquer à quel point il était séduisant. Dieu merci, ils seraient bientôt à l'air libre.

— Le sol est assez bas de ce côté, dit-il. Cinq mètres, je dirais. Mais nous devrions pouvoir descendre sans trop nous mouiller. Viens.

Cinq mètres ? Maddie n'aimait pas particulièrement le vide, et les barrières qu'elle escaladait dans les champs n'étaient jamais si hautes, mais elle y arriverait. Pas question de ternir la réputation des Montgomery en échouant au dernier obstacle.

— Donne-moi ta lampe, dit-il.

— Tu ne vas pas me laisser ici dans le noir, j'espère ? Tu as promis, je te rappelle.

— Tu as ma parole. J'attendrai que nous soyons sortis de ce trou pour t'étrangler. Je veux qu'il y ait suffisamment de lumière pour te voir rendre l'âme.

D'une moue blasée, elle lui fit comprendre qu'il ne l'impressionnait pas et lui tendit sa lampe. Puis elle se glissa dans le passage, retenant ses jupes pour qu'elles ne traînent pas dans l'eau. Lorsque ses cheveux s'accrochèrent à un rocher, elle se libéra d'un mouvement de tête impatient, puis émergea de l'autre côté, sur une étroite corniche.

Un coup d'œil vers le bas suffit à la plaquer contre la paroi.

— Mais c'est dix mètres, ça, pas cinq !

Sous l'effet de la panique, sa voix avait grimpé d'une octave.

— Calme-toi. Et respire, dit Gryff avec un petit sourire.

Doucement, il posa sa grande main sur celle de Maddie, agrippée au rocher, et la serra pour la réconforter. Elle inspira profondément, souffla.

La corniche sur laquelle ils se tenaient faisait à peine une trentaine de centimètres de large et se trouvait juste en dessous de la voûte immense qui abritait une grotte. En contrebas, à l'opposé de l'endroit où ils se trouvaient, une ouverture arrondie laissait entrevoir un morceau de ciel bleu et de mer grise qui redonna le moral à Maddie.

Au pied de la corniche – *très loin* en dessous d'eux –, le sol de la grotte était un mélange de sable et de rochers dont les anfractuosités étaient pleines d'eau. À mi-hauteur de la paroi, un trait d'algues séchées et de coquilles de moules agglutinées indiquait jusqu'où montait la mer.

Toute la partie inférieure de la grotte était inondée à marée haute, ce qui la rendait inaccessible depuis la plage, mais l'endroit où ils se trouvaient, lui, restait visiblement à sec.

— Heureusement que c'est marée basse, lâcha Maddie d'une petite voix étranglée. Sinon, nous aurions été pris au piège, et il aurait fallu attendre que la mer se retire suffisamment pour que l'on puisse sortir, parce que la natation et moi…

Gryff se retourna et croisa son regard.

— Je vais passer en premier. Cela ne devrait pas être très difficile, il y a plein de prises sur lesquelles poser les pieds et les mains.

Maddie secoua la tête. Elle avait les jambes en coton et ne sentait plus le bout de ses doigts tant elle s'agrippait avec force au rocher.

— Je ne pense pas pouvoir y arriver. Vraiment pas.

— Mais si, tu vas y arriver. Tu me disais autrefois que les filles pouvaient faire tout ce que faisaient les garçons. Pour le prouver, tu as battu Rhys quand vous avez fait la course à qui arriverait en haut du pommier le premier.

— J'avais treize ans et je portais des pantalons. Comment veux-tu que je fasse de l'escalade avec ces jupes ?

— Ne te gêne surtout pas pour les enlever.

Elle le fusilla du regard.

— Allez... Ce ne serait pas la première fois que je te verrais en petite tenue. Si ?

Elle se sentit rougir.

— Si tu fais référence à la fois où Morgan et toi avez déboulé quand Harriet et moi cherchions de l'or dans la rivière... C'est un épisode que je me suis efforcée d'oublier.

Un rire profond monta de la gorge de Gryff.

— Je n'avais jamais autant ri de ma vie.

— Tu m'as fait tomber, puis tu as ramené mes jupes par-dessus ma tête et tu les as attachées avec une ficelle. Je ne pouvais plus rien faire de mes bras.

Il avait le sourire jusqu'aux oreilles, et le remords ne l'effleurait visiblement pas.

— C'était une idée de génie, quand j'y repense. Je n'oublierai jamais cette boule de dentelles qui roulait dans tous les sens. Et j'ai découvert que les jeunes filles de bonne famille pratiquaient un langage très fleuri quand les circonstances l'exigeaient. Jamais je n'aurais cru...

— J'ai mis un temps fou à me dépêtrer de tout ça. Et j'ai roulé sur un chardon.

— Pff... Tu t'en es bien sortie comparée à certains de mes camarades au pensionnat. Une fois, on a littéralement agrafé Hugo Bambury sur la pelouse de l'église avec des arceaux de croquet, on l'a couvert de miel et on l'a laissé là toute la nuit. Toi, tu es tombée les fesses dans la boue. Rien de bien terrible.

— Tu étais un monstre.

— C'est vrai. Mais reconnais qu'avec moi, on ne s'ennuyait jamais.

Il se pencha de nouveau pour évaluer la paroi.

— Bon, nous sommes d'accord sur le fait que j'ai déjà vu tes dessous, donc je vais passer en premier. Entrevoir tes bas si je lève la tête ne devrait pas me distraire au point que je tombe et meure.

Maddie haussa les sourcils.

— Ne devrait pas ?

Elle avait retrouvé son petit air malicieux.

— Si je me trompe, au moins mourrai-je heureux.

Elle portait une chemise de linon, des jupons, des bas et une culotte en coton sous sa jupe, mais il n'était pas question qu'elle prenne le risque qu'il voie quoi que ce soit.

— Je sais très bien où tu cherches à en venir, Gryff Davies. Tu essaies de me distraire pour que j'oublie d'avoir peur. Et même si l'idée de voir ton corps désarticulé au pied de cette paroi est séduisante, je suggère que nous descendions ensemble. À côté l'un de l'autre.

— Très bien.

Il avait cédé trop facilement. Maddie en déduisit que descendre ensemble avait été son idée dès le début. Quel individu agaçant ! Elle décida de tester cette théorie, par pur esprit de contradiction.

— Quoique... À la réflexion, peut-être que tu devrais descendre en premier. Comme ça, si je tombe, tu amortiras ma chute.

Elle entendit un petit rire juste derrière elle.

— Si un jour il devait être question que ton corps tombe sur le mien, mademoiselle Montgomery, accidentellement ou pas, j'espère sincèrement que je serai en vie pour en profiter.

L'image qui s'imprima alors dans l'esprit de Maddie – elle, couchée sur lui, la poitrine contre son torse musclé, leurs jambes entremêlées – provoqua une vague de chaleur qui la parcourut tout entière, et elle se maudit d'avoir la langue aussi bien pendue. Il fallait qu'elle cesse de se mesurer verbalement à Gryff. Il avait un don inquiétant pour transformer tout propos anodin en allusion lourde de sens.

Elle se mit dos au vide et descendit timidement le pied gauche contre la paroi, cherchant à tâtons un endroit où prendre appui. Puis elle fit la même chose avec le pied droit.

— C'est très bien, dit Gryff d'un ton encourageant. Essaie d'imaginer une échelle dont les barreaux ne seraient pas tous à la même hauteur.

La lumière étant désormais suffisante, il éteignit les lampes et les glissa dans son sac, puis entreprit de descendre la paroi rocheuse, juste à côté d'elle.

— C'est bien, continue comme ça.

Maddie était très concentrée. Elle avait le cœur battant et les mains dangereusement moites. Chaque fois qu'une pierre s'effritait sous ses doigts ou glissait sous son pied, elle retenait son souffle, restait immobile avant d'oser repartir. Mais elle atteignit le bas de la paroi sans encombre. Plutôt satisfaite d'avoir fait preuve de courage, elle frotta ses mains encore tremblantes contre sa jupe.

— Bien. Sortons d'ici, maintenant.

Mais Gryff s'était aventuré un peu plus loin dans la grotte et en examinait la voûte. Il s'arrêta sous une autre corniche.

— Attends. Il me semble avoir vu quelque chose.

Et il entreprit de grimper vers la corniche.

— Sans doute des débris apportés par la mer lors d'une tempête, dit Maddie d'un ton impatient.

Maintenant qu'elle voyait la lumière du jour et sentait l'air marin, tout ce qu'elle voulait, c'était sortir de là.

Sans l'écouter, Gryff se hissa jusqu'au rebord rocheux. Elle ne put s'empêcher d'admirer sa puissance naturelle. Si seulement elle avait pu faire la même chose, tout aurait été tellement plus...

Un sifflement impressionné la tira de ses pensées.

— Nom de Dieu, regarde un peu ça !

10

Les poings sur les hanches, Maddie poussa un soupir exaspéré.

— Quoi encore ?

— Il y a une autre galerie, qui s'enfonce dans la falaise. Et qui sert d'entrepôt, on dirait.

— Pour entreposer quoi ? Des casiers à homard ?

— Tu n'as qu'à monter voir.

— Pff...

Elle en avait assez, de l'escalade. Mais elle le rejoignit sur la corniche, ignorant par principe la main qu'il lui tendit à l'arrivée. Elle comprit alors ce qu'il avait voulu dire.

Une bonne trentaine de tonneaux en bois cerclés avaient été rangés contre la paroi, ainsi que plusieurs caisses recouvertes de toile enduite.

Gryff se pencha sur le tonneau le plus proche et en renifla le bouchon.

— Cognac.

Maddie lança un regard paniqué en direction de l'entrée de la grotte.

— Seigneur ! Ce doit être une cache de contrebandiers. C'est marée basse, ils peuvent arriver d'un instant à l'autre !

— Ça m'étonnerait. Personne ne prendrait le risque de transporter une telle cargaison en plein jour. Ils attendront une nuit sans lune, plutôt.

— Il faut prévenir la police. Le plus vite possible.

— Je suis d'accord. Où se trouve le poste de douane le plus proche ?

— En fait, il n'y en a pas par ici. Les douaniers font parfois des rondes le long de la côte, mais pas régulièrement. Les bureaux de douane les plus proches sont à Cardiff et à Bristol. Il peut se passer plusieurs jours, peut-être même plusieurs semaines, avant qu'ils envoient quelqu'un.

— D'ici là, tout aura disparu, et nous passerons pour des imbéciles qui ont crié au loup, grommela Gryff.

Il se passa une main sur la joue, songeur. Elle imaginait sans peine les rouages de son cerveau cherchant comment procéder, mettant en place une stratégie. Il avait dû être ainsi, à l'armée, quand il réfléchissait à l'offensive suivante.

— Les contrebandiers doivent savoir qu'il n'y a pas de douaniers à demeure…

— Donc ils n'attendront peut-être pas une nuit sans lune pour agir. Il est possible qu'ils reviennent dès ce soir.

— Qui est le juge de paix, ici ? Il pourrait envoyer des hommes surveiller l'endroit.

Maddie retint un grognement.

— Sir Mostyn Drake.

— Il est encore en vie, ce vieux croûton ? Mon père ne pouvait pas le supporter. Il y a des années, ils en sont presque venus aux mains quand papa lui a passé un savon parce qu'il maltraitait son cheval. Le vieux Drake ne le lui a jamais pardonné.

— Ça lui ressemble bien, tiens.

Cet homme avait autant de charme qu'une tête de poisson pas frais.

Le ton sur lequel elle avait fait cette remarque avait dû trahir son opinion, car Gryff haussa les sourcils, sentant qu'il y avait anguille sous roche.

— Seigneur, qu'a donc fait sir Mostyn pour déplaire à Mlle Montgomery ?

Il a juste proposé de m'épouser, histoire d'avoir une bonne à tout faire à disposition jusqu'à la fin de ses jours.

— Rien de particulier, mentit-elle. Je le trouve assez désagréable, c'est tout. Et, en admettant qu'il accepte, je ne suis pas sûre que faire venir des hommes de la région soit une bonne idée. Il est très possible que ce soit eux, les contrebandiers. Ou qu'ils les connaissent et les préviennent.

— Excellente remarque.

Le compliment lui alla droit au cœur. Contrairement à bien des hommes de son entourage, il la traitait en égale, et non comme un être inférieur incapable de formuler une pensée élaborée. Cela faisait beaucoup de bien. Et c'était tellement inattendu, de la part d'un Davies...

— Sortons d'ici, dit-il. J'ai besoin d'air frais pour réfléchir.

Ils descendirent et gagnèrent l'entrée de la grotte en évitant les nombreuses cuvettes laissées pleines par la marée haute. Dehors, le vent qui soufflait en rafales plaqua ses jupes contre ses jambes et acheva de la décoiffer, mais après l'atmosphère humide et confinée de la grotte, c'était une bénédiction.

Elle inspira profondément.

— Mmm, qu'est-ce que c'est bon !

— Où sommes-nous ? demanda Gryff en scrutant les alentours.

Il n'y avait aucune bâtisse le long de la côte, aucun point de repère. La grotte se trouvait au fond d'une anse délimitée de part et d'autre par deux pointes rocheuses qui la mettaient à l'abri des regards – on ne la voyait que depuis la mer. Une pente escarpée recouverte de fougères descendait des bords de la falaise jusqu'à la plage de sable en forme de croissant.

Une main en visière, elle examina le paysage.

— Je ne sais pas.

Ils s'éloignèrent de la grotte, quittèrent le sable pour gagner les rochers qui tapissaient le fond de l'anse et cherchèrent un moyen de remonter.

— Là, dit Gryff. On dirait qu'il y a un sentier.

Sans doute tracé par les contrebandiers eux-mêmes, il était à peine visible et cheminait dans la végétation. Faisant de son mieux pour garder le rythme des grandes enjambées de Gryff, Maddie maudit ses bottines trempées et son corset trop serré. Quelle tenue peu pratique ! Une fois encore, les hommes étaient avantagés. Leurs vêtements étaient tellement plus fonctionnels !

En haut de la falaise, le sentier s'enfonça dans un petit bosquet, à la sortie duquel ils débouchèrent sur un chemin étroit, mais bien tracé, qui menait jusqu'à une crête. De là, la vue s'étendait beaucoup plus loin. Tournant le dos à la côte, Maddie repéra un imposant bâtiment en pierre dont la silhouette se détachait sur le ciel.

— Ah, cette fois, je sais où nous sommes ! Ça, c'est Mathern Palace. J'y suis allée une fois avec Harriet pour pique-niquer. L'endroit est inhabité depuis des années, c'est pratiquement une ruine. Et le village de Mathern se trouve juste derrière cette colline.

Gryff poussa un soupir de soulagement.

— Espérons que quelqu'un là-bas voudra bien nous prêter des chevaux.

Maddie se mordit la lèvre, songeant soudain à la situation délicate qui était la sienne. Elle se trouvait à plusieurs kilomètres de chez elle, sans cheval, sans voiture et sans chaperon, en compagnie d'un débauché notoire, complètement échevelée malgré les nombreuses épingles qui tentaient de retenir sa chevelure, le bas de ses jupes trempé et boueux. Si on la voyait seule avec Gryff Davies, la bonne société ne le lui pardonnerait jamais.

Elle jeta un regard en direction de la petite anse et de la grotte. Repasser par les galeries, même si cela montait, même si c'était dans le noir, lui sembla soudain plus sûr que d'aller jusqu'à Mathern en compagnie de Gryffud Davies.

Ce dernier était déjà parti en direction du village. Constatant qu'elle ne le suivait pas, il s'arrêta et se retourna.

— Nous ne pouvons pas être vus ensemble, lâcha-t-elle. Je me cacherai aux abords du village pendant que tu iras chercher des chevaux.

— Tu ne veux pas qu'on te voie fraterniser avec l'ennemi, c'est ça ?

Il la fixa intensément, de ce regard vert scintillant qui lui fit regretter une nouvelle fois l'obscurité.

— Tu as sans doute raison, reprit-il plus sérieusement. Même si tu n'étais pas si délicieusement échevelée, notre arrivée au village déclencherait la machine à rumeurs. Une Montgomery et un Davies ensemble ? Sans armes ? Les gens penseraient que c'est la fin du monde.

— Ma réputation serait ruinée, et on attendrait de toi que tu fasses de moi une femme honnête. En moins de temps qu'il n'en faut pour dire « tombés en disgrâce », nous nous retrouverions devant l'autel. Je ne crois pas m'avancer beaucoup en disant que mon père préférerait la mort et la disgrâce – y compris pour moi – à un mariage forcé avec un Davies, mais je pense qu'il vaut mieux pour tout le monde que nous ne prenions pas trop de risques.

— Absolument, dit-il d'un ton solennel que l'étincelle, dans son regard, venait tempérer un peu.

Ils reprirent leur chemin côte à côte, Gryff prenant soin de ralentir pour qu'elle ne soit pas obligée de courir.

— Nous devons faire quelque chose à propos des contrebandiers, dit-il au bout d'un moment. En tant que propriétaires terriens, notre devoir est d'empêcher le développement de la criminalité dans la région.

— Je suis étonnée que cela te préoccupe. Tu ne viens presque jamais ici. Envisagerais-tu de t'installer de façon permanente à Trellech ?

Elle retint son souffle en attendant sa réponse, mais il secoua la tête.

— Non. Je vais repartir pour Londres. Mon intendant gérera le domaine en mon absence. Il est très compétent. Mais, dans la mesure où je suis ici en ce moment, je ne vois pas pourquoi nous n'organiserions pas une embuscade. Le problème, c'est que je ne sais pas en quels villageois je peux avoir confiance.

Il se passa une main dans les cheveux, et elle le trouva plus séduisant que jamais. Ces mèches glissant entre ses doigts, ce devait être tellement…

— Je pourrais demander à d'anciens camarades de l'armée, poursuivit-il sans remarquer qu'elle le dévorait des yeux. La moitié d'entre eux sont déjà repartis pour lutter contre Bonaparte, mais il en reste quelques-uns à Londres. Avec un peu de chance, les contrebandiers ne bougeront pas avant leur arrivée.

— Et tes frères ? Ils ne pourraient pas nous prêter main-forte ?

Il fit la grimace.

— Alors… théoriquement, Rhys est à Londres, mais en réalité, il n'est jamais là où on pense le trouver. Et Morgan est encore en mer, donc je ne peux pas compter sur lui.

— Et si les contrebandiers reviennent avant l'arrivée de tes amis ?

— Je monterai la garde chaque soir. S'ils viennent, j'entendrai peut-être quelque chose d'intéressant, ou je reconnaîtrai l'un d'entre eux.

— Toi ? Monter la garde toute la nuit ? Ici ?

Il se redressa, vexé.

— Mais parfaitement, mademoiselle Montgomery. Cela vous étonne ?

— Après toutes ces années à l'armée, je pensais que tu préférerais le luxe d'un bon lit chaud.

— Rejoindre mon régiment n'est plus envisageable, maintenant que j'ai hérité du titre de comte. Puisque je dois rester à la vie civile, le moins que je puisse faire est de protéger ces côtes. Et des tours de garde, j'en ai fait des centaines. Quelques nuits de plus sous les étoiles ne devraient pas me tuer.

Maddie l'admirait malgré elle, mais fit tout pour que cela ne se voie pas. Ce Gryff Davies-là n'était plus le jeune homme irresponsable et imprudent qu'elle avait connu. Elle avait devant elle une version plus mature, plus sombre aussi, qu'elle trouvait encore plus fascinante.

Le regret et la colère qu'elle avait perçus dans son intonation lorsqu'il avait évoqué son impossibilité de retourner à l'armée l'intriguaient. Son nouveau rôle de comte ne lui plaisait donc pas ? Aurait-il préféré retraverser la Manche pour affronter Bonaparte, et peut-être la mort ?

Elle secoua la tête, en colère contre elle-même. Elle n'avait pas à se préoccuper de tout cela.

— Le problème, c'est que ton plan a un défaut, dit-elle. Si les contrebandiers sont de la région, tu ne les reconnaîtras pas, parce que tu ne connais personne par ici. Tu as besoin de moi.

— Mais pas du tout !

— Tu n'as pas prévu de les affronter, n'est-ce pas ? Donc il n'y aura pas de danger. Il suffira de rester caché, et je suis capable de garder le silence si besoin est.

Il eut un petit rire dubitatif.

— De toute façon, reprit-elle, j'ai le droit de participer, moi aussi. Ce territoire est à nos deux familles. Nous en sommes responsables tous les deux. Et, dans la mesure où tu n'es ni mon mari ni mon père, tu n'as aucune autorité sur moi.

11

Gryff serra les dents. Cette femme était décidément insupportable.

— Bon sang, si j'étais ton mari, je ferais en sorte que tu ne te mettes pas en danger. Je...

— Tu ferais quoi ? le défia-t-elle. Vas-y, je t'écoute.

Je te ferais l'amour pendant des jours, et ensuite, tu n'aurais plus jamais envie de me quitter.

Bon Dieu, d'où venait une absurdité pareille ?

— Peu importe. C'est une idée trop terrifiante pour être envisagée, grommela-t-il.

Elle le regarda avec cette expression amusée, un peu hautaine, qu'il aurait voulu effacer d'un baiser. Cela le titillait depuis déjà un moment.

Depuis plusieurs années, même.

— Je pense que je serais une excellente épouse, moi.

— Si, par « excellente », tu veux dire indocile, butée, qui fourre son nez partout et...

— Mais je suis très obéissante, figure-toi ! Je suis la fille la plus respectueuse qui ait jamais...

— Tu accepterais vraiment d'aimer, de respecter et d'*obéir* à ton mari ? Je ne le crois pas une seconde.

Elle croisa les bras.

— Eh bien, tu te trompes. Je le ferais. Parce que l'homme que j'épouserai m'aimera, ce qui signifie qu'il ne me demandera jamais de faire quoi que ce soit qui puisse me déplaire et me pousser à lui désobéir.

— Ma pauvre, tu es d'une naïveté, soupira Gryff avec condescendance.

L'expression combative s'effaça du regard de Maddie, comme si elle venait de se souvenir de quelque chose qui la contrariait. Mais elle se reprit et redressa le menton.

— Tu changes encore de sujet, c'est agaçant. Nous ne parlions pas de mon futur mariage, mais de nous retrouver ici pour attendre les contrebandiers.

Gryff fourragea dans ses cheveux. Il n'aurait jamais dû lui parler de ça. Le temps passé dans le confinement des galeries avait mis sa volonté à rude épreuve. La sentir là, si proche, avait été une épreuve de chaque instant, en particulier quand, tout près d'elle, il avait senti son parfum et s'en était enivré.

Pas assez près.

Il secoua la tête. Quelque chose dans ces grottes devait réveiller les instincts les plus primaires de l'homme. Les instincts virils, qui faisaient passer avant le reste la nourriture, le feu et la femme. *Surtout la femme.* Éteindre les lampes, la prendre dans ses bras et se perdre en elle, il n'avait pensé qu'à cela et avait failli céder à son envie plus d'une fois. Alors, bon Dieu, passer une minute de plus en sa compagnie n'était certainement pas ce qu'il lui fallait.

Malheureusement, il le savait, l'argument « ce n'est pas un endroit pour une femme » n'aurait aucun effet sur elle. Maddie était aussi intrépide et ingérable que sa sœur Carys. La seule chose qui semblait lui faire peur, c'était d'être vue en sa compagnie.

Satanée bonne femme.

Elle ne courrait néanmoins pas grand risque en venant ce soir. Les contrebandiers attendraient forcément une nuit sans lune et la marée basse pour se montrer.

La pleine lune remontait à une semaine – il s'en souvenait bien, elle avait éclairé de ses dernières lueurs le petit matin de son duel contre Sommerville, et il s'était demandé s'il la voyait pour la dernière fois. Et si cela avait une importance pour lui.

Mieux valait ne pas penser à tout cela. La pleine lune remontait à une semaine donc, ce qui signifiait qu'il avait encore une bonne semaine devant lui pour réunir des hommes. Il était fort peu probable que les contrebandiers reviennent cette nuit pour récupérer leur marchandise.

— En supposant que je te laisse revenir ce soir et monter la garde avec moi, dit-il lentement, comment expliqueras-tu ton absence à ta famille ?

— Ne t'inquiète pas pour cela. Je dirai à Harriet que j'ai la migraine et je monterai me coucher tôt. Puis je ressortirai discrètement.

— Bon, concéda-t-il à contrecœur. Tu peux venir, alors. Mais seulement si tu promets de faire exactement ce que je demande, quand je le demande. D'accord ?

— D'accord.

On apercevait au loin les premières maisons du village. Il lui indiqua un petit bosquet, en contrebas de la route.

— Attends-moi ici. Je vais chercher un cheval.

— Deux chevaux.

— Non, un seul. Pourquoi aurais-je besoin de deux chevaux puisque je suis tout seul ? Il faudra que tu montes en selle avec moi, c'est tout.

— Pff..., soupira Maddie en se laissant tomber sur un rocher mousseux. Très bien. Allez, file.

Avec ses mèches folles et ses jupes froissées, elle ressemblait à une princesse de conte de fées tombée dans un marécage. Malheureusement, elle n'en était pas moins séduisante. Gryff soupira intérieurement. Dans quel pétrin s'était-il fourré ?

Emprunter le cheval du forgeron lui coûta six shillings, et encore, seulement après qu'il eut réussi à prouver, chevalière à l'appui, qu'il était bien le nouveau comte de Powys et qu'il eut promis que la pauvre carne au dos creux serait de retour le soir même.

— Franchement, c'est à se demander pourquoi ils se donnent la peine de faire de la contrebande, grommela-t-il en arrivant près de l'endroit où elle attendait. Six shillings pour ce cheval, c'est du vol.

Elle masqua son amusement et n'eut plus du tout envie de rire lorsqu'il monta en selle et se pencha pour l'aider à faire de même.

— Pose ton pied sur le mien, et je te tire vers le haut.

Comme elle semblait sur le point de refuser, il ajouta, l'air détaché :

— À moins que tu ne préfères marcher ?

Elle capitula, attrapa la main tendue et posa son petit pied délicat sur celui, botté, de Gryff. D'un mouvement leste, il la hissa à sa hauteur et la fit pivoter pour qu'elle prenne place en amazone devant lui. La sentir aussi près le fit frémir, et l'effort à fournir pour maîtriser l'effet que lui procura son adorable petit derrière calé entre ses cuisses ne fut pas loin de la torture.

Raide comme un piquet, elle attrapa la crinière du cheval à deux mains tandis qu'il passait les bras de part et d'autre de sa taille pour récupérer les rênes. Il tira délibérément dessus, de sorte que le mouvement du cheval la plaqua contre lui, lui arrachant un petit cri de surprise.

Il talonna sa monture, et ils s'engagèrent sur le chemin puis, après quelques centaines de mètres, il prit à travers champs en direction du nord et du puits.

— Récupérer nos chevaux ne devrait pas nous prendre très longtemps, dit-il, avant tout pour penser à autre chose qu'aux courbes féminines qui affolaient son rythme cardiaque.

Avec le vent, quelques mèches du chignon de Maddie vinrent se plaquer en travers de sa joue, et il perçut son odeur tiède ainsi qu'un léger parfum fleuri qui lui noua le ventre et l'entrejambe. Il changea de position sur la selle.

— Le tien s'appelle Galahad, c'est ça ?

— Oui. Comme l'un des chevaliers de la Table ronde, dans la légende du roi Arthur.

— Le mien s'appelle Paladin, d'après l'un des douze chevaliers de Charlemagne.

— Un Anglais et un Français, dit-elle en riant. Évidemment. Il est assez logique que nous ayons choisi des noms appartenant à des royaumes ennemis, même s'il s'agit de personnages fictifs.

Gryff ne put qu'acquiescer. Les choses en allaient ainsi depuis toujours entre eux. Des coïncidences étranges, qui avaient fini par former un lien inexplicable. Pour des ennemis, ils semblaient avoir un nombre impressionnant de choses en commun.

Ayant laissé sa montre chez lui, il regarda le ciel et tenta d'évaluer l'heure. Il devait être aux alentours de 16 heures.

— Alors, comment fait-on, ce soir ? demanda-t-elle. Il faudra qu'on se cache en attendant qu'il fasse complètement noir.

— Passe par les champs et les bois. Tu laisseras Galahad près des ruines que nous avons vues, il y sera à l'abri des regards. Mets des vêtements sombres, rien de clair ni de blanc. Et prépare-toi à une nuit longue, froide et ennuyeuse.

Elle eut un petit rire.

— Qu'y a-t-il de si drôle ? demanda-t-il.

— Je parie que c'est la première fois que tu dis une chose pareille à une femme, murmura-t-elle. « Prépare-toi à une nuit longue, froide et ennuyeuse. »

Il sentit qu'elle se raidissait entre ses bras, comme si sa propre remarque l'avait surprise, et il retint un rire réjoui.

La coquine.

— Mademoiselle Montgomery, tu me choques. À mon avis, tu lis trop souvent la rubrique mondaine des feuilles de chou à la mode. Mais, en l'occurrence, tu as raison. Pour autant que je sache, une nuit avec moi n'a jamais été qualifiée de froide ni d'ennuyeuse. « Longue », en revanche a souvent été mentionné.

Et toc, petite friponne. Médite un peu là-dessus.

Malheureusement, un certain nombre d'images lui traversèrent l'esprit, qui le firent lui aussi méditer. Elle, nue, allongée sur son lit, offerte, la chevelure éparse. Lui, déposant des baisers partout sur son corps, descendant jusqu'à…

Gryff serra les dents. *Pas question que cela arrive un jour.*

Accepter qu'elle vienne ce soir était une terrible erreur. Passer du temps en compagnie de Maddie revenait à se taper sur la tête à coups de pelle. Pourtant, il appréciait sa compagnie. Beaucoup.

C'était idiot et inexplicable. Il devait être masochiste.

12

Ils se séparèrent au puits, et Gryff regagna Trellech Court.

Ayant dû se débrouiller seul quand il était à l'armée, avoir de nouveau du personnel à son service lui avait fait un drôle d'effet. Mais les domestiques qui avaient servi son père pendant toutes ces années avaient été si contents d'avoir de nouveau quelqu'un à demeure qu'il n'avait pas eu le cœur de les renvoyer.

Tous étaient impatients de le voir renoncer à sa vie de célibataire, se marier, produire l'héritier de rigueur et « un autre au cas où » afin d'assurer la continuité de la famille, mais il ne se sentait pas encore prêt pour cela. Certes, il était conscient des responsabilités qui allaient avec le titre et appréciait à sa juste valeur la situation privilégiée qui était la sienne, mais ce titre éveillait en lui à la fois regrets et ressentiment.

Des regrets parce qu'il ne lui était plus possible de rejoindre son régiment, comme il l'aurait souhaité. Ses amis devraient repartir affronter les hordes napoléoniennes sans lui. Du ressentiment parce que les responsabilités que lui conférait son titre étaient considérables et qu'il préférait de loin la situation d'héritier insouciant qui était la sienne quand son père était encore en vie.

Gryff secoua la tête. Quel imbécile il faisait ! Franchement, il n'avait aucune raison de se plaindre. Si le village de Trellech ne proposait pas autant de distractions que Londres, il avait au moins un avantage considérable sur la capitale, puisqu'il lui offrait la possibilité de croiser une nouvelle fois le fer avec son ennemie jurée. Il avait toujours adoré le côté chien et chat de leur relation.

Ayant retrouvé sa bonne humeur, il prit un bain, se rasa, avala un copieux repas et se dirigea vers les écuries d'un pas leste et fringant.

Lorsqu'il arriva à Mathern Palace, il mit pied à terre, laissa Paladin dans l'un des bâtiments en ruine et descendit la colline en direction de la côte. Sous un promontoire rocheux, il trouva un renfoncement naturel où ils seraient à l'abri en cas de pluie, et depuis lequel on voyait parfaitement le sentier et l'entrée de la grotte.

L'endroit était entouré d'épaisses fougères hautes d'un bon mètre qui les dissimuleraient aux regards. Il cala son paquetage de l'armée entre deux rochers, aplatit quelques fougères pour pouvoir s'asseoir confortablement, puis attendit l'arrivée de la chipie.

Entre le froufroutement de ses jupes et un petit juron étouffé qui le fit sourire – elle avait dû trébucher sur une racine ou un caillou –, il l'entendit venir au moins cent mètres avant de la voir. Essayait-elle seulement d'être discrète ? S'ils avaient été en guerre, elle aurait déjà été prise pour cible une bonne dizaine de fois.

Certes, son ouïe – et, en réalité, l'ensemble de ses sens – était particulièrement sensible à tout ce que faisait Maddie. Quand elle était dans les parages, il avait le sentiment de tout percevoir de manière plus prononcée. Les couleurs étaient plus vives ; sa vision, plus précise. Il remarquait le plus insignifiant des détails, comme la longueur incroyable de ses cils, le dessin exquis de sa lèvre supérieure, le nombre précis des taches de rousseur sur son nez.

Depuis son retour de la guerre, il avait vécu dans une sorte de brouillard. Ses journées étaient bien remplies, mais il ne ressentait presque rien. Gagner ou perdre aux cartes, se lever à midi, plus rien n'avait d'importance. Il avait eu quelques liaisons de courte durée, mais il avait vécu ces instants avec un étrange détachement. Le plaisir physique l'avait laissé avec une sensation de vide.

Un vide que Madeline Montgomery comblait. Pas nécessairement de façon agréable, certes, mais elle le comblait. De frustration et de colère, de désir et de ressentiment. Il avait envie de l'étrangler et de l'embrasser à pleine bouche en même temps.

Une partie de lui, plus perverse, voulait qu'elle aussi ressente ces émotions intenses. Ce ne serait que justice, après tout. Son rythme cardiaque s'accélérerait chaque fois qu'il l'énerverait. Son cerveau cesserait de fonctionner et son corps s'enflammerait quand il l'embrasserait. L'amour et la haine n'étaient que les deux facettes d'une même pièce, les combiner pouvait s'avérer réellement spectaculaire…

Non. Non, non, non. Personne ne va combiner quoi que ce soit.

La mission de ce soir avait un but précis : épier les contrebandiers sans se faire prendre. Il allait traiter Maddie comme il aurait traité n'importe quel membre de son régiment. Comme une collègue, rien de plus.

Elle apparut sur la gauche, descendant le sentier d'un pas léger, silhouette sombre dans la lumière déclinante. Sa tenue de cavalière en lainage vert fougère était un excellent choix, il fut bien forcé de l'admettre – la soirée qui les attendait serait fraîche. Mais le chapeau assorti, version plus modeste d'un haut-de-forme masculin, orné d'une voilette et d'une plume d'autruche, était d'un ridicule achevé.

Satanée bonne femme. Elle cherchait sans doute à lui faire regretter sa remarque à propos du fait qu'elle ne portait jamais de couvre-chef.

Il la salua de la main, et le sourire qu'elle lui adressa en retour lui fit battre le cœur. En colère contre lui-même, il se vengea sur elle.

— Un tout petit peu plus discrètement, c'était impossible ? Une charge de la cavalerie française ferait moins de bruit.

— Bonsoir à toi aussi, répliqua-t-elle d'un ton pincé.

— Au cas où tu l'ignorerais, en mission de surveillance, le chapeau dernier cri n'est pas de rigueur.

— Je ne voulais pas attraper d'autres taches de rousseur.

— Il fera nuit dans dix minutes.

— C'est vrai. Dans ce cas...

Elle leva les bras, retira les épingles qui maintenaient son chapeau en place et l'ôta. Elle avait torsadé et roulé ses cheveux en chignon. Les derniers rayons du soleil y allumèrent des reflets cuivrés allant jusqu'au rose doré, et Gryff serra les poings pour lutter contre l'envie de les libérer.

Il se replia dans l'ombre du promontoire rocheux qui les surplombait, et elle s'assit à côté de lui, arrangeant d'un mouvement gracieux ses jupes autour d'elle. Le parfum floral qui parvint alors jusqu'à lui l'électrisa.

— J'ai apporté une couverture, dit-elle en tapotant la sacoche en cuir qu'elle avait posée à côté d'elle. Au cas où il ferait froid.

Il hocha la tête, incapable de prononcer un mot.

— Et j'ai mis une culotte de cheval sous mes jupes, pour avoir bien chaud.

Seigneur Dieu, donnez-moi la force de résister.

— Peut-on savoir où tu as réussi à te faire tailler un vêtement de ce genre par ici ?

Quel tailleur avait eu la chance de mesurer la longueur de ses jambes ? Il avait intérêt à ne pas avoir profité de la situation, ce veinard.

Il imagina ses propres mains plaquer le mètre ruban sur elle, du pied au genou, du genou à la jarretière, et jusqu'en haut de la cuisse nue. La tête lui tourna.

— Oh, c'est un vieux pantalon de Tristan, dit-elle sans se rendre compte de l'état dans lequel il était. De quand il était plus jeune. Ses vêtements aujourd'hui ne m'iraient pas.

Gryff se ressaisit difficilement. Elle sortit le reste du contenu de sa sacoche.

— Du thé, dans une flasque. Et des bonbons à la menthe.

— Bon Dieu, mais ce n'est pas un pique-nique !

Elle le fixa d'un regard de reproche.

— Bon, alors tu n'auras pas de bonbon à la menthe. Tu n'as rien apporté ?

Il posa une main sur la poche de sa redingote.

— Une flasque de brandy. C'est beaucoup plus efficace que le thé pour se réchauffer.

Elle eut un soupir méprisant et tourna la tête, lui offrant son délicieux profil.

— Dans moins d'une heure, tu auras froid et tu t'ennuieras, tu sais, dit-il.

— Pas du tout. Je suis très patiente. J'ai passé des heures sur des fouilles archéologiques, par tous les temps. Tu verras.

Elle plia les genoux, noua les bras autour et fixa la mer. Le soleil disparut derrière l'horizon, plongea dans les flots violacés. Un silence presque complice s'installa.

Partant de trois cents, Gryff se mit à décompter intérieurement. Maddie Montgomery était peut-être persuadée de pouvoir rester silencieuse, mais il ne lui donnait pas trois minutes avant qu'elle ressente le besoin de dire quelque chose.

— Tu as pris une arme ? murmura-t-elle.

Cent vingt-deux. Il sourit. Elle était tellement prévisible !

— Oui.

Il avait apporté son épée de soldat et deux pistolets chargés.

Elle le regarda avec de grands yeux.

— Tu avais dit qu'on allait juste les épier.

— Seul un idiot serait venu les mains vides. Il faut toujours s'attendre au pire.

13

Maddie retourna à la contemplation de la mer.

Sentir Gryff si près d'elle – leurs épaules se touchaient presque – la rendait encore plus nerveuse. La lumière qui faiblissait jouait avec les angles marqués de ses pommettes et soulignait le dessin sensuel de ses lèvres.

Pourquoi n'avait-il pas le teint livide et maladif, la peau vérolée et les cheveux gras ? Cette beauté un peu sauvage et terriblement séduisante, c'était agaçant, à la fin.

Elle n'en revenait pas d'être venue ce soir. Qui était donc cette femme intrépide et audacieuse ? Ces trois dernières années, son existence tranquille et studieuse l'avait tout à fait comblée. Mais moins de vingt-quatre heures en compagnie de Gryff avaient suffi pour que son insatiable faim d'aventure revienne et prenne le dessus.

Elle secoua la tête. Elle avait été si préoccupée par ses propres problèmes qu'elle n'avait pas fait attention à ce qui se passait pourtant sous son nez. Qui aurait cru que des contrebandiers se livraient à leurs activités illégales ici, à moins de dix kilomètres de chez elle ?

Elle espérait sincèrement que personne de sa connaissance n'était impliqué dans ce trafic. Faire de la contrebande était un crime lourdement puni. Les habitants des villages alentour étaient-ils au courant de ce qui se passait ? Préféraient-ils détourner le regard et laisser leurs écuries ouvertes pour que les contrebandiers puissent prendre leurs chevaux en échange d'un colis de thé ou d'une barrique de cognac ?

Six mois plus tôt, elle n'imaginait pas ce que pouvait être la vie sans argent. Mais la faillite imminente de sa propre famille lui faisait aujourd'hui envisager des mesures presque aussi désespérées que celles de ces hommes. Épouser quelqu'un pour son argent – que ce soit sir Mostyn ou tout autre prétendant fortuné –, n'était-ce pas aussi malhonnête que de voler ?

La remarque ironique de Gryff, dans la grotte, l'avait atteinte avec la force d'une flèche bien tirée. Comment pourrait-elle jurer amour, fidélité et obéissance à quelqu'un quand elle n'avait aucune intention de respecter l'un ou l'autre de ces trois vœux ? Comment pourrait-elle épouser un homme qui se moquerait de son avis ou de ses envies comme de l'an quarante ? Un homme qui pourrait, légalement, la forcer à faire ce qu'il voudrait, à se plier à ses désirs ?

Elle réprima un frisson qui n'avait rien à voir avec la brise fraîche qui venait de la mer. Sans amour, sans une confiance absolue en l'autre, son mariage serait un désastre absolu.

Raison pour laquelle, précisément, elle était ici ce soir. Elle devait passer en revue toutes les autres solutions.

— Tu penses qu'il y aura une récompense si on attrape les contrebandiers ?

— Je ne sais pas, répondit Gryff d'une voix grave qui lui donna le frisson et lui rappela les lions de la ménagerie d'Exeter Exchange. La Couronne vend toutes les marchandises saisies. Il est possible que l'on reçoive un petit pourcentage de la somme récupérée. Mais qu'est-ce que ça peut te faire ? Tu es une Montgomery, je te rappelle. Tu es née avec une cuillère en argent dans la bouche.

— Les fouilles archéologiques, ça peut finir par coûter très cher, dit-elle d'un ton léger. J'ai besoin d'une nouvelle truelle triangulaire.

— La plupart des femmes veulent une nouvelle robe de bal ou une paire de boucles d'oreilles. Mais toi, tu rêves d'une nouvelle truelle. Tu es vraiment bizarre, Madeline.

Son cœur se serra. Était-ce vraiment là ce qu'il pensait d'elle ? Ne voyait-il en elle qu'un être étrange dénué de féminité ? Mais elle ne tiendrait pas compte de cette remarque, si blessante fût-elle. Mieux valait qu'il la prenne pour une excentrique dépensière et ignore la vérité.

— Une nouvelle robe de bal, ce ne serait pas de refus non plus. Donc, s'il y a une récompense, on partage. Moitié-moitié, d'accord ?

Il soupira, comme s'il ne comprenait pas pourquoi ils parlaient de ça.

— Très bien. D'accord.

Quelques instants de silence suivirent, mais Maddie sentait le regard de Gryff sur elle, et le rouge lui monta aux joues.

— On aurait dû mettre un plan sur pied pour piéger les contrebandiers, dit-elle, le souffle court. As-tu déjà entendu parler du tambour fantôme du château de Herstmonceux ?

— Non.

Elle baissa la voix, comme lorsque Harriet et elle se racontaient des histoires à faire peur à la lumière d'une chandelle.

— D'après la légende, ce spectre faisait au moins trois mètres et dégageait une lueur étrange. Esprit tourmenté d'un pauvre soldat tué à Azincourt, il hantait les remparts du château.

Il eut un petit rire méprisant devant l'attitude théâtrale de Maddie.

— Je suppose qu'il y a une explication plus prosaïque à ce phénomène ?

— Tout à fait. Ce fantôme n'apparaissait que lorsque des spiritueux étaient impliqués, c'est-à-dire juste avant qu'une cargaison de cognac soit débarquée dans l'une des petites anses alentour. En réalité, il faisait partie des contrebandiers.

— Pourquoi dégageait-il de la lumière ?

— Ils enduisaient ses vêtements de phosphore. Dans l'obscurité, le phosphore émet une lueur verdâtre.

— Intéressant. Mais je ne vois pas en quoi cela nous concerne ce soir.

— Nous aurions pu faire la même chose. Les gens d'ici sont très superstitieux. J'aurais pu me déguiser en fantôme d'une femme qui se lamente et pleure son amant perdu en mer et faire ainsi peur aux contrebandiers.

L'expression de Gryff se fit plus sévère.

— Ces types sont durs et cyniques. Pas du tout du style à se laisser avoir par une fille en chemise de nuit qui s'arrache les cheveux et brille comme un feu follet.

— Tu as sans doute raison.

Quelques minutes s'écoulèrent en silence.

— Ce doit être un peu comme à l'armée, non ? Tu devais monter la garde souvent ?

Il eut un soupir exaspéré.

— Oui. Et une des règles les plus importantes, quand on monte la garde, c'est de garder le silence.

Maddie se mordit la lèvre, ravala son sourire et reprit sa contemplation de l'horizon.

Tristan était là-bas, quelque part, en Autriche ou en France. Elle priait pour qu'il ne se trouve pas sur le chemin de l'armée napoléonienne, qui saccageait tout sur son passage. Un Anglais, s'il était découvert, ne serait pas traité avec beaucoup d'égards.

Le frère de Gryff, Morgan, était loin d'ici aussi, quelque part sur ces flots. Gryff s'inquiétait-il pour lui ? Elle avait toujours envié les liens forts qui unissaient la fratrie Davies. Tristan avait souvent été très occupé, ou en pension, et Harriet ne venait que pendant l'été. Elle aurait beaucoup aimé avoir un autre frère ou une autre sœur.

Un mouvement attira son regard. Gryff sortait de sa poche une flasque en argent. Il en dévissa le bouchon.

— Je porte un toast à cette mémorable soirée.

Elle haussa les sourcils, l'interrogeant en silence.

— À la première coopération pacifique en cinq cents ans entre une Montgomery et un Davies.

Il renversa la tête et but une longue gorgée.

Maddie fit de son mieux pour ne pas rester fascinée devant la façon dont sa pomme d'Adam bougeait. Soudain, elle avait envie de poser les lèvres sur sa peau.

Elle toussota pour se donner une contenance.

— Sais-tu pourquoi nos familles se haïssent depuis toujours ? J'ai entendu dire que c'était une histoire de cochon, au départ.

— Ne sois pas ridicule. Personne ne se fait la guerre pour un cochon.

Il lui tendit la flasque. Elle hésita. Boire de l'alcool fort n'était pas une bonne idée. Boire de l'alcool fort en compagnie d'un Davies était une très, très mauvaise idée.

Il eut un petit sourire ironique, comme s'il devinait son hésitation. « Allez, vas-y, semblait-il dire. Prouve que tu en es capable. »

Elle n'avait jamais pu résister à ce genre de défi. Prenant la flasque, elle en essuya ostensiblement le goulot, la porta à ses lèvres et but une gorgée.

Doux Jésus ! Le cognac lui fit l'effet d'un métal en fusion, qui lui laissa la gorge en feu et lui mit les larmes aux yeux. Puis une douce chaleur se répandit dans son estomac. Elle pressa la main sur ses lèvres.

— Ce n'était pas un cochon, dit Gryff en reprenant sa flasque. C'était une femme.

— Une femme ?

— Bien sûr. Les femmes sont à l'origine de tous les conflits. Regarde Hélène de Troie. Je te parie cent livres qu'une Montgomery s'est enfuie avec un Davies.

— Et pourquoi pas une Davies avec un Montgomery ?

— Peu importe. Personnellement, j'aurais volé le cochon. Les cochons, c'est simple. Sans problème. Alors que les femmes…

Maddie leva les yeux au ciel.

— C'est bien masculin, ça, de toujours tout mettre sur le dos des femmes. Comme si vous étiez à notre merci, sans libre arbitre.

— Parce que nous ne sommes pas à votre merci, peut-être ? Qui fait face aux balles et aux sabres ennemis pendant que vous restez tranquillement à la maison ? Si ce n'est pas du contrôle, ça…

— En temps de guerre, peut-être, concéda-t-elle. Mais dans la vie de tous les jours, nous autres femmes n'avons aucun pouvoir. On nous passe d'un homme à un autre, du père au mari, comme du bétail dont on négocie le prix avant de le vendre. Le seul moyen d'éviter ça, c'est d'avoir sa propre fortune.

Il ne sembla pas avoir d'argument à lui opposer.

— De toute façon, poursuivit-elle, si la guerre de Troie a éclaté, c'est parce que Pâris piquait toujours les femmes des autres. Une leçon que les hommes d'aujourd'hui feraient bien de méditer.

Il eut un petit rire.

— Ah, j'ai l'impression que Mlle Montgomery cherche à en savoir plus sur un sujet en particulier, là.

— Je suis archéologue, rétorqua-t-elle d'un ton hautain. Chercher, c'est mon travail.

— Interroge-moi directement sur le duel, ce sera plus simple. Je vois bien que tu meurs d'envie d'avoir des détails.

La curiosité de Maddie batailla un moment contre son sens des convenances, et remporta le combat. Entendre la version du principal intéressé était exactement ce qu'elle voulait.

— Dans les journaux, il était écrit qu'il s'agissait d'une femme mariée.

— Et c'est vrai. Mais, en réalité, c'était pour rendre un service à un ami. J'aurais dû me souvenir que l'enfer était pavé de bonnes intentions.

Elle en resta bouche bée.

— Parce que, pour toi, avoir une liaison avec la femme d'un autre, c'est une bonne intention ?

— En l'occurrence, j'avais des circonstances atténuantes.

14

— Des circonstances atténuantes ? répéta Maddie, incrédule.

— Oui, vraiment. J'avais un ami qui était dans le même régiment que moi. Il s'appelait Ben Turner et a été tué à Salamanque. Quand je suis rentré à Londres, je suis allé saluer sa sœur, Sophie, qui avait épousé entre-temps un autre de mes amis, Henry Sommerville. Sophie était profondément malheureuse.

— Alors tu l'as consolée, conclut Maddie avec cynisme, malgré sa déception.

— Pas comme tu l'entends. Le mariage avait été arrangé par ses parents. Sophie était amoureuse de Sommerville depuis des années, mais il avait toujours été très réservé et froid avec elle. Alors, quand il a accepté de l'épouser, elle a compris que c'était pour son argent, et pas pour elle. Ses craintes se sont confirmées quand, deux mois après le mariage, celui-ci n'avait toujours pas été consommé.

» Sophie ne savait plus quoi faire. Elle avait tout essayé pour le faire réagir, dépensé des fortunes en robes, provoqué un scandale en faisant la course à cheval contre ma sœur Carys en plein Londres, sur Rotten Row. Mais, même dans ce dernier cas,

Sommerville ne l'avait même pas réprimandée, et la traitait toujours avec la plus extrême courtoisie.

— Quelle horreur ! dit Maddie, pince-sans-rire.

Il eut du mal à garder son sérieux.

— Il arrive que la courtoisie ne soit pas ce qu'une femme cherche chez son mari. Pour finir, Sophie m'a supplié de flirter avec elle pour rendre Sommerville jaloux.

— Et ça a marché, puisque tu as fini à l'aube dans un champ avec un pistolet à la main.

— J'ai été le plus surpris de tous lorsque Sommerville m'a provoqué en duel. Apparemment, lui aussi brûlait d'amour pour sa femme depuis des années, sans jamais avoir eu le courage de le lui dire. Il pensait qu'elle ne l'avait épousé que pour son titre. C'est fou, non ? Si ces deux imbéciles s'étaient parlé, je n'aurais pas été blessé.

— Il t'a blessé ? s'écria Maddie. Je ne savais pas. Que s'est-il passé ?

— Nous nous sommes retrouvés à Chalk's Farm avec nos témoins respectifs et un médecin. J'ai essayé d'expliquer à Sommerville que je n'avais rien fait d'autre qu'embrasser sa femme sur la joue, mais cet idiot s'était monté le bourrichon ; il était hors de lui et n'a rien voulu entendre.

» Alors nous avons pris place. Sommerville était résolu à me mettre une balle dans la peau, et moi j'hésitais à tirer en premier et à le blesser au bras, ainsi que me l'avait suggéré Rhys, quand Sophie et Carys ont déboulé en voiture.

» Tu aurais vu la scène ! On aurait dit un de ces mélodrames pathétiques que l'on joue à Haymarket. Sophie a hurlé : « Arrêtez ! » au moment où Sommerville se retournait. Le cri l'a fait sursauter, et le coup est parti. La balle m'a éraflé le bras.

D'un geste vague, il indiqua son épaule gauche.

— Tu aurais pu être tué !

— Non. Sommerville tire comme un pied. Si les filles n'étaient pas arrivées, il m'aurait complètement raté.

— Et ensuite, que s'est-il passé ?

— Sophie a couru vers Sommerville et lui a donné une claque en le traitant d'idiot. Puis elle s'est mise à pleurer en lui reprochant de l'avoir crue capable de prendre un amant, alors que, depuis toujours, c'était lui qu'elle aimait. Ensuite, elle s'est jetée dans ses bras et l'a embrassé passionnément.

» Le pauvre Sommerville ne savait plus quoi faire. Il a fini par avouer que lui aussi l'aimait depuis toujours et l'a embrassée de plus belle. Pendant ce temps, ton serviteur se vidait de son sang dans une de ses plus belles redingotes, Rhys se tordait de rire, et Carys se disputait avec le médecin à propos de la meilleure façon de me recoudre.

Maddie sourit en imaginant la scène. Elle l'avait catalogué dans le rôle du séducteur invétéré, mais, en réalité, ce n'était pas aussi terrible que ce qu'elle avait craint.

Toutefois, il n'était pas blanc comme neige non plus. Si le plan avait fonctionné, c'était bien parce qu'il avait la réputation de plaire à ces dames et d'en profiter. Dans le cas de Sophie Sommerville, il n'était peut-être pas coupable, mais son nom avait été mentionné dans bon nombre d'autres scandales.

Il n'était cependant pas difficile de voir en quoi une épouse malheureuse pouvait être tentée. Si Maddie se retrouvait mariée à un vieux barbon comme sir Mostyn, peut-être envisagerait-elle également de prendre un amant. Surtout si celui-ci était aussi beau et séduisant que Gryff…

Elle secoua la tête, effarée par sa propre inconstance. C'était le problème, quand on se mariait par devoir et non par amour ; d'innombrables dilemmes moraux se posaient. Ses parents avaient eu la chance de faire un mariage d'amour, mais une telle union était rare. Combien de couples malheureux foulaient quotidiennement au pied les promesses faites lors de leur mariage ? Dans la bonne société, au moins la moitié des unions étaient des mariages arrangés destinés à conserver les richesses de la nation entre les mains de quelques centaines de familles. Même le prince régent détestait sa femme. Et la princesse Caroline le lui rendait bien.

— Tu ne crois pas qu'il serait temps de mettre un terme à toutes ces querelles entre nos familles ? Rester à un tel niveau d'animosité demande beaucoup d'efforts.

— Ne dis pas une chose pareille ! s'exclama Gryff en feignant d'être horrifié. Avoir un ennemi, c'est avoir un but. C'est revigorant. Il faut voir cela comme l'éternel combat entre le bien et le mal. Entre les bons et les méchants. Nous autres, les Davies, étant les bons, cela va sans dire.

Elle refusa de se laisser entraîner sur cette voie ridicule.

— L'un d'entre nous devrait donner un cochon à l'autre. En guise de réparation symbolique.

— Mais lequel a été lésé, dans ce cas ?

— Bon. Nous pourrions *échanger* des cochons.

— C'est trop tard. Les cochons ne suffisent plus, cette histoire est allée bien trop loin. On parle de siècles d'injures, de part et d'autre. Nos deux histoires sont entremêlées. Nous allons devoir rester ennemis jusqu'à la fin des temps.

Maddie n'aurait su dire s'il y voyait une bonne ou une mauvaise chose.

— Mais ne t'inquiète pas, reprit-il d'un ton léger. Je ne t'ennuierai plus très longtemps. Je retournerai bientôt à Londres.

Savoir qu'il allait partir l'attrista, mais elle n'en laissa rien paraître et opta pour un sujet moins polémique.

— La situation en France t'inquiète-t-elle ? On raconte que Bonaparte est aux abords de Paris.

Le sourire de Gryff s'effaça.

— C'est ce que j'ai entendu dire, en effet. Il affirme vouloir la paix, mais je peux te garantir que la guerre couve. Je ne retournerai pas en France, en tout cas. Nous autres aristocrates avons été dispensés de combat. Nous sommes trop importants.

Cette fois, il était difficile de ne pas entendre le cynisme dans sa voix.

— Et tu ne culpabilises pas de voir tes amis partir sans toi ?

Elle n'attendait pas vraiment de réponse et fut surprise par sa propre audace. C'était une question très personnelle, après tout. Le fait qu'ils parlent sans se regarder – ils fixaient tous les deux la mer – rendait les choses plus faciles.

— Bien sûr que je culpabilise. La chance a voulu que je naisse fils de comte et pas fils de ramoneur. Ces pauvres gars vont devoir revivre la folie de la guerre. C'est terriblement injuste.

— Dans quel régiment étais-tu ?

— Le 22e d'infanterie. Dans les fusiliers gallois. C'est un régiment qui escorte l'artillerie. Rhys et moi étions officiers. Morgan, par esprit de contradiction, s'est engagé dans la marine. Nous nous sommes battus à Salamanque et à Nivelle, puis en France, à Toulouse, en avril de l'année dernière. Après ça, Napoléon a abdiqué, et la guerre a pris fin du jour au lendemain ou presque. Nous avons tous cru qu'il était fini.

— L'armée te manque ?

— L'esprit de camaraderie me manque, oui. Et la hiérarchie bien établie. Mais me faire tirer dessus ? Affronter la mort ? Non, cela ne me manque pas.

Maddie lui jeta un regard oblique. Il avait les yeux perdus dans le vague, comme s'il distinguait le passé, au loin.

— Voir mes amis mourir ou être gravement blessés ? poursuivit-il à mi-voix. Certainement pas. Mais me battre pour une cause en laquelle je crois, ça, oui, ça me manque.

Il battit des paupières, sembla revenir à la réalité.

— Tu ne dois pas te sentir coupable, tu sais, dit-elle. Tu as prouvé ton dévouement pour ta patrie. Et l'héroïsme revêt bien des formes, toutes différentes. Les hommes pensent qu'il s'agit toujours d'actes grandioses, de gestes flamboyants, mais rester chez soi nécessite un autre type de mérite. Les écoles doivent rester ouvertes, les usines doivent tourner, les fermes doivent produire. Il y a du courage dans le fait de poursuivre le travail entrepris.

Elle rougit, soudain gênée par sa propre ferveur. Avoir un avis sur tout était jugé inapproprié dans la bonne société. Mais Gryff pencha la tête sur le côté et lui sourit. D'un sourire sincère, bien qu'un peu étonné.

— Quelle sagesse, mademoiselle Montgomery ! Je suis conscient de ma situation privilégiée, tu sais. Simplement, après avoir passé autant de temps à l'armée, se réadapter à la vie civile est un peu difficile.

Maddie eut un petit rire et tenta de détendre l'atmosphère.

— D'après *La Gazette*, tu te réadaptais parfaitement bien à la vie civile.

Entendre le rire grave de Gryff dessina un vrai sourire sur ses lèvres. Pourquoi le mettre de bonne humeur lui donnait-il le sentiment d'avoir accompli un exploit ?

15

La nuit était tombée pendant qu'ils parlaient. Un croissant de lune projetait sur la mer et les rochers son halo argenté. Maddie plongea une main dans sa sacoche et en tira un sachet de bonbons enveloppés dans du papier.

— Tu veux un bonbon à la menthe ?

— Il est empoisonné ?

Elle leva les yeux au ciel, tira sur les extrémités du papier et mit le losange sucré dans sa bouche. Sa joue s'arrondit.

Gryff la regarda faire, impassible, et elle eut la chair de poule.

— Tu vois, marmonna-t-elle avec des bruits de succion. Complètement inoffensif.

Il ouvrit la bouche, sur le point de dire quelque chose, puis se ravisa et piocha dans le sachet. Maddie essaya de ne pas le fixer tandis qu'il glissait le bonbon entre ses lèvres, mais elle vit les muscles de sa mâchoire se tendre lorsqu'il le croqua.

— Ça dure plus longtemps si tu le suces, dit-elle d'un ton de reproche.

Elle eut la nette impression qu'il retenait un éclat de rire.

— Vraiment ? En ce qui me concerne, j'ai toujours trouvé que c'était le contraire. Sucer raccourcit souvent l'expérience.

Maddie se renfrogna. Il se moquait d'elle, elle en était certaine, mais elle ne voyait pas ce qu'elle avait dit de drôle.

— Cela dit, continua-t-il avec un sourire, prendre le temps de le savourer a certainement ses avantages. Le laisser fondre sur la langue peut être très agréable aussi.

La conversation portait-elle toujours sur les bonbons à la menthe ?

Le murmure un peu rocailleux de Gryff fit courir un étrange frisson le long de son dos, qu'elle tenta d'ignorer. Elle avait chaud, se sentait oppressée, comme si elle était à l'étroit dans ses vêtements. Dans sa peau.

Elle avala ce qui restait de son bonbon et lui jeta un regard à la dérobée. Il avait des lèvres vraiment très sensuelles. Qui auraient un goût de menthe s'il...

Il tourna brusquement la tête, comme s'il avait lu dans ses pensées – ses pensées scandaleuses. Leurs regards se trouvèrent, et l'intensité avec laquelle il la fixa fit bondir le cœur de Maddie dans sa poitrine. Il baissa les yeux sur sa bouche. Soudain gênée, persuadée d'avoir un éclat de bonbon à cet endroit, elle se lécha les lèvres.

Alors il glissa une main sur sa nuque.

Même si les quatre cavaliers de l'Apocalypse avaient choisi cet instant pour arriver, elle n'aurait pas pu bouger. La surprise la figea tandis qu'il caressait son cou et se penchait vers elle, jusqu'à ce que leurs nez se touchent presque.

— Madeline Montgomery, murmura-t-il, les yeux mi-clos.

Cela sonnait presque comme une menace. Ou un juron. Elle respira son souffle parfumé à la menthe. Il avait la même expression que quand il lui avait proposé du brandy. Cette expression, c'était une invitation au péché.

Chiche !

Il était si près qu'elle distinguait l'épaisseur de ses cils, sentait la chaleur de son souffle picoter ses lèvres entrouvertes. Elle soutint son regard, bravache.

Il n'allait tout de même pas…

Son baiser fut doux, empreint de curiosité, complètement différent de celui qu'il lui avait volé sur le pont. Il s'arrêta, s'attendant peut-être qu'elle le gifle ou s'écarte, mais comme elle ne fit ni l'un ni l'autre, il se pencha et l'embrassa de nouveau.

Un doux gémissement de plaisir monta spontanément dans sa gorge. Du bout de la langue, il suivit la courbe de ses lèvres jointes, et lorsque, sous le coup de la stupeur, elle les entrouvrit, il la mordilla avec la plus extrême délicatesse. Cette sensation éveilla en elle une onde de plaisir qui la parcourut tout entière, au point que, lorsqu'il s'écarta, elle suivit son mouvement, pour que rien n'interrompe ce délicieux moment.

Non ! Je t'interdis d'arrêter !

Il murmura quelque chose qu'elle ne comprit pas. Quand il glissa la langue entre ses lèvres, Maddie vint à sa rencontre et faillit défaillir en sentant son goût. Menthe poivrée. Brûlant et glacé à la fois.

Gryff Davies l'embrassait *vraiment* !

Stupéfaite, ravie, elle ferma les yeux et agrippa ses épaules, puis glissa une main sur sa nuque et plongea les doigts dans ses cheveux. Le long râle d'encouragement qu'il émit en retour l'électrisa, lui donnant la chair de poule.

Il pencha la tête sur le côté, et son baiser se fit plus profond. Les petits mordillements laissèrent la place à d'exquis mouvements de langue qui lui firent battre le cœur un peu plus fort encore et provoquèrent d'étranges palpitations entre ses cuisses.

Je voudrais que cela ne s'arrête jamais…

Soudain, juste au-dessus d'eux, sur le sentier, une voix masculine poussa un juron. Ils sursautèrent tous les deux, comme s'ils avaient pris un seau d'eau glacée sur la tête, puis se regardèrent, les yeux écarquillés par la surprise, le souffle court.

Quelqu'un descendait le sentier.

Seigneur, songea Maddie, à quelques secondes près, on aurait pu les voir ! Si elle avait poussé un gémissement ou fait n'importe quel autre bruit…

Gryff posa l'index sur ses lèvres et lui fit signe de s'accroupir dans les fougères, avant de faire de même.

D'autres voix montèrent dans la nuit. Ils étaient plusieurs et marchaient d'un pas lourd. Tâchant de maîtriser son souffle malgré les battements précipités de son cœur, Maddie vit quatre hommes passer à quelques mètres de l'endroit où ils étaient cachés.

Ils n'avaient pas de lanterne et descendaient vers la plage. Scrutant l'obscurité, elle s'aperçut que, derrière le premier, les deux autres traînaient le quatrième, qui semblait blessé.

Pourquoi venir avec un blessé ? S'agissait-il d'un complice touché lors d'un affrontement avec les douaniers et qu'ils envisageaient de cacher dans la grotte ? Peut-être ne voulaient-ils pas risquer d'être repérés en l'emmenant chez le Dr Williams, au village.

Elle essaya de comprendre ce qu'ils disaient, mais ils atteignirent la plage sans qu'elle puisse saisir grand-chose d'utile.

D'un regard, elle interrogea Gryff. Il secoua la tête et lui fit comprendre qu'ils devaient attendre encore un peu. Lorsque les hommes eurent contourné les rochers et atteint l'entrée de la grotte, il se leva et lui fit signe de le suivre. Tout en restant courbés, ils descendirent jusqu'à la plage et gagnèrent les rochers, d'où ils pouvaient épier l'entrée de la grotte.

Une flamme perça l'obscurité lorsque l'un des hommes alluma une lanterne. Il y eut un bruit sourd, comme un poids qu'on laissait tomber, puis un gémissement de douleur.

— Attachez-le, ordonna une voix grave.

Les parois de la grotte amplifièrent des bruits de bagarre et des grognements, puis une deuxième voix s'éleva dans la nuit.

— Je dirai rien ! Je l'jure ! Laissez-moi partir.

Maddie avança pour mieux voir ce qui se passait dans la grotte et le regretta aussitôt. Deux hommes se tenaient au-dessus d'un troisième, au sol, pieds et poings liés. Elle comprit alors ce qui se passait. Le blessé n'était pas un contrebandier, mais leur prisonnier !

— J'leur avais bien dit c'qui risquait d'arriver aux douaniers s'ils fouinaient là où il fallait pas, grommela le premier homme. Montrez-lui donc.

D'un mouvement du menton, il fit signe aux deux autres, qui tenaient chacun un gourdin et frappèrent le prisonnier, s'acharnant sur ses jambes et ses côtes tandis que, roulé en boule, il tentait vainement de se protéger la tête avec les bras.

— Pitié, bon Dieu ! hurla-t-il.

Personne ne sembla entendre sa prière.

Sans réfléchir, Maddie bondit en avant pour lui porter secours mais, en un éclair, Gryff la ceintura et la maintint en place. Il plaqua une main sur sa bouche afin de l'empêcher de protester et fit quelques pas en arrière pour les ramener à l'abri des rochers.

— Non, lui murmura-t-il rudement à l'oreille.

Il avait raison, bien sûr. Elle ne pouvait pas courir jusqu'à la grotte et exiger la libération du pauvre homme. Elle aurait droit au même traitement, ou pire. Là-bas, les coups pleuvaient toujours, entrecoupés de craquements sinistres qui lui donnèrent la nausée. Les suppliques du pauvre homme devinrent des gémissements, puis ce fut le silence, plus sinistre encore.

Seigneur, l'avaient-ils tué ?

Elle ferma les yeux, heureuse de la présence rassurante de Gryff derrière elle. Sa chaleur lui faisait du bien, et elle se sentit gagnée par une étrange faiblesse.

Elle bougea la tête. Il retira lentement sa main de sa bouche, mais garda son bras autour de sa taille. Son avant-bras était comme un cercle de fer sous sa poitrine. Elle sentait la solidité de son torse contre son dos, et lui devait sentir les battements de son cœur tant il serrait fort.

La voix du chef s'éleva une nouvelle fois dans la nuit.

— Attachez-le au rocher. La marée s'occupera de lui.

Les deux hommes reparurent, traînant le corps inerte de l'officier des douanes. Ils lui attachèrent les mains à un anneau métallique scellé dans un énorme rocher, à l'entrée de la grotte, et Maddie, horrifiée, comprit que, sans intervention, l'homme se noierait à la marée montante.

— Tu crois pas qu'on devrait prendre quelques barriques, Sadler ? demanda l'un des hommes. Vu qu'on est là.

Le chef poussa le douanier inconscient du bout de sa botte.

— Pas ce soir. Le convoi viendra pas avant dimanche. On laisse tout ici en attendant.

La lanterne s'éteignit. Maddie se recroquevilla contre Gryff lorsque les trois hommes repassèrent devant eux. Dieu merci, elle avait suivi son conseil et mis une tenue de couleur foncée. Ainsi, elle se fondait dans l'ombre des rochers.

Il lui sembla attendre une éternité avant que le bruit des pas s'éloigne et se taise enfin. Elle s'aperçut alors qu'elle était assise entre les jambes écartées de Gryff, le derrière confortablement installé contre son entrecuisse. Il avait le menton au creux de son épaule. Une posture aussi indécente aurait dû la faire bondir mais, en vérité, elle se sentait bien, contre lui. À sa place.

Interloquée par sa propre réaction, elle se leva. Il la laissa faire sans un mot. En quelques instants, elle courut jusqu'à l'entrée de la grotte et s'agenouilla devant la silhouette recroquevillée sur le sol. Malgré la pénombre, elle vit que l'homme était en piteux état.

Délicatement, elle posa une main sur son bras et poussa un soupir de soulagement lorsqu'un râle sortit de sa gorge.

— Tout va bien, murmura-t-elle. Nous sommes venus pour vous aider.

Elle voulut défaire ses liens, mais les nœuds étaient trop serrés. Gryff la poussa doucement sur le côté et sortit de sa poche un couteau dont la lame brilla au clair de lune. Il coupa la corde qui entravait l'homme, et celui-ci s'affala un peu plus sur le sol.

— Tu le connais ?

Maddie examina le visage tuméfié. Il était jeune, une vingtaine d'années peut-être, et rasé de près. Même si c'était difficile à dire vu son état, il ne lui sembla pas l'avoir déjà vu.

— Je ne crois pas.

Une langue d'eau froide vint lui lécher les mains puis se retira, et elle comprit avec horreur que la marée montait. Vite.

— Il faut qu'on se dépêche, dit-elle en se relevant.

Gryff se pencha, prit le bras droit de l'homme et le passa par-dessus son épaule. Maddie fit de même avec l'autre bras. Ensemble, ils réussirent à le lever et à quitter la grotte. Ils s'arrêtèrent au pied des rochers, et Gryff fit couler quelques gouttes de brandy entre les lèvres de l'homme inconscient.

Celui-ci ouvrit les yeux en sursautant et poussa un grognement.

— Qu'est-ce que c'est ? Non ! Laissez-moi !

— Nous sommes avec vous, murmura Maddie. Laissez-nous vous aider. Vous avez été roué de coups.

Une nouvelle gorgée de brandy le ramena à la réalité.

— Comment t'appelles-tu ? demanda Gryff d'un ton sec, mais pas brutal.

C'était le ton d'un officier supérieur qui s'adresse à une jeune recrue, et le douanier réagit à l'autorité qui s'en dégageait. Il redressa la tête, comme s'il cherchait à se souvenir.

— Brookes, monsieur. Gareth Brookes.

— Parfait. D'où viens-tu, Brookes ?

— De Cardiff, monsieur.

— Tu es douanier ?

— Oui. Je suis sous-officier dans les garde-côtes. Division du littoral occidental.

— Comment s'appelle ton supérieur ?

— Capitaine Bridges. Une rumeur prétend qu'une cargaison venue de France serait attendue dans le coin, et il m'a envoyé ici pour enquêter.

Un gémissement lui échappa. Il se plia en deux en se tenant les côtes.

— Je crois que j'ai le bras cassé.

— Ça ne m'étonnerait pas, dit Gryff. Ils ne t'ont pas épargné. Si tu penses pouvoir marcher jusque là-haut, nous t'emmènerons chez le Dr Williams. C'est le médecin du village.

— Merci. J'ai la tête en feu, mais je vais essayer.

— Très bien.

Gryff passa un bras autour de la taille de Brookes et l'aida à se tenir debout.

— Maddie, va chercher ma sacoche et tes affaires, dit-il en montrant le promontoire à l'abri duquel ils avaient attendu.

Elle s'exécuta, puis ils s'engagèrent ensemble à pas lents mais réguliers sur le sentier. Ils firent une pause à l'endroit où celui-ci devenait un chemin. Maddie prit son mouchoir pour essuyer le sang qui coulait d'une vilaine plaie à la tempe de Brookes, tandis que Gryff dénouait le foulard que celui-ci avait autour du cou pour lui mettre le bras en écharpe.

Ses gestes rapides et sûrs, son efficacité impressionnèrent Maddie. Sans doute avait-il vu des blessures bien pires sur les champs de bataille de France et d'Espagne.

Ils atteignirent enfin les ruines de Mathern Palace, et Maddie fut soulagée de voir Galahad et Paladin toujours à l'abri des regards. Elle avait emprunté à Gwynnie, sa bonne, sa cape à grand capuchon, pour le cas où elle aurait besoin de cacher son visage, et alla la détacher de la selle pour en couvrir Brookes, qui grelottait. Gryff le hissa sur Paladin puis prit les rênes et s'engagea sur la route qui menait au village.

Brookes tenait à peine en selle et penchait dangereusement en avant.

— Depuis combien de temps travailles-tu pour les douanes, Brookes ? demanda Gryff, sans doute pour l'empêcher de perdre connaissance.

— À peine huit mois.

— Et on t'a envoyé ici tout seul ?

— Oui. D'habitude, on est en équipe de trois ou quatre, mais là, on manque d'hommes. Quand le capitaine Bridges a reçu le rapport disant qu'il y aurait des contrebandiers par ici, il m'a envoyé enquêter. Je suis logé au King's Head.

— Et que s'est-il passé ce soir ?

Brookes ne répondit pas tout de suite. Il semblait avoir du mal à rassembler ses souvenirs.

— Un type m'a payé à boire au pub. Il avait entendu dire que je travaillais pour les douanes et avait une information pour moi, mais comme il ne voulait pas qu'on nous entende, il m'a donné rendez-vous à l'écurie. J'y suis allé, et trois types m'ont sauté dessus. Ils ont dû m'assommer parce que tout ce que je me rappelle ensuite, c'est la descente vers la grotte, et la putain de dérouillée qu'ils m'ont mise.

Il leva les yeux vers Maddie.

— Sauf vot' respect, m'dame.

— Ne vous inquiétez pas, monsieur Brookes, j'ai entendu pire, répondit-elle.

— J'écrirai au capitaine Bridges demain pour lui dire ce qui vous est arrivé, dit Gryff. Les contrebandiers ont prévu de revenir chercher la marchandise dimanche. Je lui demanderai d'envoyer des hommes pour nous aider à les prendre en flagrant délit.

Brookes hocha péniblement la tête.

— À votre avis, combien va-t-il envoyer d'hommes ? Et combien de temps leur faudra-t-il pour arriver ?

Brookes émit un grognement. Il était clair qu'il avait du mal à rester éveillé.

— J'pourrais pas vous dire, m'sieur. La moitié des gars sont repartis se battre contre le vieux Napo. Il reste que dix cotres et treize barques pour surveiller toute la côte occidentale de l'Angleterre et le pays de Galles. Avant, on appelait la marine en renfort, si y avait besoin, mais là, toutes les troupes repartent en France.

Voilà qui augurait mal de la suite, songea Gryff avec une moue contrariée.

16

La cloche de l'église sonnait 22 heures lorsqu'ils arrivèrent à l'entrée du village. Maddie soupira. Malgré l'heure tardive, les rues étaient loin d'être désertes. On riait fort et on s'invectivait dans l'auberge King's Head, sur la rue principale. Du côté de l'écurie et dans les allées avoisinantes, des silhouettes titubaient ou se tenaient au mur.

— Et si les contrebandiers étaient encore ici ? murmura-t-elle.

Gryff secoua la tête.

— Ça m'étonnerait. Ils sont sans doute un peu plus loin sur la côte. Mais mieux vaut éviter de nous faire voir, au cas où. Tu sais où habite le médecin ?

— À l'est du village. On va passer par l'église, ce sera plus court.

Elle dirigea leur petit convoi jusqu'à la maison du Dr Williams, mais s'arrêta aux abords du verger qui jouxtait la maison.

— Tu vas devoir y aller tout seul. S'il nous voit ensemble, il le racontera forcément à mon père.

— D'accord. Tu restes ici avec les chevaux.

Gryff aida Brookes à mettre pied à terre et le soutint. Maddie récupéra la cape de Gwynnie, la passa, rabattit la capuche sur son visage et se tapit dans l'obscurité tandis que Gryff allait discrètement toquer à la porte du médecin.

Le Dr Williams ouvrit, l'air contrarié, prêt à renvoyer ces visiteurs indésirables, mais son expression changea dès qu'il vit l'état de Brookes.

— Bon Dieu, que lui est-il arrivé ?

— Ce jeune homme a besoin d'aide, docteur. Et vite.

— C'est ce que je vois. Tss... Les jeunes, de nos jours... Toujours à se bagarrer pour un oui ou un non.

Gryff ne prit pas la peine de le corriger.

— Il a le bras gauche cassé juste au-dessus du poignet, et je pense qu'il a aussi quelques côtes en morceaux.

De son regard myope, derrière ses petites lunettes, le médecin fixa Gryff d'un regard désapprobateur.

— Puis-je savoir à qui j'ai affaire, monsieur ? Vous êtes son médecin, peut-être ?

Maddie sourit en entendant la façon dont le médecin traitait le comte de Powys.

— Juste quelqu'un qui a vu plus que sa part de membres brisés, répondit Gryff sans s'offusquer. Vous voulez bien l'examiner, s'il vous plaît ?

Le médecin émit un grommellement mécontent. De toute évidence, il était sur le point d'aller se coucher. Il portait une immense robe de chambre rayée rouge et vert par-dessus sa chemise de nuit, et un bonnet de nuit assorti sur ses cheveux mous et gris. Maddie se rendit compte qu'elle ne l'avait jamais vu autrement qu'en costume noir.

— Bon, soupira-t-il. Entrez.

Il s'effaça pour les laisser passer. Gryff porta le pauvre Brookes à l'intérieur.

Maddie s'assit derrière le muret en pierre qui bordait le jardin, tournant le dos à la rue pavée. La lumière s'alluma dans le salon, et elle vit Gryff installer Brookes dans un fauteuil, à la demande du médecin.

Elle ne put retenir une grimace compatissante lorsque ce dernier retira le mouchoir ensanglanté pour examiner la tempe blessée du jeune homme et ne fut pas mécontente de suivre les choses à distance. Non qu'elle fût douillette – elle avait soigné elle-même ses brûlures après avoir été foudroyée –, mais il faisait sombre quand elle avait bandé la plaie de Brookes, et elle voyait maintenant que celle-ci saignait beaucoup.

Williams disparut un instant. Les lèvres de Gryff bougeaient, et elle en conclut qu'il échangeait quelques mots avec Brookes. Mmm, ces lèvres, vraiment...

Un bruit derrière elle la fit sursauter. Elle voulut se retourner, mais déjà, on l'attrapait par-derrière. Deux bras puissants se refermèrent sur sa taille. Elle poussa un cri étranglé.

— Je t'ai eue, ma belle !

La voix rocailleuse résonna à son oreille, un peu épaisse, et des effluves de cidre envahirent ses narines. Son assaillant lova son visage dans le creux de son cou comme un cochon cherchant des truffes.

Maddie se débattit, aussi horrifiée que dégoûtée, mais les mains de l'homme étaient partout sur elle et, déjà, lui tripotaient les seins.

— Ôtez vos mains de là immédiatement, monsieur ! s'écria-t-elle, outrée.

— Allez, ma Gwynnie, fais pas ta sainte-nitouche ! fit son assaillant en riant. Embrasse-moi donc, plutôt.

Il la souleva, la fit pivoter face à lui et chercha ses lèvres à l'aveuglette. Les mains à plat contre ses épaules, Maddie le repoussa de toutes ses forces et détourna le visage pour éviter sa bouche.

— Je ne suis pas votre Gwynnie !

Au même instant, la porte de la maison s'ouvrit, jetant un faisceau de lumière à travers le jardin et sur Maddie et son « soupirant ». Sa capuche glissa, révélant son visage, ce qui la soulagea et l'inquiéta à la fois.

La réaction de l'homme fut instantanée. Il bondit en arrière comme s'il avait pris un coup de fourche dans la poitrine.

— Bon sang ! Mais t'es pas Gwynnie, toi ! s'écria-t-il en titubant.

Maddie rajusta son corsage aussi dignement qu'elle le put.

— Non, c'est ce que je me tue à vous dire.

Grâce à la lumière, elle reconnut l'homme. Ned Thomas était palefrenier au Red Dragon. Et, apparemment, connaissait *bien* Gwynnie.

Son expression horrifiée était presque comique, et maintenant que tout danger était écarté, Maddie trouvait la situation presque drôle.

— Mais il s'agit bien de la cape de Gwynnie, dit-elle. Donc je comprends votre méprise. Vous vous êtes trompé de personne, j'en ai peur.

Ned secoua la tête avec l'énergie d'un chien qui sort d'un ruisseau et sembla dessoûler d'un coup.

— Mademoiselle Montgomery ! Je vous avais pas reconnue, je vous jure ! J'ai cru que c'était Gwynnie. Jamais j'aurais...

— Il n'y a pas de mal, monsieur Thomas, l'interrompit Maddie. Vous ne l'avez pas fait exprès.

Elle se tourna en direction de Gryff et du Dr Williams, redoutant ce qui allait suivre. Tous les deux semblaient sous le choc. Elle ravala un juron. Pour la discrétion, c'était fichu.

Gryff, en particulier, paraissait tendu et fixait Ned d'un regard méfiant.

— Lâche-la, Thomas.

L'ordre avait été donné doucement, d'un ton presque gentil, mais derrière les mots semblait tapie une résolution de fer qui alluma la peur dans le regard de Ned. Il baissa les yeux et se rendit soudain compte qu'il tenait encore Maddie par le bras. Il la lâcha comme s'il avait touché des braises.

— Désolé, bredouilla-t-il.

— Tu peux y aller, maintenant, dit Gryff.

Il ne fallut pas le lui dire deux fois. Ned les salua tous les trois d'un rapide signe de tête et disparut dans la nuit aussi vite que ses pas d'ivrogne le lui permettaient.

Il y eut un silence gêné, que le Dr Williams brisa enfin, d'un ton incrédule.

— Mademoiselle Montgomery ? C'est bien vous ? Seigneur Dieu ! Mais que faites-vous ici à une heure pareille ?

Maddie se sentit rougir.

— Oh. Euh… eh bien, je…

Gryff mit fin à son supplice.

— Peut-être aurais-je dû commencer par me présenter, docteur. Je suis Gryffud Davies, comte de Powys.

Williams ouvrit des yeux ronds et s'approcha pour mieux le voir.

— Powys ? Bon Dieu, mais c'est vrai ! Vous ressemblez à votre père. Ça alors ! Vous voilà de retour ? Soyez le bienvenu, milord. Mais pardonnez mon étonnement… Que fait un Davies en compagnie d'une Montgomery ?

Gryff se pencha vers lui et murmura sur le ton de la confidence :

— C'est une affaire un peu délicate. Nous pouvons compter sur votre discrétion, j'espère ?

Les yeux du Dr Williams s'élargirent un peu plus sous l'effet de la curiosité.

— Mais bien sûr.

Gryff regarda Maddie et, l'espace d'un instant, celle-ci crut qu'il allait parler des contrebandiers au médecin. Puis elle perçut l'étincelle malicieuse qui brillait dans son regard et comprit que le pire était à venir. Elle connaissait cette expression. Gryff allait dire une horreur.

— La vérité, c'est que Mlle Montgomery et moi sommes secrètement fiancés.

17

— Qu... quoi ? s'entendit-elle balbutier.

Gryff fit taire ses protestations d'un rire indulgent, s'approcha et passa un bras autour de ses épaules.

— Allons, mon amour, dit-il en la serrant contre lui. Il est temps de dire la vérité. Nous pouvons faire confiance au bon Dr Williams. N'est-ce pas, docteur ? Je suis certain que vous comprenez combien notre situation est délicate. Mon père, Dieu ait son âme, avait interdit cette union. Mais il n'est plus de ce monde, et je souhaite ardemment que le père de Maddie se laisse convaincre et l'accepte. Il y a si longtemps que je rêve de faire de Maddie ma femme, conclut-il avec un regard faussement éperdu.

Maddie en resta bouche bée. Le Dr Williams n'allait tout de même pas avaler un truc pareil ? Hélas, le regard scandalisé du vieil homme s'effaça, remplacé par un sourire de conspirateur.

— Mazette ! Qui l'aurait cru ? Notez, vous n'êtes pas les premiers à franchir la ligne rouge. Votre grand-oncle Horace s'est enfui avec une Montgomery, en 1775. Ils se sont mariés à Gretna Green[1], en catimini. Comme je vous le dis.

1. Village écossais situé à la frontière avec l'Angleterre. Les lois sur le mariage étant plus souples en Écosse qu'en Angleterre, beaucoup de couples (en particulier les mineurs de moins de vingt et un ans) allaient s'y marier. (*N.d.T.*)

— Et vous n'avez pas oublié ce qu'être jeune et amoureux signifie, j'en suis sûr, ajouta Gryff d'un ton solennel.

Maddie leva les yeux au ciel devant l'aisance avec laquelle il embobinait Williams – le vieux médecin était un célibataire endurci.

— La présence de Mlle Montgomery ici ce soir est entièrement ma faute, continua-t-il. Je l'ai persuadée de me retrouver derrière l'église, mais quand j'ai appris que le jeune Brookes avait été tabassé, j'ai couru lui apporter mon aide. Serviable et accommodante comme elle est, Maddie en a fait autant. Et nous voici, conclut-il avec un haussement d'épaules, écartant les mains comme s'il n'y était vraiment pour rien.

L'image même d'un homme que l'amour pousse à faire des folies.

Le vieux médecin hocha la tête, compréhensif.

— Vous ne tenez pas à abattre votre jeu avant d'avoir eu le temps de convaincre son père, c'est ça ? Très bien, je serai une tombe. Mais pas de bêtises derrière l'église, vous m'avez bien compris ? ajouta-t-il avec un regard sévère. Mlle Montgomery est une jeune fille bien élevée ; elle n'a pas besoin qu'un lascar comme vous vienne lui tourner la tête pour l'abandonner ensuite dans un état... compromettant.

Maddie ne savait plus où se mettre. Les choses pouvaient-elles aller plus mal ce soir ?

Gryff hocha la tête.

— Cela va de soi, monsieur. Sachez que j'ai le plus grand respect pour Mlle Montgomery.

— J'espère bien. La pauvre a déjà suffisamment souffert comme cela, avec ce coup de foudre... Au fait, comment va votre bras, mademoiselle Montgomery ? demanda-t-il en se tournant vers elle. J'ai lu un article extrêmement intéressant d'un Allemand appelé Lichtenberg sur les effets des fluides statiques et électriques. Il a étudié plusieurs personnes qui ont été touchées par la foudre et ont survécu. D'ailleurs, les marques laissées sur votre bras portent son nom. On les appelle des figures de Lichtenberg.

Maddie sourit.

— C'est très intéressant, en effet. Elles disparaissent peu à peu. Elles sont chaque année un peu plus pâles.

— Excellente nouvelle, dit le Dr Williams en se tâtant les poches. Bien, maintenant, si vous n'y voyez pas d'inconvénient, j'aimerais jeter un coup d'œil à la blessure que le jeune Brookes a à la tête. Je suppose que vous pouvez raccompagner Mlle Montgomery chez elle, monsieur Davies ?

Gryff hocha la tête.

— Mais bien sûr, monsieur. Merci. Et bonne fin de soirée.

Maddie attendit qu'ils soient suffisamment loin pour piler devant Gryff, se retourner et le frapper des deux mains sur le torse. Il vacilla à peine. Elle aurait aussi bien pu frapper un arbre.

— Mais tu es complètement fou ? Pourquoi lui avoir raconté que nous étions fiancés ?

Il haussa les épaules d'un air dégagé. Elle le frappa une nouvelle fois.

— Il va croire que je fais le mur pour… pour…

— Pour te faire culbuter ? proposa gentiment Gryff. Pour une bonne partie de jambes en l'air ?

— Pour un rendez-vous galant ! rugit-elle, les joues cramoisies.

Gryff la fixa d'un regard amusé.

— Le Dr Williams est notre médecin de famille, reprit-elle. Il va forcément le dire à mon père.

— Tu aurais peut-être dû penser à ta réputation immaculée avant d'exiger de m'accompagner dans cette aventure.

Elle se retint de le frapper encore une fois.

— Tu aurais pu simplement lui dire la vérité, non ?

— À propos des contrebandiers ? Moins il y aura de gens au courant, mieux ce sera. J'ai dit à Brookes de ne pas en parler non plus.

— Tu ne crois tout de même pas que le médecin est impliqué dans cette histoire ? C'est ridicule. Cet homme est un pilier de notre communauté.

— C'est peu probable, je le reconnais, mais nous devons nous méfier de tout le monde. Je ne veux pas que les contrebandiers aient vent de cette histoire avant dimanche. Demain matin, j'irai voir sir Mostyn et je lui demanderai soit de prendre contact avec les douaniers de Cardiff, soit de m'envoyer quelques hommes de confiance pour les arrêter.

— Très bien. Mais qu'est-ce qu'il t'a pris de dire que nous étions secrètement fiancés ?

Il sourit.

— C'est la première chose qui m'est venue à l'esprit. Et si tu y penses, c'est une idée brillante. Tout le monde sait à quel point ton père désapprouverait notre union. Il est donc logique que nous soyons obligés de nous voir en secret.

— Le Dr Williams a intérêt à garder ça pour lui. Je ne peux pas me permettre d'être le sujet de tous les commérages d'ici à Hyde Park juste parce que tu as une imagination débordante.

L'espace d'un instant, elle songea à ce qui arriverait si le Dr Williams racontait tout à son père.

Ce dernier serait en colère, certes, mais il était peu probable qu'il en parle autour de lui. Sa fille, fréquentant un Davies, quelle honte ! Il préférerait lui faire jurer de se taire et l'envoyer à Londres avec les tantes.

Et si le docteur en parlait à quelqu'un d'autre, elle doutait que la rumeur d'un « flirt » avec Gryff provoque suffisamment de scandale pour convaincre sir Mostyn de retirer sa demande. Il semblait déterminé à l'épouser, quelles que soient les circonstances.

— Il faut que je rentre, dit-elle après un coup d'œil à l'horloge du clocher.

Ils prirent le chemin de Newstead Park. « Quelle soirée ! » songea Maddie en soupirant silencieusement dans la fraîcheur nocturne. Elle l'avait espérée riche en aventures, mais à ce point… De la violence des contrebandiers à la passion du baiser de Gryff en passant par la méprise de Ned, les émotions qu'elle avait ressenties avaient oscillé entre des extrêmes que jamais elle n'aurait crus possibles.

Elle jeta discrètement un regard en direction de Gryff. Voir son profil souligné par le clair de lune lui fit battre le cœur. Ses cheveux en bataille lui donnaient un petit air sauvage ; son nez droit et ses pommettes saillantes évoquaient tout bonnement la perfection.

Ses yeux se posèrent ensuite sur ses lèvres. Dire qu'il l'avait embrassée… Elle n'en revenait toujours pas. Avait-il voulu faire une plaisanterie ? L'empêcher de parler ? Ou avait-il été, comme elle, curieux de savoir ce qu'un baiser entre eux provoquerait ?

Seigneur, s'ils n'avaient pas été interrompus…

Elle détourna le regard, craignant qu'il ne perçoive sa gêne malgré l'obscurité. Ce n'était pas le moment de penser à cela.

Peut-être n'y aurait-il jamais de bon moment pour y penser.

Quand ils arrivèrent enfin devant le portail de Newstead Park, elle ne sut que dire, soudain paralysée par la timidité.

— J'espère que tu vas pouvoir rentrer sans qu'on te voie, murmura Gryff.

— Ce ne serait pas la première fois.

Ils échangèrent un sourire, et une délicieuse chaleur se répandit dans sa poitrine. À un moment, ce soir, ils avaient cessé d'être des adversaires irréconciliables pour devenir quelque chose comme des complices. Étaient-ils en train de devenir… amis ?

Ce mot lui semblait si incongru ! Elle n'était même pas sûre que l'amitié soit possible entre un Davies et un Montgomery.

Galahad piaffa, et elle salua Gryff d'un hochement de tête discret pour masquer son malaise.

— Bon, eh bien… bonne nuit, alors.

Il lui répondit d'un air moqueur :

— Merci de m'avoir tenu compagnie durant cette soirée pour le moins palpitante, mademoiselle Montgomery. Je te souhaite une bonne nuit aussi.

18

Quand Maddie ouvrit les yeux, le soleil filtrait à travers les rideaux. Une agréable sensation d'impatience l'habitait. Elle se sentait comme un enfant le matin de Noël, excité à la perspective de la journée qui commençait.

Tout ça, c'est la faute de Gryff.

Harriet était déjà à la table du petit déjeuner et accueillit Maddie avec mille questions dans les yeux.

— Alors, raconte ! Que s'est-il passé hier soir ?

Malgré la mise en garde de Gryff, Maddie n'envisagea pas une seule seconde de cacher à sa cousine ce qu'ils avaient découvert la veille. En quelques phrases, elle lui décrivit ce qui s'était passé, omettant toutefois de lui dire que Gryff l'avait embrassée. C'était encore trop vif dans sa mémoire, trop incroyable pour y réfléchir et l'évoquer en plein jour. Elle laissa aussi de côté cette histoire ridicule à propos de leurs fiançailles secrètes. Le Dr Williams n'en parlerait sans doute pas, et elle n'avait pas envie d'aborder le sujet.

— Eh bien ! s'exclama Harriet. C'est passionnant ! J'espère que Brookes se remettra vite.

Maddie but une gorgée de thé.

— Lord Powys a dit qu'il irait prévenir sir Mostyn dès ce matin.

Harriet fit la grimace en l'entendant prononcer le nom de Mostyn. Elle détestait cet homme presque autant que Maddie.

— Il a aussi dit qu'il ferait peut-être venir quelques-uns de ses amis de Londres. Il craint que le bureau des douanes à Cardiff ne réagisse pas assez vite.

Appeler Gryff par son titre lui faisait un drôle d'effet. Pour elle, le comte de Powys avait toujours été le père de Gryff. Et, après tout, échanger un baiser enflammé avec quelqu'un aurait dû vous donner le droit de l'appeler par son prénom, non ? Elle connaissait son *goût*, tout de même…

— Au fait, dit soudain Harriet, tu te souviens que nous cherchions dans la bibliothèque des livres qui pourraient avoir une certaine valeur ? Eh bien, j'en ai trouvé un. Enfin, la moitié d'un.

— Que veux-tu dire ?

— Il s'agit de l'édition originale du dictionnaire du Dr Johnson, signée par l'auteur. Je suis sûre que cela peut intéresser les collectionneurs, mais le problème, c'est que je n'ai trouvé que le premier volume, de A à L. J'ai pourtant cherché partout. Qui irait ranger les deux volumes sur des étagères différentes ?

— Tu connais mon père. Je te rappelle qu'une fois, il a cherché ses lunettes pendant trois semaines, pour les retrouver dans la serre où il rempote ses plantes. L'autre volume est peut-être dans son bureau. Ou dans le garde-manger. À quoi ressemble-t-il ?

— Je vais te montrer.

Harriet s'absenta et revint quelques instants plus tard avec un imposant volume relié de cuir qu'elle posa sur la table.

Maddie en examina la couverture, puis l'ouvrit. Le titre complet de l'ouvrage était *Dictionnaire de la langue anglaise comprenant, pour chaque mot, une notice étymologique, et pour chaque sens, un exemple tiré des plus belles œuvres de la littérature. Avec, en avant-propos, une histoire de la langue et un précis de grammaire anglaise.*

— Pas étonnant que l'on dise juste « le dictionnaire de Johnson », remarqua-t-elle en riant. Je vais demander à papa s'il sait où se trouve le second volume.

Son père marmonna un « bonjour » lorsqu'elle passa la tête dans son bureau.

— Pardonne-moi si je te dérange, dit Maddie, le dictionnaire entre les mains. Mais je cherche le second volume de cet ouvrage. Tu ne l'aurais pas vu, par hasard ?

L'expression de son père s'assombrit soudain.

— Si je l'ai vu ? Mais bien sûr que je l'ai vu ! Il n'existe que dix exemplaires de ce dictionnaire en deux volumes. Il avait été réservé aux clients les plus fortunés de Johnson. Tous les autres ont été imprimés en quatre volumes.

— Il a donc de la valeur ? hasarda Maddie.

— Bien sûr qu'il a de la valeur ! Je l'ai eu pour presque rien chez Christie's quand ils ont vendu la bibliothèque de Johnson après sa mort, mais aujourd'hui, il vaut plusieurs centaines de livres. Peut-être même mille.

— Alors pourquoi ne pas l'avoir vendu ? demanda Maddie, perplexe. Nous avons d'autres dictionnaires, plus récents. Si tu arrives à te rappeler où se trouve le second volume…

— Je sais parfaitement où il est, l'interrompit sèchement son père. Et tu peux oublier cette idée, Maddie, parce que nous ne sommes pas près de le récupérer.

— Il est perdu ?

— C'est un coup de Powys ! Le second volume est dans la bibliothèque de Trellech Court.

Il avait craché le nom de son ennemi comme on profère un juron. Maddie se sentit vaciller.

— Mais pourquoi ? Tu l'avais prêté au comte ?

— Allons, ne dis pas de bêtises ! Il aurait pris feu que je ne lui aurais pas prêté un seau d'eau ! Non, il y a eu confusion à la salle des ventes, et le second volume a fini dans un carton acheté par Powys. Il fallait que ça tombe sur lui ! soupira son père, tout en fureur rentrée. Le vieux chacal avait systématiquement enchéri contre moi ce jour-là. Quand j'ai compris ce qui s'était passé, j'ai proposé de le lui racheter pour un shilling, mais il a refusé. Alors que j'avais eu tout le carton pour à peine six pence !

— Mmm...

Maddie cherchait quelque chose à dire pour calmer son père et l'orienter sur le chemin de la diplomatie, mais celui-ci n'avait pas terminé.

— Et pendant vingt ans, ce sale roublard a essayé de me racheter mon volume pour une misère. Il savait aussi bien que moi qu'un volume seul n'avait pratiquement aucune valeur. L'ouvrage ne vaut quelque chose que si les deux volumes sont là.

— Mais maintenant, il y a un nouveau comte... Il sera peut-être plus raisonnable, suggéra Maddie.

Son père eut un rire incrédule.

— Ou alors, tu pourrais, toi, te montrer plus raisonnable, reprit-elle en haussant le ton. Si le nouveau comte refuse de te vendre son volume, pourquoi ne pas lui tendre un rameau d'olivier en lui proposant de collaborer ? Chacun pourrait envoyer son volume à une vente de livres à Londres, et vous partageriez la somme obtenue.

Son père la regarda fixement, étonné d'entendre sa propre fille le remettre à sa place.

— Vous avez passé tellement d'années à entretenir le conflit qui oppose nos deux familles, continua Maddie avec plus de douceur. Je sais que c'est une question d'orgueil pour toi, mais à quoi te servira ton orgueil lorsque nous n'aurons plus de maison et que nous nous retrouverons sans un sou ?

— Nous n'en arriverons pas là, voyons. Je dois aller à Bristol tout à l'heure pour rencontrer des prêteurs.

Devant la moue inquiète de Maddie, il eut un geste pour la rassurer.

— Il ne faut pas s'arrêter à ce mot. Je ne prendrai aucun engagement, je veux juste savoir quelles sont les solutions possibles. Je serai de retour demain, à temps pour t'accompagner au bal. Je sais combien les harpies et toi adorez les commérages. Mais pas de bêtises pendant mon absence, hein !

Maddie hocha sagement la tête.

— Tu n'as rien à craindre, papa.

19

Songeuse, Maddie réfléchissait à ce que venait de lui révéler son père à propos du volume manquant.

Ses relations avec Gryff ayant pris un tour nouveau, elle aurait sans doute l'avantage dans le cas où des négociations seraient entamées. Bien sûr, elle se garderait de lui révéler à quel point elle avait besoin de cet argent.

Harriet avait disparu, mais les tantes l'avaient remplacée dans la salle du petit déjeuner, aussi posa-t-elle le dictionnaire à une extrémité de la table avant d'aller se servir une nouvelle tasse de thé, qu'elle sucra plus généreusement que d'ordinaire.

Tante Constance la regarda et pencha la tête sur le côté. On aurait dit un oiseau curieux.

— Bonjour, Madeline. Tu en fais une tête ! Cet affreux sir Mostyn t'aurait-il de nouveau harcelée ?

— Non, non, ma tante.

— Mais je parie tout de même qu'il y a un homme là-dessous, dit Constance d'un ton docte. Quoi qu'on fasse, ils sont toujours responsables de nos problèmes.

Maddie retint un sourire. Gryff avait dit peu ou prou la même chose, mais à propos des femmes. Quoi qu'il en soit, sa tante avait raison : ces jours-ci, tout ce qui la contrariait impliquait un être de sexe masculin. Son père, sir Mostyn et Gryffud Davies. Elle aurait aussi pu ajouter Tristan à cette liste.

— Est-ce pour cette raison que vous ne vous êtes jamais mariée ? demanda-t-elle. Parce que les hommes sont une vraie plaie ?

Constance avala une moitié de petit pain beurré.

— D'une certaine façon, oui. Tu sais, ces gens qui te disent sans arrêt que tu dois « trouver ta moitié » ? Eh bien, moi, je ne l'ai jamais trouvée. Les hommes que j'ai rencontrés auraient peiné à faire un quart. Et me contenter d'une portion congrue, ce n'est pas mon style.

— C'est vrai qu'à vous entendre, cela ne fait pas très envie.

— Mais, crois-moi, si j'avais trouvé chaussure à mon pied, j'aurais sauté dessus comme Raminagrobis sur un pauvre moineau.

Elle se pencha pour caresser le chat noir qui s'était installé près d'elle dans l'espoir qu'elle lui donnerait un morceau de hareng fumé. Raminagrobis n'était que l'un des innombrables félins avec lesquels vivaient les tantes de Maddie. Il y en avait tant que son père y faisait référence comme à « la cour des greffiers de ces dames ».

Tante Prudence approuva d'un hochement de tête.

— Quant à moi, j'avais trouvé ma moitié, tu sais. Malheureusement, cela n'a pas été possible.

Maddie ouvrit de grands yeux.

— Je ne savais pas ! Que s'est-il passé ?

— C'était bien avant ta naissance, ma fille. Il s'appelait lord Peregrine Vale et n'avait pas un sou vaillant. Mais Dieu qu'il avait l'œil coquin et qu'il était bien bâti..., soupira Prudence avec une expression qui en disait long sur ce qu'elle avait éprouvé. Il m'a fait tourner la tête. Nous nous sommes fiancés, puis il est parti se battre dans les colonies et a été tué à la bataille de Golden Hill. Après ça, plus aucun homme n'a été à la hauteur...

Elle se décomposa, et le cœur de Maddie se serra de voir sa tante encore marquée par l'événement. Elle avait toujours pensé que les deux sœurs avaient choisi de rester célibataires.

— Oui, c'est d'une tristesse à mourir, reprit Prudence, mais tu veux que je te dise quelque chose de choquant ? Ce n'est pas parce que je ne me suis pas mariée que je ne me suis pas amusée.

L'expression de sa tante avait changé du tout au tout, et la vieille dame de soixante-dix ans semblait en avoir quinze. Maddie faillit s'étrangler avec son thé.

— Tante Prudence ! Qu'avez-vous fait ?

Sa tante croisa les mains sur ses genoux. Ses yeux rieurs brillaient.

— Allons, Pru, ce n'est peut-être pas..., commença Constance.

— Oh, arrête, Constance. Elle a vingt-deux ans, tout de même. Il est temps pour elle d'apprendre les secrets de famille les plus intéressants.

— C'est Imprudence qu'on aurait dû t'appeler, grommela tante Constance. Tu as toujours fait les quatre cents coups.

Maddie riait intérieurement de voir ses tantes se chamailler de la sorte.

— Comme je disais donc, reprit tante Prudence, nous nous sommes beaucoup amusés. Après tout, nous étions fiancés. Et pour tout dire, quelques semaines à peine après le départ de Perry pour Boston, j'ai découvert que je me trouvais dans un « état intéressant ». Évidemment, cela aurait fait scandale, car nous n'étions pas mariés. Mon père – ton grand-père – m'a envoyée à la campagne pour que cela ne se sache pas, mais j'ai attrapé la scarlatine dans les semaines qui ont suivi mon arrivée, et j'ai perdu le bébé.

— Je ne savais pas, murmura Maddie. Je suis désolée.

Prudence balaya d'un geste ses paroles de compassion.

— Bien sûr, j'aurais aimé avoir un enfant qui lui ressemble, mais c'était il y a si longtemps ! Je m'en suis remise. Ce que je veux dire, c'est que tu ne dois pas te laisser imposer un horrible mariage de convenance. Mieux vaut rester célibataire que d'épouser un fossile ambulant qui te rendra malheureuse.

— Sir Mostyn a offert deux mille livres à papa pour que je l'épouse.

— C'est parce que sans soudoyer les gens, il ne trouvera jamais de femme, répliqua Prudence avec une moue de dégoût. Ne te sacrifie pas pour sauver ton nom. Jamais nous ne te demanderions une chose pareille.

Les deux sœurs hochèrent fermement la tête.

— Tu veux que je te donne un conseil ? reprit Prudence. Pars pour Londres. Il y a des centaines d'industriels aux poches pleines qui cherchent un titre, là-bas. Essaie de voir si tu ne tomberais pas amoureuse de l'un d'eux.

— Un qui soit jeune, bien sûr. Et beau, précisa Constance. Ensuite, s'il s'avère être un vaurien, au moins tu t'amuseras au lit. Et une fois que tu lui auras donné des héritiers, tu pourras même prendre un amant ou deux.

Le rire scandalisé de Maddie se transforma en toux, et tante Prudence tourna vers sa sœur un regard amusé.

— Franchement, Connie, je trouve la jeune génération terriblement coincée. À croire qu'ils ignorent ce que « liaison amoureuse » veut dire.

Maddie s'essuya les yeux. Ses tantes n'avaient peut-être pas tort. Les temps changeaient. De nouvelles fortunes voyaient le jour dans l'industrie et le commerce. Peut-être devrait-elle effectivement aller à Londres et chercher un héritier de filatures ou de mines d'étain.

Une chose la tarabustait néanmoins. Elle savait déjà qu'à ses yeux, l'héritier en question, quel qu'il soit, ne serait jamais aussi fascinant que Gryffud Davies.

Attention, danger. Elle devait absolument voir les choses autrement. Pour commencer, mieux valait changer de sujet.

— Je n'aurai pas à épouser qui que ce soit si j'arrive à obtenir du nouveau lord Powys qu'il nous vende l'autre volume, dit-elle en montrant le dictionnaire.

Ses tantes regardèrent l'ouvrage, et Constance secoua la tête.

— Le vieux comte aurait préféré se crever les yeux plutôt que de vendre quoi que ce soit aux Montgomery, même pour dix fois son prix.

— Peut-être, mais le nouveau comte n'est pas aussi buté que son père, dit Maddie d'un ton calme. Et il a le sens des affaires. S'il refuse de nous le vendre, peut-être arriverai-je à le convaincre de réunir les deux volumes dans une vente aux enchères et de partager l'argent qu'on en tirera.

— Nous avons besoin de cet argent, dit Constance. Mais Powys en a-t-il besoin, lui ? Il est riche comme Crésus avec ses mines de charbon et je ne sais quoi encore. Comment comptes-tu t'y prendre pour le convaincre, Maddie ?

— Il faudrait qu'elle le séduise, déclara Prudence. Regarde-la. Belle comme elle est, elle pourrait faire faire n'importe quoi à un homme.

Maddie sourit.

— J'apprécie votre confiance, mais vous manquez d'objectivité. Le comte a refusé des jeunes filles bien plus jolies que moi.

— Il faudra que tu sois plus intelligente que lui, alors, dit Constance. Physiquement, nous ne pouvons pas lutter, mais côté cerveau, cela fait des millénaires que nous autres femmes remportons la mise.

— Le fil, dans le labyrinthe du Minotaure, c'était une idée d'Ariane, murmura Maddie.

— Exactement ! L'histoire regorge de femmes intelligentes qui ont obtenu ce qu'elles voulaient. Et tu es au moins aussi intelligente que la vieille Ariane, dit Constance en lui prenant la main pour la serrer entre les siennes. Tu trouveras le moyen de récupérer ce dictionnaire, Maddie, j'en suis certaine.

20

Rassérénée par le discours de ses tantes, Maddie retourna dans sa chambre et rédigea un mot à l'intention de Gryff pour lui demander de la retrouver en terrain neutre, dans la clairière près du puits. Elle attendit sa réponse avec impatience, et lorsque celle-ci arriva enfin, vers 17 heures, elle éprouva le même sentiment de griserie qu'en ouvrant les yeux le matin.

Son père aurait été horrifié de savoir qu'elle fraternisait avec « l'ennemi », mais la perspective de verser au moins cinq cents livres dans les coffres vides de la famille le valait bien.

Quand elle lui parla de son plan, Harriet s'inquiéta.

— Tu y vas seule ? Veux-tu que je t'accompagne ?

— Non, ce n'est pas la peine. L'époque où un Davies réglait son compte à un Montgomery et cachait le corps dans les bois est révolue depuis longtemps.

— Je ne parlais pas de danger mortel, Maddie. Mais, question femmes, la réputation de lord Powys a fait le tour du pays. Tu n'as pas peur qu'il essaie de te séduire ?

Le souvenir du baiser de Gryff enflamma Maddie, mais elle répondit à sa cousine avec un sourire rassurant :

— Bien sûr que non. Il me voit encore comme la gamine qu'il adorait énerver quand nous étions petits. Tout ira bien.

Harriet n'avait pas l'air convaincue, mais elle retourna à la carte qu'elle était en train d'illustrer. Maddie alla seller Galahad et partit à travers le parc en direction du portail devant lequel Gryff l'avait laissée la veille.

Elle avait troqué sa tenue de cavalière vert fougère contre ce qu'elle avait de plus élégant, un spencer cintré bleu canard et une jupe assortie, le tout mettant en valeur les reflets roux de sa chevelure et rehaussant son teint. À moins que ses joues ne doivent leur couleur à la perspective de revoir son ennemi juré... Qu'avait dit Gryff à ce propos ? Avoir un ennemi, c'était revigorant. Et elle était assez d'accord. Plaisanteries ou insultes, la vivacité de leurs échanges lui manquait déjà.

Il se trouvait dans la clairière lorsqu'elle arriva, et son regard sur elle quand elle mit pied à terre lui donna des frissons.

— De quoi s'agit-il ? demanda-t-il sèchement.

Cette entrée en matière quelque peu abrupte la surprit. À vrai dire, il ne semblait pas particulièrement content de la voir. Il paraissait même contrarié d'avoir été ainsi convoqué. Le manteau large qu'il portait la veille avait été remplacé par une redingote stricte bleu nuit, et ses culottes de cavalier disparaissaient dans des bottes de cuir noir parfaitement cirées. La blancheur immaculée de son foulard contrastait avec le hâle de son visage.

Chaque ligne, chaque courbe traduisait la puissance de son corps. Elle eut soudain la bouche sèche.

Le regard de Gryff s'arrêta un instant sur son visage, puis il se détourna, comme s'il ne supportait pas de la regarder, et fit claquer sa cravache sur le côté de sa botte.

— Es-tu allé voir sir Mostyn ? demanda-t-elle d'un ton inquiet.

— Oui, répondit-il avec une moue méprisante. Il ne s'est pas arrangé depuis la dernière fois. J'imaginais que des informations sur la présence de malfaiteurs dans son district me vaudraient sa reconnaissance, mais il était contrarié parce que j'ai interrompu son petit déjeuner.

— Et qu'a-t-il dit ?

— Je lui ai parlé de la cargaison de contrebande, je lui ai dit que j'avais vu un certain Sadler et deux de ses complices tabasser Brookes et le laisser pour mort. Et j'ai précisé que leur plan était de revenir dimanche pour chercher la marchandise.

— Tu n'as pas dit que j'étais avec toi, j'espère ?

Il eut un regard cynique.

— Bien sûr que non, mademoiselle Montgomery. Ta réputation n'a rien à craindre. Sauf si le docteur décide d'alimenter le moulin à ragots de la région.

Intérieurement, Maddie soupira de soulagement.

— Lui as-tu dit que tu pourrais peut-être reconnaître les hommes si tu les voyais ?

— Oui. Il m'a répondu qu'il allait s'en occuper.

— Bon. Très bien.

Gryff fit quelques pas jusqu'au puits, s'appuya négligemment contre le muret qui l'entourait et croisa les jambes.

— Sir Mostyn m'a demandé si je t'avais vue depuis mon retour.

Maddie le regarda, soudain inquiète.

— Et que lui as-tu répondu ?

Elle se sentit rougir, et cela l'énerva. Non seulement Gryff l'avait vue, mais il l'avait touchée, l'avait embrassée. L'avait *goûtée*. Et, pour être tout à fait honnête, elle rêvait qu'il recommence.

Gryff posa sur elle un regard affamé, et malgré son visage fermé, elle comprit qu'il pensait exactement à la même chose qu'elle.

— Je lui ai dit que nous avions eu une brève conversation.

S'il te plaît, j'aimerais tant poursuivre cette conversation…

Maddie se mordit la lèvre.

— Il est impatient de te voir au bal des Digby, ajouta Gryff.

Cette fois, elle ne put retenir un grognement. Elle s'apprêtait à répondre quand un craquement de brindille résonna distinctement dans le bois, derrière elle. Gryff se redressa et parcourut la clairière d'un regard circulaire, sur le qui-vive.

Elle était sur le point de lui dire qu'il en faisait peut-être un peu trop – sans doute une conséquence de son expérience de soldat – quand un nouveau craquement retentit et qu'un projectile siffla à ses oreilles. Juste à côté de Gryff, une pierre du muret vola en éclats dans un nuage de poussière.

Elle se retourna, interdite.

— Qu'est-ce que c'était que ça ?

— À terre ! ordonna Gryff.

Sur leur gauche, un cavalier jaillit des bois au galop. Maddie poussa un cri en voyant qu'il brandissait un pistolet. Gryff se jeta sur elle et la plaqua au sol. Au même instant, le cavalier tira de nouveau.

Elle eut le souffle coupé lorsque Gryff tomba de tout son poids sur elle, mais il se releva presque aussitôt d'un bond.

Elle rampa pour se mettre à l'abri du muret et leva les yeux juste au moment où leur assaillant jetait son pistolet pour prendre à sa ceinture un gourdin qui lui rappela celui avec lequel Brookes avait été battu. Puis l'homme éperonna sa monture et fondit sur Gryff, qui se tenait dans la clairière, jambes écartées, avec un calme que Maddie trouva impressionnant.

L'individu fit tournoyer son gourdin, penché sur le côté pour augmenter ses chances de frapper Gryff, mais celui-ci esquiva le coup au dernier moment, réussit à attraper et à désarçonner l'homme. Ils roulèrent tous les deux dans l'herbe.

Un bruit de cavalcade attira l'attention de Maddie. Un second cavalier venait d'entrer dans la clairière et fonçait au galop sur Gryff et son assaillant.

Les chevaux de Gryff et de Maddie, inquiets, piaffaient et s'ébrouaient. Maddie courut vers eux, attrapa les rênes de Galahad et monta en selle. Puis elle lui fit faire demi-tour et fonça en direction du second homme.

Celui-ci, en la voyant, tira sur les rênes, arrêtant son cheval. Le cœur de Maddie fit un bond lorsqu'elle le vit tirer un pistolet de sa ceinture. Instinctivement, elle se courba en avant, puis s'aperçut qu'il ne la visait pas. L'arme de l'homme était pointée sur Gryff, qui s'était relevé, le corps inerte de son adversaire à ses pieds.

— Non ! hurla Maddie en lâchant les étriers pour se pencher et tenter d'attraper l'arme au passage.

Galahad heurta l'autre cheval au garrot au moment où elle repoussait l'arme vers le ciel. Apeurées, les deux montures se mirent à tourner l'une contre l'autre. Rester en selle devint difficile.

L'haleine âcre de l'homme lui balaya le visage tandis qu'ils se battaient, l'un pour garder l'arme, l'autre pour s'en emparer.

— Lâche ça, espèce de chienne !

La crosse du pistolet la heurta violemment à la clavicule lorsque l'homme se jeta sur elle. Maddie n'eut même pas le temps de crier. Elle glissa de sa selle, entraînant l'homme dans sa chute.

Ils tombèrent l'un sur l'autre. L'homme était bien plus lourd qu'elle et l'étouffait. Instinctivement, elle donna des coups de pied, mais ses jupes l'entravaient. Elle avait refermé le poing sur le canon de l'arme et serrait, serrait, mue par la seule terreur. Puis il y eut une explosion assourdissante, un éclair l'aveugla, et une douleur fulgurante lui traversa l'épaule.

Le poids de l'homme cessa de l'écraser, et lorsqu'elle rouvrit les yeux, le visage de Gryff avait remplacé celui de son assaillant, sur fond de ciel bleu. Il avait attrapé l'homme par sa veste et le poussait sur le côté, dans l'herbe. Puis il tendit le bras, un nouveau coup de feu retentit, et l'homme s'affala en arrière comme une vulgaire poupée de chiffon.

L'odeur poivrée de la poudre envahit les narines de Maddie, mais elle ne comprit pas tout de suite ce qui venait de se passer.

La douleur, dans son bras, était insupportable.

Gryff baissa le pistolet encore fumant et la regarda. L'espace d'un instant, elle crut voir un inconnu. Son visage était fermé ; son regard froid, terrifiant. Il était essoufflé – il avait dû courir pour arriver jusqu'à elle.

Maddie était elle aussi à bout de souffle, et la sensation de brûlure dans son bras s'intensifiait à chaque seconde, comme si elle avait été frappée par la foudre une nouvelle fois. Elle porta une main tremblante à son front et tenta de s'asseoir, mais la douleur et une nausée soudaine l'en empêchèrent. Elle se laissa retomber dans l'herbe.

— Ne bouge pas, souffla Gryff en s'agenouillant à côté d'elle, visiblement inquiet. Tu as reçu une balle. Laisse-moi regarder ta blessure.

Il voulut déboutonner son spencer, mais ses doigts étaient trop gros pour les minuscules boutons. Étouffant un juron, il attrapa les revers du vêtement et tira, arrachant tous les boutons. Elle poussa un petit cri de protestation.

— Tu t'en achèteras un autre, grommela-t-il.

Puis il la souleva légèrement, prit sa manche gauche, tira.

— Retire ton bras.

Maddie gémit. La manche, étroite, gênait ses mouvements, et son bras était si douloureux !

Elle parvint néanmoins à s'extirper du spencer, et Gryff défit les premiers boutons de son chemisier de coton, exposant sa chemise de corps, qu'il tira sur le côté pour dénuder son épaule. Maddie résista – elle ne voulait pas qu'il voie sa peau marbrée et ses cicatrices. Il soupira, mécontent, se méprenant sur la raison de son attitude.

— Ne fais pas ta chochotte. Il faut qu'on voie si la balle est restée dans ton épaule.

Maddie se laissa faire, épuisée, et baissa les yeux sur sa blessure. Heureusement, les arbres atténuaient la lumière, et le sang masquait les cicatrices les plus marquées. Elle sentait son pouls battre dans ses tempes.

L'expression de Gryff s'adoucit. Il poussa un soupir soulagé.

— Ce n'est pas trop grave. Une belle entaille, mais la balle n'a pas traversé ton épaule. Tu saignes quand même beaucoup.

Il tira de sa poche un mouchoir, qu'il plia en long, posa sur la blessure et noua autour de l'épaule, avec une grimace compatissante lorsque Maddie sursauta et retint un gémissement.

— Tu crois que tu peux te lever ? demanda-t-il tandis qu'elle refermait sa chemise ensanglantée. Il faut nettoyer et panser cette blessure le plus vite possible.

Elle s'assit lentement, la tête lui tournait. Puis elle regarda en direction de l'homme qui gisait à quelques mètres de là. Il n'avait pas bougé.

— Tu l'as tué, lâcha-t-elle d'une voix rauque.

Gryff s'agenouilla de nouveau, pour la regarder bien en face.

— Oui, je l'ai tué. Et si c'était à refaire, je le referais. Bon Dieu, quelques centimètres de plus sur la gauche, et tu prenais cette balle en pleine gorge.

— Tu… tu m'as sauvé la vie.

Il glissa une main sur sa nuque et l'attira vers lui, l'étreignit maladroitement.

— Tu as sauvé la mienne.

Un frisson le parcourut, avant de se communiquer à Maddie. Elle inspira longuement, se perdit dans son odeur, s'abandonna au confort de ses bras. Ils restèrent ainsi un long moment, puis il se dégagea doucement et se leva.

Maddie détourna le regard, soudain gênée.

— Où est Galahad ?

— Là-bas, avec Paladin. Je vais le chercher.

Lentement, Maddie se leva, mais fut prise de nausée au moment où elle se redressait. Des points noirs dansèrent devant ses yeux. Avec un gémissement, elle chercha Gryff à tâtons. Il se retourna, poussa un juron et la prit dans ses bras, avant de la soulever.

— Tu n'es pas en état de monter à cheval. Il va falloir qu'on monte à deux.

Maddie se lova contre lui. Son pouls battait de plus en plus fort et, autour d'elle, tout tournait.

Gryff alla chercher les chevaux, attacha les rênes de Galahad à la selle de Paladin, se mit en selle et hissa doucement Maddie sur sa monture pour l'installer en travers, face à lui. Elle noua les bras autour de sa taille. Le sol lui paraissait beaucoup plus éloigné que lorsqu'elle montait Galahad.

Le premier assaillant était allongé sur le dos, près du puits. Maddie tenta de voir s'il respirait encore, sans succès. Gryff l'avait-il tué aussi ? Autour d'elle, la clairière devint floue. Elle ferma les yeux.

— Reste avec moi, ma douce, murmura Gryff.

Pour la première fois, ce mot lui sembla affectueux, et non moqueur. Et était-ce de l'inquiétude qu'elle avait discernée dans sa voix ? Maddie frissonna. Elle grelottait et transpirait en même temps. Son bras la lançait.

— Je ne peux pas te ramener à Newstead Park dans cet état, murmura Gruff contre ses cheveux. Ton père me ferait écarteler. Je t'emmène à Trellech Court.

21

Le trajet qui les mena à la demeure ancestrale des Davies passa dans un brouillard. Maddie sentait les bras de Gryff autour d'elle. Comme sa tête roulait sur son épaule, il la cala de son menton pour la protéger des secousses. Elle était accrochée à lui, agrippant des deux poings les revers de sa redingote, et s'enivrait de son odeur réconfortante, un mélange de vétiver et de musc.

Malgré sa blessure, elle était impatiente. Elle ne connaissait Trellech Court que de loin. Lorsqu'elles étaient petites, Harriet et elle pariaient souvent à qui oserait s'en approcher pour épier ses imposantes tourelles ; elle avait toujours rêvé de les voir de plus près.

Ils arrivèrent au sommet de la dernière colline, et la vue qui s'offrit à elle lui coupa le souffle. Trellech Court était un véritable château fort, avec des remparts crénelés et une multitude de tours de formes et de tailles différentes. Un vrai château de conte de fées.

— C'est un pont-levis ?

— Oui. Il y a une herse, aussi. Mais pas d'eau dans les douves. Elles ont été vidées il y a quelques années, au grand regret de mes frères. Carys y a mis certains des animaux de sa ménagerie, comme à la Tour de Londres.

Avec un sens étonnant de l'à-propos, un cri de paon résonna dans toute la vallée, et Gryff fit la grimace.

— Ça, c'est Geoffrey. Bon Dieu, je déteste cet oiseau.

Ils longèrent les murailles pour pénétrer dans l'enceinte par une immense porte voûtée. Le bâtiment principal apparut, et Maddie ne put retenir un cri de surprise.

Les remparts ne formaient qu'une partie de l'imposante structure. Le reste était un étonnant ensemble de bâtisses, toutes de styles différents, qui semblaient avoir été bricolées par un architecte fou et ivre. Une tour médiévale en ruine était accolée à un pignon élisabéthain, une structure faite de colombages et de briques rouges complètement de guingois. À l'opposé, tout en piliers, corniches élégantes et hautes fenêtres, la façade d'une autre aile affichait un style purement palladien.

Maddie battit des cils et ferma les paupières. Avait-elle des hallucinations ? Peut-être avait-elle perdu trop de sang ? Non. Lorsqu'elle rouvrit les yeux, cet endroit incroyable était toujours là.

— Tu connais maintenant le secret de Trellech Court, dit Gryff. Étonnant, n'est-ce pas ?

L'effet général était celui d'un méli-mélo charmant et chaotique, presque trop ridicule pour que l'on y croie. Tristan, le puriste de la famille en matière d'architecture, aurait fait une crise d'apoplexie devant pareil agglomérat de styles. L'impression de désordre ambiant aurait heurté son amour du beau.

Mais Maddie trouva l'ensemble bien plus intéressant que sa propre maison. Newstead Park était, d'un point de vue architectural, relativement récent – quelques siècles à peine. Son arrière-arrière-grand-père avait fait démolir les bâtiments précédents et effacer toute trace du passé pour laisser place à l'élégante demeure qui se dressait désormais au cœur du parc.

Ici, en revanche, l'histoire du lieu avait été préservée. Maddie entendait presque les vieilles pierres la supplier de faire des recherches sur leur passé, comme sur ses chantiers de fouilles.

— Quel endroit extraordinaire !

Gryff la regarda avec un sourire.

— Tu n'es pas obligée d'être polie. Tu peux le dire, l'ensemble est grotesque. Je pense que chaque génération de Davies a fait bâtir sa propre aile juste pour imprimer sa marque.

— L'ensemble est unique. Et merveilleux, corrigea Maddie d'un ton ferme.

Évidemment, cela signifiait que la famille Davies avait toujours eu les moyens de faire bâtir, quelle que soit l'époque. Gryff construirait sans doute lui aussi sa propre aile quand il en aurait envie. Ce qui contrastait avec la famille de Maddie, qui ne pouvait même pas se permettre un nouveau pigeonnier.

Gryff leva la tête vers les murailles crénelées.

— L'aile sud n'est là que pour épater la galerie. Une forteresse médiévale, c'est bien pour impressionner les gens, mais c'est plein de courants d'air. La plupart de mes ancêtres privilégiaient le confort.

Ils entrèrent dans une écurie aux dimensions impressionnantes. Il y avait des stalles au fond et sur les côtés, et un palefrenier en tenue impeccable sortit de l'une d'elles pour venir prendre les rênes de Paladin. Maddie rougit, mais Gryff se comporta comme si rentrer avec une demoiselle échevelée sur les genoux était la plus naturelle des choses. Peut-être l'était-ce pour un Davies, après tout.

— Tu crois que tu peux tenir debout ? murmura-t-il.

— Oui, je pense. Ma tête tourne moins.

Il la fit glisser à terre en prenant soin de ne pas malmener son bras blessé, puis descendit de cheval à son tour.

— Merci, Huw, dit-il au palefrenier. Ils doivent être pansés tous les deux, ajouta-t-il en montrant Paladin et Galahad. Et nourris. Ils ont eu une journée riche en événements.

Puis il prit le bras de Maddie et l'entraîna vers une large porte, à l'arrière de la maison. Ils entrèrent dans un hall carrelé de dalles noires et blanches. Un valet d'un certain âge s'approcha et fronça les sourcils en voyant le chemisier blanc de Maddie taché de sang.

— Gryffud, qu'avez-vous encore fait comme bêtise ?

Maddie retint un sourire. Le vieil homme devait être au service de la famille depuis très longtemps, ce qui expliquait sa familiarité, et il ne s'était visiblement pas encore habitué à l'idée que Gryff était le nouveau comte.

— Ne me regarde pas comme ça, Beddow, répondit Gryff. Je n'ai rien fait. Je te présente Mlle Montgomery. Nous avons été attaqués par des bandits près de Ffynnon Pen Rhys, et une balle lui a égratigné le bras.

Le domestique fixa Maddie d'un air horrifié. Celle-ci n'aurait pas été surprise de le voir faire le signe de croix pour repousser les mauvais esprits.

— Montgomery, vous dites ? Votre père en aurait…

— Je me fiche de ce que mon père aurait ou n'aurait pas pensé, l'interrompit sèchement Gryff.

— Bien, monsieur. Dois-je envoyer chercher le Dr Williams ?

— Non, je ne pense pas que ce soit très grave. Demande à Lucas de me rejoindre avec ma trousse médicale. Et dis à la cuisinière de me faire monter de l'eau bouillante et des linges propres. Nous serons dans le bureau.

— Bien, monsieur.

Le vieil homme s'éloigna en boitillant, un peu voûté, et Gryff se tourna vers Maddie avec une grimace d'excuse.

— Beddow a été au service de mon père pendant soixante ans – c'était son valet. Dans sa tête, je suis toujours le galopin de douze ans qui est resté accroché par son fond de culotte au mât de la tour ouest. Il est trop vieux pour travailler, mais refuse de s'arrêter.

Maddie sourit.

— Je comprends. C'est sa maison autant que la tienne. Tu ne peux pas le renvoyer.

— Exactement.

Gryff la fit entrer dans un élégant bureau où tout respirait la virilité. De profonds fauteuils en cuir et une imposante table de travail en acajou témoignaient de siècles d'étude et de gestion de patrimoine. Il lui indiqua un fauteuil, dans lequel elle se laissa tomber avec soulagement.

D'un placard, il sortit une carafe de liquide ambré, remplit deux verres et lui en tendit un.

— Tiens, bois ça. C'est du brandy. Le même que celui de l'autre soir, dans ma flasque.

Maddie porta le lourd verre en cristal à ses lèvres et but une gorgée. La sensation de brûlure ne fut pas plus agréable que la première fois, mais elle accueillit avec gratitude la vague de chaleur que l'alcool répandit en elle. La douleur, dans son bras, diminua.

Un jeune valet entra avec une trousse de toile, suivi de près par une bonne qui, sur les ordres de Gryff, posa des serviettes et une cuvette d'eau chaude sur une console près du mur.

Les domestiques se retirèrent, puis Gryff vida son verre et le posa sur le bureau d'un geste brusque.

— Bien. Voyons ça.

Maddie se redressa dans son fauteuil, soudain très consciente qu'ils étaient seuls ici, sans chaperon. Ce qui la mettait plus mal à l'aise encore, c'étaient les grandes fenêtres grâce auxquelles la pièce était baignée de lumière. Il y avait donc peu de chances, cette fois, pour que Gryff ne remarque pas les horribles marques dont sa peau était couverte.

Mais il aurait été complètement idiot de rentrer chez elle sans faire examiner son bras. Et même si le Dr Williams pratiquait la médecine depuis bien des années, elle était prête à parier que Gryff avait soigné bien plus de blessures par balle que lui.

Elle se débarrassa de sa veste et, de la main droite, déboutonna sa chemise, puis dénuda son bras gauche jusqu'au coude. Elle retint son souffle quand Gryff retira son pansement de fortune.

— Je vais devoir nettoyer la plaie, dit-il. Ce sera douloureux, j'en ai peur, mais il n'y a pas d'autre moyen.

Il prit un linge, le plongea dans l'eau chaude, l'essora.

— Ça ne peut pas être pire que d'être touché par la foudre, remarqua-t-elle avec un faible sourire.

Elle essaya de ne pas vaciller lorsqu'il tamponna la blessure. Bientôt, l'eau de la cuvette fut rougie par le sang. La délicatesse des gestes de Gryff contrastait avec sa stature, et surprit Maddie. Elle baissa la tête pour tenter d'évaluer la gravité de la plaie et sentit, tout près, celle de Gryff penché sur elle, concentré sur ce qu'il faisait.

Rester immobile pendant qu'il essuyait le sang dans son cou, sur son épaule et sur son bras ne fut pas aisé. Elle ne pensait qu'à ses cicatrices et attendait, le cœur battant, qu'il fasse une remarque, mais il ne dit rien et continua d'effacer consciencieusement toute trace de sang sur sa peau.

La plaie nettoyée, il devint évident que son évaluation initiale avait été correcte : la balle avait effleuré son bras gauche, y laissant une méchante estafilade de cinq centimètres environ.

— Bien. La bonne nouvelle, c'est que tu n'as pas besoin de points de suture.

Il essuya une dernière fois le sang qui suintait de la blessure, puis ouvrit la trousse apportée par le valet, révélant un assortiment d'ustensiles soigneusement rangés, pinces à épiler et compresses, cotons et rouleaux de gaze – sans doute le nécessaire médical qui lui avait servi à l'armée.

— Pour éviter toute infection, il faut nous assurer qu'il ne reste aucune saleté, aucun fil dans la plaie. J'ai vu de plus petites blessures tuer un homme.

Il attrapa le verre de Maddie et le lui tendit.

— Bois encore un peu. Ça va piquer.

Elle obtempéra et, lorsqu'elle baissa son verre, il plongea un carré de coton dans ce qui restait de brandy et l'appuya fermement sur la blessure. Elle sursauta et retint un cri. Il eut un sourire compatissant, mais continua d'appuyer.

— Désolé. Mais l'alcool, ça aide.

Enfin, avec un rouleau de gaze, il fit rapidement un pansement.

— Et voilà. Bravo, tu as été courageuse.

Maddie se laissa retomber dans le fauteuil avec un soupir de soulagement, sans prendre la peine de recouvrir son épaule. Était-ce l'effet du brandy, ou était-il simplement trop tard pour se préoccuper des convenances ?

Gryff reposa les ciseaux et ce qui restait de gaze sur la table, puis s'appuya contre son bureau, les jambes croisées au niveau des chevilles. À son expression, elle comprit qu'il mourait d'envie de l'interroger à propos de ses cicatrices mais qu'il était trop poli pour le faire, aussi décida-t-elle de prendre le taureau par les cornes. À quoi bon se taire ? Il avait vu l'essentiel. S'il ne s'était encore pas détourné avec horreur, peut-être ne le ferait-il jamais. Et cela, en soi, était un miracle.

— Je suppose que tu as vu toutes sortes de blessures pendant la guerre, dit-elle d'un ton hésitant.

— Beaucoup trop, oui.

Elle vit son regard parcourir les marbrures rose pâle qui s'étendaient sur son cou, son épaule et jusqu'à son coude. Il l'examinait avec le sérieux de celui qui sait ce qu'il voit, sans dégoût ni pitié, et elle lui en fut reconnaissante.

— Elles sont apparues environ une heure après que la foudre m'a frappée, dit-elle. Au début, elles étaient très rouges, puis elles se sont transformées en cloques, qui ont progressivement séché et disparu, mais les marques sont restées.

Gryff ne disait rien, et Maddie se sentit obligée de poursuivre, comme si elle était en train de se confesser.

— Quand j'ai très chaud ou très froid, ou quand ma peau est tendue, elles ressortent encore plus.

Elle retint son souffle, attendant son verdict.

Il se passa une main dans les cheveux et la regarda enfin dans les yeux.

— Cela a dû être très douloureux, dit-il d'une voix bizarrement rauque. En fait, c'est un miracle que tu aies survécu.

— Je sais, dit Maddie en souriant pour tenter d'alléger l'atmosphère. Crois-moi, je suis reconnaissante au Ciel d'être encore de ce monde. Ne serait-ce que pour pouvoir servir de cible à des bandits à moins de dix kilomètres de chez moi.

Cette tentative d'humour dessina un léger sourire sur les lèvres de Gryff. Elle haussa les épaules d'un air résigné.

— Après tout, une cicatrice de plus ou de moins...

Il secoua la tête.

— Cela témoigne de la vie extraordinaire qui est la tienne. De la femme extraordinaire que tu es. Je doute qu'il existe une autre femme en Angleterre avec de telles blessures de guerre. Si tu étais un homme, tu relèverais tes manches de chemise à tout bout de champ rien que pour les montrer.

Elle lut dans son regard l'expression d'une admiration sincère, et son cœur fit un bond. *Une femme extraordinaire.* Il avait dit cela d'elle.

— Maddie, je...

22

Gryff fut interrompu par l'entrée d'une vieille femme voûtée chargée d'un plateau sur lequel s'entrechoquaient théière, soucoupes et tasses. Elle était minuscule, portait un châle traditionnel gallois pardessus sa robe noire à rayures, et deux yeux pleins de vie éclairaient son visage flétri.

Elle adressa un large sourire à Maddie en se dirigeant vers le bureau, sur lequel elle posa lourdement son plateau dans un fracas de porcelaine. Gryff grimaça.

— Soyez la bienvenue à Trellech Court, mademoiselle Montgomery. Cela fait tellement longtemps que nous n'avons pas eu de visite des Montgomery. *Trop* longtemps. C'est pourtant important, les relations de voisinage.

— Pff, fit Gryff en gloussant. La dernière fois que nous avons eu des « relations de voisinage », elles s'accompagnaient probablement de poix bouillante et de coups d'épée.

La vieille femme eut un claquement de langue réprobateur.

— Mademoiselle Montgomery, voici nounou Maude, dit Gryff avec affection. Elle est ici depuis presque aussi longtemps que Beddow et m'a donné tellement de fessées que j'ai très vite cessé de les compter.

— Tu méritais chacune d'elles, chenapan. Tes frères et toi, vous étiez de vrais petits diables. Et ta sœur était la pire de tous.

Maddie ne put s'empêcher de sourire. Imaginer Gryff en garnement insupportable était tout à fait délicieux.

Nounou Maude indiqua le plateau. Ses mains étaient déformées par l'âge, ses articulations enflées par l'arthrite.

— J'ai demandé à la cuisinière de vous faire des crêpes, pour vous rassasier en attendant le dîner. Lady Carys les adore.

Elle encourageait Maddie du regard, aussi celle-ci tendit-elle la main pour prendre une crêpe. Malgré leur nom, il ne s'agissait pas vraiment de crêpes, mais de sortes de scones aplatis, couverts de raisins secs et cuits à la poêle plutôt qu'au four. L'ajout de cannelle et de muscade leur donnait un bon goût épicé.

— Mmm…, soupira Maddie en mordant dans la sienne.

Elle regarda Gryff et rougit en constatant qu'il fixait sa bouche. Après avoir dégluti, elle lécha du bout de la langue un petit morceau de sucre resté à la commissure de ses lèvres.

Gryff serra les dents, la regarda dans les yeux, et elle sentit ses joues s'empourprer un peu plus.

— Tu devrais faire visiter la maison à Mlle Montgomery, suggéra Maude d'un ton enjoué, apparemment inconsciente de la tourmente qui s'emparait de Maddie et de Gryff sous ses yeux. Mais pas maintenant. La pauvre a subi un vrai traumatisme, elle a besoin de manger. Vous allez rester pour le dîner, bien sûr, ajouta-t-elle à l'intention de Maddie.

Maddie avala le reste de sa crêpe et regarda autour d'elle, cherchant une pendule. Quelle heure était-il ? Elle avait complètement perdu la notion du temps.

— Il est presque 19 heures, dit Gryff, comme s'il avait lu dans ses pensées. Est-ce qu'on t'attend à Newstead Park pour le dîner ?

— Mon père est à Bristol pour ses affaires, mais Harriet et mes tantes s'inquiéteront si je ne rentre pas.

— Vous pourriez leur envoyer un mot, dit Maude.

Gryff s'esclaffa.

— Un mot de Trellech Court ? Elles croiront qu'il s'agit d'une demande de rançon. Précise bien que tu n'as pas été enlevée par la force. Il ne faudrait pas qu'elles nous envoient la cavalerie.

Maddie ignora la plaisanterie et sourit à la vieille femme.

— Très bien. Je reste pour le dîner. Merci.

— Parfait. Mais il va falloir que vous vous changiez, vos vêtements sont en piteux état. J'ai demandé aux femmes de chambre de vous trouver une robe dans les affaires de Carys. Vous faites pratiquement la même taille.

D'un geste, elle fit comprendre à Maddie qu'il n'était pas question de refuser.

— Allons, allons, venez, mon enfant. Vous vous sentirez tellement mieux dans des vêtements propres.

— Ne discute pas, dit Gryff en riant. Nounou Maude obtient toujours ce qu'elle veut.

— Oh, Gryffud. À t'entendre, je suis un vrai tyran.

— Si seulement ta brosse à cheveux et toi aviez été à Badajoz… Napoléon aurait remballé ses cliques et ses claques en moins de cinq minutes et serait parti sans demander son reste.

Il se leva et salua Maddie d'une courbette délibérément théâtrale.

— À tout à l'heure au dîner, mademoiselle Montgomery.

Maddie le regarda quitter la pièce, partagée entre perplexité et regret. Puis elle se tourna vers Maude, qui l'observait avec le sourire indulgent de celle qui a tout compris. Rougissant de plus belle, elle la suivit dans un escalier monumental, essayant de ne pas s'arrêter, émerveillée, devant les nombreux portraits de famille et armures qui ornaient les murs.

Elles entrèrent dans une chambre à coucher très féminine, décorée dans des tons vert pâle évoquant la mousse et l'écume. Des miroirs au cadre doré et des appliques complétaient un ensemble de très beaux meubles de style français. Les fauteuils étaient recouverts de soie et de satin aux imprimés floraux.

Une sélection de robes avait été disposée sur le lit, et Maude en prit une, d'un beau rouge profond.

— Lady Carys a des goûts vestimentaires tout à fait extravagants, dit-elle avec un petit rire attendri. Et des cheveux roux magnifiques – qui ne vont pas du tout avec cette robe rouge. Je le lui ai dit quand elle l'a achetée, mais elle n'a pas voulu m'écouter. Elle ne l'a portée qu'une fois, à un bal masqué, avec les cheveux poudrés. Mais, sur vous, elle sera parfaite. Vous avez le teint qu'il faut pour cette couleur.

Maddie regarda la robe, un peu inquiète. La sœur de Gryff, qui était un peu plus jeune qu'elle, était connue pour ses tenues exquises et souvent originales. Elles ne s'étaient croisées que rarement lors de soirées données par la bonne société, mais Maddie avait toujours été impressionnée par le charme naturel de la jeune fille et son apparente assurance. Les accessoires audacieux avec lesquels elle complétait ses tenues faisaient toujours beaucoup parler d'elle – et lançaient la mode dès le lendemain.

À vrai dire, le décolleté arrondi de cette robe était franchement provocateur. Maddie hésita. Carys Davies menait les hommes par le bout du nez. Cette féminité dévastatrice rejaillirait-elle sur Maddie par le biais de sa robe ?

La vraie question était : avait-elle seulement envie de mener Gryff par le bout du nez ? Voulait-elle qu'il soit pendu à ses lèvres ? Si cela pouvait l'aider à récupérer le second volume du dictionnaire, oui.

Par ailleurs, l'idée qu'un homme aussi expérimenté et sophistiqué que Gryff voie en elle autre chose qu'une vieille fille mal coiffée la séduisait beaucoup.

Maddie retira ses vêtements tachés de sang et soupira en voyant l'état de sa tenue. Sa jupe était couverte de boue et de traces d'herbe, et son spencer était déchiré à l'endroit où la balle l'avait effleurée, sans compter que la moitié des boutons avaient été arrachés. Tout raccommodage semblait impossible. Gryff lui avait dit d'en racheter un, mais elle n'en avait pas les moyens.

Une petite bonne très gentille, avec des taches de rousseur, l'aida à passer une chemise de corps en soie d'un raffinement extrême, puis la robe, dans le bustier de laquelle était ingénieusement monté le corset. Maddie se regarda dans le miroir et fut impressionnée par la façon dont le vêtement mettait sa silhouette en valeur. Elle n'avait jamais porté cette nuance de rouge et ressemblait à une chanteuse d'opéra. Le décolleté festonné offrait une vue affriolante sur sa poitrine, et sa taille semblait encore plus fine que d'ordinaire, grâce à la perfection de la coupe. Les manches trois quarts étaient juste assez bouffantes pour ne pas frotter sur son bras blessé.

La bonne lui brossa les cheveux, ignorant poliment les feuilles séchées et les brindilles qui en tombèrent, et lui fit un chignon pas trop haut, d'où retombaient quelques mèches bouclées – une coiffure qui lui allait très bien.

— Voilà, mademoiselle, dit-elle en reculant d'un pas, un sourire rassurant aux lèvres.

Maude reparut quelques instants plus tard, avec un carré de tissu plié sur les bras.

— Ceci vous appartient, je crois, mademoiselle Montgomery.

Maddie prit l'étoffe, intriguée. C'était un châle en cachemire, dans les tons crème, rouge et orange. Cet imprimé lui disait quelque chose... Elle ouvrit la bouche, étonnée, examina un coin du carré et se tourna vers la nounou, stupéfaite.

— Mais oui ! C'est mon châle ! Il y a une tache d'encre sur les franges. Mais où...

Plus jeune, ce châle avait été son préféré. Elle l'avait perdu et... Tout devint clair, soudain.

— C'est Gryff qui me l'a chipé il y a des années de ça ! Je lui ai couru après, mais n'ai pas réussi à le rattraper. Et quand il est arrivé ici, il l'a attaché au mât, tout en haut de l'une des tours, rien que pour me narguer.

Maude eut un petit rire.

— Exactement. Quel garnement, hein...

— Je n'en reviens pas qu'il l'ait gardé pendant toutes ces années !

La vieille femme eut un haussement d'épaules mystérieux, mais son regard pétillait.

— Il n'a jamais pu se résoudre à vous le rendre.

Que voulait-elle dire exactement ? se demanda Maddie. Mais déjà, Maude lui faisait signe de s'installer à un joli petit bureau dans un coin de la chambre.

— Il y a là du papier et de l'encre. Vous pouvez écrire un mot à votre cousine et vos tantes.

Maddie griffonna rapidement un message expliquant qu'elle avait accepté « une invitation à dîner à Trellech Court » et travaillait « à l'élaboration du plan “dictionnaire” ».

Le sceau à manche en argent qu'elle utilisa pour fermer son pli était gravé du blason des comtes de Powys. L'impression laissée sur la cire rouge révéla une vouivre, créature fantastique ailée, à tête de dragon et queue de serpent.

Après avoir confié le pli à la bonne, elle serra le châle autour de ses épaules pour cacher son décolleté et suivit Maude.

— C'est l'heure du dîner, annonça celle-ci d'un ton enjoué.

Maddie inspira profondément. Jamais elle n'aurait imaginé dîner un jour en tête à tête avec Gryffud Davies, chez lui, mais c'était là une occasion qu'elle devait saisir. Elle avait besoin de l'autre volume du dictionnaire.

Le moment était venu d'affronter le lion dans sa tanière.

23

Au grand étonnement de Maddie, Maude ne la conduisit pas jusqu'à une salle à manger, mais retourna au bureau, où une petite table ronde avait été dressée pour deux. Gryff attendait là, assis sur l'accoudoir de l'un des fauteuils. Il se leva lorsque Maddie entra et laissa courir sur elle un regard admiratif.

— J'ai dit à Beddow que nous mangerions ici. Dans la salle à manger, la table peut accueillir vingt-quatre personnes, mais je trouve idiot de la faire dresser alors que nous ne sommes que deux. Je déjeune et dîne souvent ici lorsque je suis seul. J'espère que cela ne te dérange pas.

— Pas du tout.

Il remarqua alors son châle et plissa les yeux.

— Où as-tu trouvé ça ?

Maddie serra un peu plus son châle autour de ses épaules et se tourna pour interroger Maude, mais celle-ci s'était déjà retirée.

— C'est Maude qui me l'a donné. Ou, devrais-je dire, qui me l'a *rendu*.

Elle le fixa d'un regard accusateur, auquel il répondit d'un petit sourire qu'elle connaissait bien.

— Je me souviens du jour où je te l'ai volé. Tu as juré de m'enterrer vivant dans des sables mouvants.

— Tu l'avais accroché au mât, sur une tour.

Le sourire de Gryff s'élargit nettement.

— Trésor de guerre. Je savais que tu t'approcherais suffisamment pour le voir. Et j'ai longtemps espéré que tu aurais le courage de venir jusqu'ici pour le récupérer, mais hélas, tu n'as jamais osé. J'avoue que j'ai été très déçu. Je rêvais de toi escaladant les murailles et t'introduisant dans ma chambre pour exiger que je te le rende.

Son expression était à la fois songeuse et coquine, et Maddie s'imagina soudain penchée sur lui. Allongé dans son lit, torse nu, le drap froissé au niveau de ses hanches, il ouvrait brusquement les yeux, sa main jaillissait pour la saisir et la renverser sur le lit. Elle était prise au piège…

Ressaisis-toi, Maddie !

— Tu m'aurais enfermée dans un donjon et tu ne m'aurais jamais laissée ressortir, réussit-elle à articuler, ne plaisantant qu'à moitié.

— J'avoue que cela m'aurait tenté. Mais j'aurais aménagé le donjon de façon qu'il soit très confortable…

Quelque chose brilla dans ses yeux, comme s'il aimait l'idée de l'avoir à sa merci, et Maddie sentit son corps réagir instinctivement à cette éventualité.

— … et peut-être bien que tu n'aurais plus jamais voulu partir…

Troublée, elle se dirigea vers la table et laissa glisser le châle de ses épaules, regrettant aussitôt son geste lorsqu'elle vit le regard de Gryff s'attarder sur sa poitrine, que le décolleté de sa robe rendait pigeonnante.

— Mes compliments, dit-il d'une voix un peu étranglée, et plus grave, aussi. Cette robe te va cent fois mieux qu'à ma sœur.

Il tira une chaise et Maddie prit place, sentant au passage son souffle sur sa nuque lorsqu'il se pencha pour repousser sa chaise, avant de s'asseoir en face d'elle. La table était si petite qu'elle sentait la chaleur de ses jambes tout près des siennes.

Il s'était changé lui aussi. Une petite épingle en or maintenait son foulard, dont le blanc immaculé contrastait avec le bleu nuit de sa veste. Gryff était en tout point conforme à l'image de l'aristocrate londonien dont le charme le dispute à l'élégance. Mais l'effet d'ensemble était quelque peu gâché par un hématome dont on devinait la naissance sur sa mâchoire, et par une coupure qu'elle n'avait pas remarquée sur sa tempe. Sans doute un souvenir laissé par leurs agresseurs.

Cette touche sauvage dans un écrin de sophistication provoqua une sensation étrange au creux de son ventre. Gryff était comme son château. Plein de contradictions. Tour à tour élégant et barbare.

Elle pinça les lèvres, se réprimandant intérieurement. Elle devait à tout prix garder la tête froide et cesser de se pâmer devant ce beau visage comme une pauvre paysanne perdant ses moyens devant le seigneur du château.

Deux domestiques entrèrent avec un plateau, brisant le silence un peu lourd qui s'était installé. D'un signe de tête, elle remercia celui qui lui servit un verre de bordeaux presque aussi rouge que sa robe. Puis, comme elle prenait ses couverts, Gryff la regarda avec un sourire moqueur.

— Puis-je porter un toast ?

Couteau et fourchette en main au-dessus d'une assiette de gigot et de pommes de terre, elle s'immobilisa. Quelle canaille ! Il ne se lassait pas de la déstabiliser.

Il leva son verre.

— Aux ennemis amis.

Elle posa ses couverts et leva son verre à son tour.

— Aux ennemis amis.

Ils burent tous les deux, mais elle sentit son cœur s'emballer en constatant qu'il ne la quittait pas des yeux par-dessus son verre. Mieux valait orienter la conversation sur un sujet plus sûr.

— J'aimerais bien voir la réaction de Tristan devant cet endroit, dit-elle. Je ne suis pas certaine qu'il s'en remettrait, lui qui n'aime que l'ordre et la précision.

— Deux choses qu'il ne trouvera pas ici, dit Gryff en riant, fourchette en main. Il n'y a pas un seul mur d'aplomb, ni un seul angle droit dans toute la maison. Il suggérerait sans doute de tout démolir et de recommencer à zéro.

— N'en fais rien, dit Maddie sans réfléchir. J'aime beaucoup ce château, moi.

Il s'immobilisa, comme si cette remarque le surprenait, puis reprit la dégustation de son gigot.

— Tes désirs sont des ordres, mademoiselle Montgomery, dit-il avec un petit rire.

Ils mangèrent en silence pendant un moment, puis Gryff posa sa fourchette.

— Ton frère et toi vous intéressez tous les deux à des domaines qui commencent par « arch ». Architecture pour lui, archéologie pour toi.

— Ah oui. Je n'y avais jamais pensé. Mais ces deux domaines ne sont pas vraiment liés. « Archéologie » vient du grec *arkhaios* qui signifie « ancien », « archaïque ». « Architecture » vient du mot *archos*, qui signifie « chef » ou « roi », comme dans « archevêque ».

— Tu es un véritable dictionnaire ambulant, dis donc, remarqua Gryff en buvant une gorgée de vin.

La pointe d'ironie n'échappa pas à Maddie. Elle savait très bien que, dans leur entourage, elle passait pour un bas-bleu. Mais le fait qu'il évoque les dictionnaires était une trop belle coïncidence pour qu'elle la laisse passer. Elle but une autre gorgée pour se donner du courage.

— À propos de dictionnaires, dit-elle d'un ton aussi détaché que possible, mon père m'a parlé d'un volume de celui de Samuel Johnson qu'il a essayé pendant des années de racheter à ton père.

— Vraiment ? Mon père ne m'en a jamais parlé.

— Il semblerait qu'il ait eu le deuxième tome, et mon père le premier.

— Et mon père a refusé de le lui vendre rien que pour le faire tourner en bourrique ? Cela lui ressemble bien, tiens. Il a toujours adoré en découdre.

Maddie se souvint alors de la robe qu'elle portait et de l'effet qu'elle avait sur lui. Le moment était venu d'être une femme fascinante à qui un homme ne pouvait rien refuser. Elle se pencha en avant, offrant au regard de Gryff une vue plongeante sur son décolleté, et lui décocha un sourire enjôleur.

— J'espérais arriver à te persuader de t'en séparer, murmura-t-elle avec un battement de cils qu'elle souhaitait provocateur. C'est bientôt l'anniversaire de mon père, et j'aimerais beaucoup lui faire la surprise de ce second volume. Il serait tellement heureux de voir enfin les deux tomes réunis.

Comme elle l'avait espéré, l'attention de Gryff glissa jusqu'à sa poitrine pigeonnante. Mais, tandis qu'il s'attardait sur les rondeurs de son anatomie, elle s'aperçut qu'elle était elle aussi victime de sa manœuvre. Son souffle devint court, et elle eut bientôt du mal à respirer. C'était comme s'il la caressait physiquement. La pointe de ses seins durcit contre son corset tandis qu'une onde de chaleur la parcourait.

Elle toussota pour tenter de retrouver une contenance, et le regard de Gryff replongea dans le sien. Ses yeux étaient noirs dans la lumière vacillante des bougies, et l'expression affamée qu'elle y perçut lui noua le ventre.

Calmement, il reposa ses couverts. Elle fit de même, sans jamais quitter son regard.

— Ton père l'avait peut-être rangé dans la bibliothèque ? suggéra-t-elle d'une voix blanche. Tu penses que nous pourrions aller voir ?

Il repoussa sa chaise, dont les pieds frottèrent le plancher avec un bruit assourdissant dans le silence qui régnait. Lorsqu'il s'approcha, elle pencha la tête en arrière, soudain certaine qu'il allait la prendre dans ses bras ou l'embrasser.

Mais il se contenta de lui tendre la main.

— Je pense que nous pouvons, mademoiselle Montgomery.

24

Maddie suivit Gryff. Celui-ci traversa le hall à grands pas, à croire qu'il était pressé d'en finir ou de mettre le plus de distance possible entre eux, et entra dans une bibliothèque immense, sur deux niveaux. Il n'y avait aucun domestique alentour. Tous semblaient s'être évanouis dans les recoins du château.

Le chandelier qu'il avait pris sur la table de leur dîner éclairait mal la vaste pièce, mais elle distingua quelques détails du plafond : un ciel peint, peuplé de nuages et de silhouettes. À mi-hauteur, une étroite galerie courait le long des rayonnages.

Un sentiment de jalousie intellectuelle la saisit soudain. Cette bibliothèque faisait au moins deux fois la taille de celle de Newstead Park. Quels trésors renfermait-elle ? Maddie se voyait facilement y passer des années.

Sa mauvaise conscience – après tout, elle était en train de manipuler Gryff – se calma. Avec tant de livres, la moitié d'un ne lui manquerait sans doute pas, tandis que, pour les Montgomery, cette moitié pouvait faire la différence entre banqueroute et salut.

Il posa le chandelier sur une console dorée à la feuille et se tourna vers elle.

— Bien. Que cherchons-nous, déjà ?

— Le second volume du dictionnaire de Samuel Johnson. Du M au Z. Édition originale. C'est un volume assez gros, de cette hauteur environ, dit-elle en écartant les mains. Relié de cuir tabac et doré sur tranche.

Gryff poussa une échelle coulissante le long des rayonnages. Les petites roues du haut grincèrent sur le rail métallique.

— Les ouvrages de référence sont par là, dit-il. Prends le chandelier.

Il se hissa sur les premiers barreaux, offrant ses longues jambes au regard de Maddie. L'étoffe souple de son pantalon en moulait chaque courbe, chaque muscle, en révélant la fermeté. Lorsqu'il se pencha sur le côté, la queue de sa redingote glissa, dévoilant des fesses à l'arrondi parfait et des hanches étroites.

Maddie fit de son mieux pour ne pas le fixer avec des yeux ronds, mais elle sentit sa bouche s'assécher et se cramponna au chandelier pour ne pas tendre une main et remonter lentement le long de ces jambes parfaites. Mais que lui arrivait-il à la fin ? Jamais elle n'avait éprouvé le besoin d'explorer à ce point le corps d'un autre. Gryff lui faisait penser aux félins tachetés de la ménagerie d'Exeter Exchange : tout en puissance et en grâce. Devant les animaux, elle avait éprouvé une furieuse envie de toucher leur fourrure, de les caresser malgré le danger. Ou peut-être à cause du danger. Sentir un être vivant aussi dangereux ronronner sous ses caresses…

— Si tu pouvais tenir le chandelier sans bouger, marmonna Gryff au-dessus d'elle.

Il sortit un volume et le lui montra.

— C'est ça ?

Maddie était certaine d'avoir les joues cramoisies, mais elle réussit à lever les yeux vers le livre que

Gryff tendait dans sa direction. Il semblait identique à celui qu'Harriet avait trouvé.

— Oui, je crois, répondit-elle, sentant l'excitation s'emparer d'elle.

Gryff le lui donna et redescendit tandis qu'elle s'installait à un bureau. Elle ouvrit le livre à la première page. Gryff vint se mettre juste derrière elle, l'enveloppant de son odeur, son épaule frôlant la sienne tandis qu'ils se baissaient ensemble sur l'ouvrage.

— Oui, c'est bien celui-là, dit-elle en masquant son enthousiasme de son mieux.

De ses longs doigts, Gryff tourna une page.

— Je me souviens de ce dictionnaire. Mes frères et moi l'avons feuilleté il y a longtemps. Nous avons été très déçus.

— Déçus ? Pourquoi ?

— Parce que, prude comme il était, Johnson en a exclu tous les mots un peu… croustillants.

Maddie ne put réprimer un rire scandalisé.

— Vous les avez cherchés ?

— Bien sûr que nous les avons cherchés. Qu'attendre d'autre de gamins de treize ans ? Nous nous sommes beaucoup amusés à faire la liste des mots qu'il avait laissés de côté. Bien sûr, comme le premier volume était dans ta famille, nous n'avons pu chercher des obscénités que dans le second. Et nous avons trouvé « merde » et « pisse ».

Elle leva les yeux au ciel.

— Je suis sûre que Tristan a fait pareil.

— Alors il sait sans doute que Johnson a laissé « cul » et « fion », mais a fait l'impasse sur les plus beaux mots de la langue anglaise.

— C'est-à-dire ?

Il fit la moue.

— Tu as déjà subi un traumatisme aujourd'hui. Je ne suis pas sûr que continuer dans cette direction soit une bonne idée.

Elle le fixa en soupirant.

— Je suis plus solide que vous ne le pensez, milord. Allez, je vous écoute.

— Eh bien, la plupart des mots décrivant le membre viril et ses attributs ont été ignorés. « Pénis » n'y est pas. Quant à la reproduction humaine, il n'en est fait mention nulle part ou presque.

— Je comprends à quel point cela a dû être frustrant pour un jeune homme qui essayait de faire sa propre éducation en la matière.

Maddie savait qu'elle était rouge de honte. C'était là le genre de conversation qu'elle n'aurait dû avoir avec personne, encore moins avec un débauché tel que Gryff Davies, mais le fait était qu'elle trouvait cela très agréable. Il la traitait en égale, comme un garçon, et l'idée de pouvoir aborder avec lui n'importe quel sujet sans devoir se préoccuper des convenances était incroyablement libératrice.

Néanmoins, il y avait des limites à tout. Elle referma le dictionnaire d'un coup sec.

— En tout cas, incomplet ou pas, j'aimerais quand même te racheter ce volume.

— Combien en proposes-tu ?

Elle réfléchit rapidement et tenta de répondre avec le plus de désinvolture possible. Manifester trop d'intérêt pour ce livre risquait de produire l'inverse de l'effet recherché.

— Eh bien, seul, ce volume n'a pas vraiment de valeur. Disons… dix livres ?

Où trouverait-elle cet argent, elle n'en avait pas la moindre idée. Mais obtenir que Gryff lui vende cet ouvrage était l'essentiel. Elle se soucierait des détails plus tard.

Il la regarda avec un petit sourire en coin.

— J'ai comme l'impression que Mlle Montgomery est en train d'essayer de m'arnaquer. Séparément, les deux volumes n'ont guère de valeur, certes, mais je suis prêt à parier que, une fois réunis, ils vaudront plus que la somme de leurs valeurs respectives. C'est une belle reliure, ajouta-t-il en examinant la couverture. Un format inhabituel. *Et* une édition originale. Je ne serais pas surpris que, complet, ce dictionnaire attire bon nombre de collectionneurs.

Maddie jura intérieurement. Gryff Davies était loin d'être un idiot.

Il se tut et elle retint son souffle, tout en sachant qu'il faisait cela délibérément, pour la torturer.

— Cent livres et il est à toi.

Elle lâcha un soupir déçu. Jamais elle ne trouverait une somme pareille. Mais, d'un haussement d'épaules, elle feignit l'indifférence.

— C'est beaucoup trop. Oublions cela. J'offrirai autre chose à mon père. Une tabatière, peut-être.

Le regard de Gryff brilla, et elle eut le sentiment très désagréable qu'il savait précisément à quel point il lui fallait ce fichu bouquin et qu'il se jouait d'elle. Avait-il perçu son empressement ?

Il se redressa et la toisa.

— Je vais te dire ce qu'on va faire. On va le jouer.

Elle se figea.

— Précise ta pensée.

— On joue, et si tu gagnes, je te donne ma moitié de dictionnaire.

Maddie le fixa, immédiatement méfiante.

— Mais si c'est toi qui gagnes, je dois te donner celle des Montgomery ? Non, pas question.

— Non. Si je gagne…

Les yeux de Gryff se posèrent sur ses lèvres, songeurs, et Maddie sentit tout son corps s'embraser.

— … si je gagne, j'ai droit à… un baiser.

Le cœur de Maddie se mit à battre à tout rompre tandis qu'elle essayait d'envisager les implications possibles d'une telle proposition. Les jeux de hasard présentaient un risque, c'était de notoriété publique, mais elle avait une chance sur deux de gagner. Si elle gagnait, elle repartirait avec le livre, et si elle perdait, cela ne changerait pas grand-chose à sa situation : elle n'aurait toujours pas le livre, mais elle aurait embrassé Gryff Davies. Une nouvelle fois.

Ce qui, pour être honnête, était exactement ce qu'elle rêvait de faire depuis qu'ils avaient été interrompus, sur la plage.

— Très bien, dit-elle d'une voix décidée, mais un peu tremblante tout de même. À quoi allons-nous jouer ? Je ne connais pas beaucoup de jeux de cartes, donc si c'est ce que tu as en tête, tu pars avec un avantage certain.

Il avait écumé les plus grandes salles de jeu londoniennes. S'ils jouaient le dictionnaire aux cartes, elle n'avait aucune chance de gagner.

— Tu as raison, dit-il en souriant. Les cartes, ce ne serait pas très juste. Je ne tiens pas à ce que tu dises que j'ai gagné en trichant.

Cette arrogance, cette certitude de gagner… Elle le fusilla du regard.

— Et les jeux de hasard, je trouve ça ennuyeux, reprit-il. Ils ne font appel à aucun savoir-faire, aucune connaissance.

Il pencha la tête sur le côté, feignant de réfléchir.

— Ça y est, je sais ! Pour rester dans le thème qui nous intéresse, le jeu du dictionnaire ! Qu'en penses-tu ?

— Pourquoi pas ? dit-elle lentement.

Elle n'aimait pas beaucoup l'expression de Gryff. Il avait l'air de beaucoup s'amuser et de se trouver drôle. Assurément, il avait une idée derrière la tête.

Il indiqua deux grands fauteuils de velours rouge devant l'une des fenêtres, et Maddie consentit à aller s'asseoir. Elle arrangea ses jupes tandis qu'il prenait place à son tour et se mettait à l'aise, croisant les jambes.

— Très bien. Les règles, pour commencer. Dans ce jeu, on n'a le droit de répondre que par un mot commençant par une lettre de sa moitié de l'alphabet. De A à L pour toi, donc, et de M à Z pour moi.

— Mais comment joue-t-on ?

— C'est un jeu de synonymes.

Une nouvelle fois, le sourire en coin de Gryff et son petit air malin lui mirent la puce à l'oreille. Elle retrouvait là trait pour trait le Gryff qui s'apprêtait à lui jouer un tour pendable quand ils étaient enfants. Comme la fois où il l'avait attachée à un arbre, ou celle où il lui avait volé ses bottines alors qu'elle trempait ses pieds dans le ruisseau.

— Il existe de nombreux mots pour dire une seule et même chose, tu es d'accord ? Alors je vais dire un mot, et toi, tu devras lui trouver un équivalent, un synonyme qui commence par une lettre de ta moitié d'alphabet.

— Ça n'a pas l'air bien difficile.

Maddie cherchait l'entourloupe. Il allait probablement lui proposer toutes sortes de mots compliqués, par exemple des mots latins, pour la troubler. Ou des termes que seuls les soldats utilisaient.

— Un point par synonyme trouvé. Si tu atteins les dix points, tu gagnes le dictionnaire.

— Et si je ne trouve pas d'équivalent ?

— Tu perds et tu me dois un baiser.

Maddie feignit l'indifférence, même si son rythme cardiaque s'emballait.

— Il faut que tu saches que j'ai beaucoup de vocabulaire.

— Un bas-bleu comme toi ? J'espère bien. Mais c'est quand même moi qui vais gagner.

25

— Attends un peu, dit brusquement Maddie. Comment puis-je être sûre que tu ne vas pas inventer des mots ?

— Tu as ma parole de gentleman, répondit-il d'un ton offusqué, une main sur le cœur.

Elle se retint de rire. Le faire marcher était tellement drôle !

— Très bien. Je n'ai donc pas d'autre choix que de te faire confiance.

— C'est ça. Alors, commençons par quelque chose de facile. Pour un point, donne-moi un équivalent de… bouche.

Il avait posé les yeux sur ses lèvres, et ce fut comme s'il les touchait vraiment.

— Lèvres.

— Mmm. Ce n'est pas vraiment un synonyme, mais ça ira.

Cette fois, le regard de Gryff glissa sur son menton, et plus bas.

— Mot numéro deux. Un équivalent de cou.

Maddie déglutit, consciente qu'il ne perdait rien de ses mouvements.

— Nuque ?

— Ce n'est pas ta moitié de l'alphabet.

Flûte.

— Euh… Gosier ?

— Pas très romantique, mais ça ira.

Les yeux de Gryff descendirent encore, jusqu'à son décolleté, s'attardant sur le sillon entre ses seins. Elle se sentit soudain à l'étroit dans son corset, et très consciente qu'à chaque souffle, sa poitrine menaçait de franchir l'élégant liseré de soie.

— Maintenant, un synonyme de… seins.

Elle sentit durcir la pointe des siens. Cet homme était insupportable ! Il ne la touchait même pas, et pourtant, rien qu'avec des mots, il parvenait à la mettre en émoi.

Elle devait absolument se ressaisir. Il y avait beaucoup de synonymes pour seins, non ? Nichons ? Non, ce n'était pas sa moitié de l'alphabet. Doudounes ? Lolos ? La seule idée de dire ces mots à voix haute lui était insupportable. Elle opta pour le synonyme le moins gênant qu'elle trouva.

— Giron.

Il hocha la tête, et Maddie pria pour que le mot suivant ne soit pas « téton ». Elle ne voyait qu'un synonyme possible, « mamelon », et ce n'était pas dans la bonne moitié de l'alphabet.

— Très bien. Mot numéro quatre.

Une nouvelle fois, il laissa courir son regard sur elle, le long de ses bras, qui se hérissèrent de chair de poule.

— Je crois que nous allons prendre… baiser, dit-il d'une voix qui lui sembla plus grave que d'ordinaire, plus rauque.

— Mimi ?

— Tss tss. Mauvaise moitié de l'alphabet. Et puis, un mimi, c'est ce que fait un enfant.

Elle soupira.

— D'accord… Bisou, alors.

— Aucun de ces mots n'évoque vraiment la passion…

Il avait raison. Le baiser qu'ils avaient échangé sur la plage n'aurait en aucun cas pu être qualifié de « mimi ».

Les deux bras sur les accoudoirs, il joignit ses mains devant lui.

— Franchement, étant donné la multitude de façons qu'il y a d'embrasser, je m'étonne qu'il n'existe pas plus de mots pour le dire. Un baiser sur la joue entre amis, par exemple, est très différent d'un baiser passionné entre amants.

Au ton feutré de sa voix, une sensation d'engourdissement l'envahit. Il l'avait embrassée avec la langue. Recommencerait-il, si elle perdait ?

— Très bien, reprit-il. Mot numéro cinq. Goûter.

— Comme dans apprécier ou comme dans déguster ?

— Goûter comme dans consommer.

— Euh… savourer ?

— Mauvaise moitié.

— Lécher ? lâcha-t-elle d'une toute petite voix.

Le sourire de Gryff s'élargit.

— Ah, voilà ce que j'appelle un *excellent* choix. Mais j'ai l'impression que c'est trop facile pour toi. Je vais devoir augmenter le niveau de difficulté. Passons donc aux mots qui auraient choqué Samuel Johnson. Je voudrais un synonyme de… testicules.

Maddie comprit alors à quoi il voulait en venir. Il cherchait à lui faire dire tous les mots coquins qu'elle connaissait, espérant sans doute qu'elle finirait en larmes, mortifiée, ou qu'elle perdrait, faute de vocabulaire suffisant. Mais elle avait elle aussi quelques tours dans son sac. Elle connaissait, pour les avoir entendus, les jurons lâchés par les palefreniers, et les plaisanteries salaces des hommes qu'elle embauchait pour faire des fouilles.

Elle redressa la tête et le regarda droit dans les yeux.

— Balloches. Et si cela peut m'apporter un point supplémentaire, je te propose couilles aussi.

Cette fois, il ne put retenir un éclat de rire.

— Bravo ! Je te le donne avec plaisir. Ce qui nous amène à sept, donc. Plus que trois.

Son sourire devint plus coquin encore.

— Je voudrais un synonyme pour le membre viril. Ma moitié du dictionnaire en a plein, même si ce bon vieux Johnson a omis pénis. J'ai queue. Trique. Pine.

Ce fut plus fort qu'elle, Maddie baissa les yeux sur l'entrejambe de Gryff. Il croisa les mains juste devant. Ce jeu devenait dangereux… mais aussi terriblement excitant. Elle ne se lassait pas de ces joutes oratoires.

— Charles le Chauve.

Il secoua la tête. Son regard était plus sombre.

— Ça fait trois mots. J'en veux un seul.

Elle réunit tout son courage.

— Très bien. Bite. Ça te va ?

— J'admire ta prononciation, c'est très clair. Pour le mot numéro neuf, je voudrais un synonyme de… plaisir.

Sa façon de le dire était positivement indécente. Les lèvres en avant pour bien prononcer le P, et la langue qui venait lécher l'arrière des dents pour faire le L. Elle s'empourpra de plus belle.

— Agrément.

Il fit la grimace.

— Quelle fadeur ! J'aurais dit extase. Ou jouissance.

Satisfait, il la dévisagea pour savourer sa réaction. Quelque chose dans son regard souffla à Maddie qu'il avait gardé le meilleur pour la fin.

— Mince, dit-il. Je n'ai plus qu'une chance de gagner.

— Alors finissons-en.

— Pour le dixième point, je voudrais un synonyme de…

Il allait dire quelque chose de grossier. Merde. Ou con. Ou…

— Langue. Je parle de celle qu'on a dans la bouche.

Dans la tête de Maddie, ce fut le noir complet. Langue ? Existait-il un autre mot pour dire langue ?

Elle chercha un terme scientifique, sans succès. Avec la même racine, il y avait langueur et langage. Mais pour ce qui était de l'organe, elle ne voyait pas…

Gryff éclata d'un rire joyeux.

— Accepte ta défaite. Rien ne remplace vraiment la langue, tu peux me croire.

Il y avait probablement un sous-entendu dans ses paroles, que son manque d'expérience l'empêchait de comprendre. Bien sûr, elle ne pouvait s'empêcher de penser à sa langue, à la façon dont elle s'était frottée contre la sienne dans un délicieux mouvement ondulatoire. Et s'il s'en servait sur d'autres parties de son corps ? À cette seule pensée, elle sentit son ventre palpiter.

— Alors, tu as un synonyme ?

Elle secoua la tête.

— Tu acceptes ta défaite ?

Elle poussa un long soupir d'agacement.

— Oui. Tu as gagné.

— Quel délice de te l'entendre dire ! Donc j'ai droit à mon baiser.

Déjà, il fixait ses lèvres. Il se leva brusquement, et elle fit de même, le cœur battant. Il était si grand, si large d'épaules… Elle ne voyait plus que lui dans la pièce.

Il se pencha vers elle, si près qu'elle sentit son odeur, perçut la chaleur qu'il dégageait. Son souffle taquina sa bouche, mais il s'arrêta au moment de l'effleurer.

— Je n'ai jamais dit à quel endroit j'allais t'embrasser.

Il ne manquait plus que ça.

Il tourna légèrement la tête, et ses lèvres parcoururent sa pommette, jusqu'à son oreille. C'était une caresse plus qu'un baiser, d'une incroyable légèreté, et cela l'électrisa de la tête aux pieds.

Ses longs doigts glissèrent sur sa nuque, et lorsque son pouce s'arrêta sur le point sensible juste derrière l'oreille, elle frissonna.

Il maîtrisait indéniablement l'art de la séduction. Et elle avançait sur une pente très glissante.

Elle se pencha vers lui, complètement sous le charme, mais il baissa la tête et fit courir ses lèvres jusqu'au creux de son épaule avant de poursuivre en direction de sa gorge.

— Ici ? murmura-t-il en s'arrêtant à la naissance de son cou. Non, je ne crois pas.

Il descendit plus bas, jusqu'aux délicieux monts veloutés comprimés par le décolleté provocateur de sa robe.

Le souffle court, Maddie ferma les yeux. La barbe naissante sur la joue de Gryff griffait sa peau et provoquait au creux de son ventre une sensation de plénitude lancinante. Elle referma les mains sur ses jupes, résistant à l'envie de glisser les doigts dans ses cheveux et de l'attirer plus près encore.

Il émit un petit grognement de plaisir en atteignant le sillon qui séparait ses seins. C'était tout bonnement indécent, mais son indignation ne fit que gonfler un peu plus sa poitrine, qui semblait s'offrir à lui.

— Ici, peut-être ? Tu aimerais que je t'embrasse ici, Maddie ?

Émettre le moindre son lui était impossible. Son cœur battait à tout rompre, son bras blessé la lançait, mais elle y pensait à peine. Il n'y avait que Gryff. Ses mots provocateurs. Ses caresses osées.

— J'ai si souvent rêvé de te goûter.

Elle vacilla et poussa un petit cri de surprise en sentant sa langue sur sa peau.

— Ce n'était pas un baiser, souffla-t-elle, mais un coup de langue.

— Ne jouons pas sur les mots.

Il se redressa, l'enlaça. Ses mains descendirent lentement le long de son dos, s'arrondirent sur ses fesses, semblèrent en apprécier la fermeté, écartèrent doucement ses cuisses.

Maddie le regarda, choquée. Personne ne l'avait jamais touchée ainsi. Malgré les épaisseurs de soie et de coton, elle percevait la chaleur de ses mains. Elle se sentait à la fois tendue comme un arc et complètement désarticulée.

— Je devrais peut-être t'embrasser là ? dit-il en pétrissant ses fesses. Entre tes cuisses. Cela se fait, le savais-tu ?

Elle répondit d'un gémissement imperceptible. Elle avait si chaud qu'elle craignait de s'évanouir.

Il la regarda en souriant.

— Non, je ne pense pas que tu sois prête. Je crois que je vais m'en tenir à cette bouche si séduisante.

Joignant le geste à la parole, il prit ses lèvres et l'entraîna dans un baiser qui n'avait plus rien à voir avec celui échangé sur la plage tant il était passionné, ardent. Lorsque sa langue exigea de franchir ses lèvres, Maddie n'envisagea pas un instant de le repousser. Avec un soupir de ravissement, de soulagement, presque, elle posa les mains sur les épaules de Gryff et l'embrassa en retour.

Un grognement sourd monta dans sa gorge. Il prit son visage entre ses mains et l'orienta pour mieux plonger en elle. Leurs langues se trouvèrent, s'enlacèrent.

Il n'était pas question de raviver une flamme qui couvait. Ce baiser était une explosion immédiate, brûlante, impatiente. Dix ans de flirt et de badinage – car, oui, voilà ce qu'il y avait eu entre eux, elle l'admettait désormais – n'avaient jamais visé que cet instant. Ce feu de joie.

26

Il ne s'en tint pas à un seul baiser, et Maddie l'aurait tué s'il l'avait fait. Il prit sa bouche encore et encore, la mordilla, souffla sur les braises.

Maddie, sur la pointe des pieds, avait les mains dans ses cheveux et s'était plaquée contre lui. Elle aurait voulu se couler en lui et ne plus jamais s'éloigner. Elle aurait aimé garder son goût pour toujours.

Lorsqu'il s'écarta enfin, ils étaient tous les deux à bout de souffle.

— Bon Dieu, lâcha-t-il, pantelant.

Maddie retint une étrange envie de rire. Il semblait aussi séduit qu'elle l'était. Une mèche de cheveux était retombée sur son front, et une jolie touche rosée colorait ses pommettes. Quant à elle, elle se sentait légère, légère, comme si son cœur chantait à tue-tête ! Et, soudain, tout devint clair.

Elle ne voulait pas simplement embrasser Gryff Davies. Elle voulait *tout* avec lui. Tout ce avec quoi il l'avait titillée. Sa langue sur ses seins. Sa main entre ses cuisses.

Tout.

Le désespoir l'étreignit soudain. Ce soir était peut-être sa seule chance. Bientôt, il rentrerait à Londres, et si son père ne trouvait pas de quoi renflouer les caisses, Newstead Park serait vendu et les Montgomery partiraient vivre ailleurs, dignement mais chichement. Gryff ne serait plus leur voisin. Elle n'aurait plus jamais la possibilité de le rencontrer au village ou de le croiser à cheval dans la campagne.

En cet instant, en revanche, ils étaient encore égaux, socialement et matériellement, puisque Gryff ignorait tout de la situation financière désastreuse des Montgomery. Dans les semaines à venir, elle serait peut-être contrainte d'accepter un mariage pragmatique et dénué de passion, même si ce n'était pas avec quelqu'un d'aussi repoussant que sir Mostyn. Quoi qu'il arrive, il y avait peu de chances pour qu'elle finisse par aimer celui dont elle deviendrait l'épouse. Comment imaginer retrouver le même feu avec quelqu'un d'autre que Gryff ?

C'était impossible, elle en était sûre. C'était leur passé commun qui faisait naître cette étincelle chaque fois qu'ils se retrouvaient. Chaque baiser constituait une revanche délicieuse sur les affronts antérieurs. Une réponse adulte à une provocation enfantine. Personne d'autre ne l'embrasserait jamais comme Gryff l'avait fait, personne ne susciterait chez elle une réaction aussi passionnée.

Cette prise de conscience était à la fois déprimante et étrangement émancipatrice. Gryff était son ombre, son fléau et sa malédiction, mais elle ne pouvait imaginer la vie sans lui, ou au moins sans son souvenir. Elle avait la certitude qu'elle ne désirerait jamais personne plus que lui.

Si être foudroyée lui avait appris une chose, c'était qu'elle devait profiter de l'instant présent, vivre tant qu'elle en avait encore la possibilité. Cela ne signifiait pas pour autant prendre des risques démesurés ou se conduire avec imprudence, mais elle s'était juré de ne plus être frileuse et de ne jamais redouter l'échec au point de ne rien entreprendre.

Elle l'attira vers elle.

— Encore.

Il la prit par la taille et la souleva.

— Tu ne sais pas à quoi tu t'exposes, dit-il lorsque leurs deux visages furent face à face.

Elle le regarda sans comprendre.

— Tu as subi un choc, expliqua-t-il comme s'il parlait à un enfant pas très futé. C'est une réaction naturelle quand on n'est pas passé loin du pire. Je l'ai souvent constaté, après la bataille. Les survivants cherchent à se rassurer, à se prouver qu'ils sont encore en vie en accomplissant les actes les plus élémentaires.

— Ce n'est pas du tout ça.

Il secoua la tête, mais ne la lâcha pas pour autant.

— Ce serait de la folie.

Elle noua les bras autour de son cou.

— Bien sûr que c'est de la folie. Tu es un Davies. Je suis une Montgomery. Le monde implosera sans doute si nous continuons. Mais je m'en fiche. Je veux que tu m'embrasses. Maintenant.

L'espace d'un instant, elle crut lire dans le regard sombre de Gryff l'intention de tout arrêter là et fut saisie de panique. Mais il l'embrassa, et ce fut comme si elle plongeait dans un océan ténébreux et chaud. Sans quitter ses lèvres, il recula et se laissa tomber dans son fauteuil, l'entraînant avec lui. Dans un froissement de soie, elle s'installa à califourchon sur lui.

Les mains de Gryff l'explorèrent sans attendre, glissèrent sur sa taille, s'arrondirent de nouveau sur ses fesses. Un gémissement d'encouragement monta dans la gorge de Maddie.

Oui ! Oh oui !

Quelques instants plus tard, d'un geste expert, il tira sur le bord de son décolleté, libéra ses seins de leur carcan et les dévora du regard. Elle poussa un petit cri de surprise, mais n'eut pas le temps de se sentir gênée. Déjà, il avait posé les lèvres sur sa poitrine.

Seigneur, comme c'est bon !

— C'est de la folie, répéta-t-il d'une voix sourde.

Il referma une main sur un sein et attrapa la pointe de l'autre du bout des lèvres. Maddie se sentit défaillir quand sa langue agaça son mamelon durci par l'excitation. Elle se redressa contre lui, se cambra pour s'offrir encore plus à ses caresses.

— Continue.

— Tu es très exigeante…

Du pouce, il l'excita encore, lui arrachant une plainte sourde. Une connexion invisible semblait relier sa poitrine aux creux de ses cuisses ; chaque caresse y faisait pulser le désir. Elle avait le souffle court tant il lui laissait peu de temps entre ses baisers pour respirer. Tandis qu'il l'embrassait, ses mains la parcouraient sans relâche, et elle crut mourir de plaisir.

Lorsqu'il quitta enfin sa bouche, elle fut presque soulagée, mais il avait d'autres tourments en tête. Ses mains descendirent sur ses chevilles et s'insinuèrent sous ses jupes. Elle frissonna lorsqu'elles longèrent ses mollets et remontèrent jusqu'aux rubans qui retenaient ses bas.

Un frisson la parcourut tout entière quand ses doigts se glissèrent sous la soie de sa camisole et caressèrent sa peau nue. Le frottement de ses mains calleuses sur ses cuisses la laissa pantelante. Il les referma ensuite sur ses fesses, qu'il pétrit lentement, tandis que sa langue se glissait entre ses lèvres. Avec un gémissement où se mêlaient nervosité et impatience, elle bascula instinctivement le bassin et se frotta contre lui d'un mouvement lascif. À travers ses jupes, elle sentait son membre durci contre son ventre.

À son tour, il poussa un gémissement rauque. Elle lui faisait donc de l'effet elle aussi.

Lentement, il s'achemina vers l'intérieur de ses cuisses et remonta. Maddie retint son souffle, pressée de le sentir à l'endroit d'où montait avec toujours plus d'insistance une sensation qu'elle peinait à identifier, mais qui lui donnait envie de crier.

— Saluuuut !

Une porte claqua tandis qu'une voix tonitruante résonnait dans l'entrée, une voix dont les intonations laissaient peu de doutes sur l'état d'ivresse de son propriétaire.

— Gryff ! T'es passé où, gros fainéant ?

Gryff se figea, les mains si près de l'endroit où Maddie voulait les sentir qu'elle faillit en hurler de frustration.

Il réagit ensuite avec une rapidité qu'elle n'aurait pas crue possible. En un éclair, il avait retiré ses mains, l'avait prise par la taille pour la jeter comme un sac de pommes de terre sur le fauteuil voisin et s'était levé d'un bond, la figeant sur place d'un regard qui aurait paralysé un taureau en train de charger.

— C'est Rhys, murmura-t-il d'une voix rauque.

Elle en resta bouche bée. Le frère de Gryff ? Mais que faisait-il ici ? Elle le croyait à Londres.

— Surpriiiiise ! hurla une seconde voix aussi éméchée que la première.

Suivit un fracas métallique. Une armure gisait sous doute désormais sur le sol carrelé de noir et blanc, désarticulée.

— On est làààààà ! Bon Dieu, mais où est-ce qu'ils sont tous passés ? Beddow ? Nounou Maude ? Il n'est pas 21 heures, ils ne sont quand même pas couchés ?

Gryff ouvrit des yeux ronds comme des soucoupes.

— Morgan ?

Dans l'entrée, les visiteurs entonnèrent à tue-tête un chant de marin particulièrement grivois. Comme leurs pas approchaient, Maddie lança un regard paniqué à Gryff.

Elle se leva, rajusta le haut de sa robe et tenta de se recoiffer. Elle sentait ses lèvres rougies par leurs baisers, et son corps frémissait encore. N'importe qui, en la voyant, saurait immédiatement quel genre de conversation il avait interrompu.

Saurait ce qu'ils avaient été sur le point de faire.

L'embarras la fit rougir de plus belle. Seigneur ! Elle avait été sur le point de laisser Gryff Davies lui faire l'amour dans un *fauteuil* !

Déjà, Gryff se dirigeait vers la porte, se passant une main dans les cheveux pour tenter de les recoiffer. Par-dessus son épaule, il lui lança un regard sévère, presque inquiet.

— Reste ici. Je m'en occupe.

Et, sans un regard de plus, il sortit, refermant fermement la porte derrière lui.

Le cœur battant, Maddie entendit ses frères saluer son arrivée avec effusion.

— Ah, te voilà ! s'exclama Rhys. Regarde qui j'ai trouvé, enfin de retour sur la terre ferme ! On dérange pas, j'espère ?

La réponse de Gryff fut inaudible. Maddie pria pour qu'il se souvienne de la table mise pour deux dans son bureau et tienne ses frères à l'écart de tout ce qui révélait ses activités récentes. Ivres ou pas, ils se rendraient aussitôt compte qu'ils interrompaient un dîner en tête à tête et exigeraient de savoir où Gryff avait caché sa conquête du jour.

Aux prises avec des émotions qui la bouleversaient, Maddie se laissa retomber dans le fauteuil, à la fois épuisée et surexcitée. Un rire incrédule monta dans sa gorge. Elle plaqua une main sur sa bouche pour que personne ne l'entende.

Les frères de Gryff n'auraient pas pu choisir pire moment pour arriver. Dix minutes plus tard, qu'auraient-ils trouvé ? Gryff lui faisant l'amour dans ce fauteuil ? L'aurait-il déflorée sur le sol ou en haut, dans sa chambre ?

Se serait-il ressaisi ? Aurait-il mis un terme à leur étreinte ?

Maddie soupira. Elle avait été si près de *savoir*, enfin…

Elle regarda la porte close. Peut-être fallait-il qu'elle se réjouisse qu'ils aient été interrompus ? Le destin en avait voulu autrement, et comme il était impossible d'être foudroyé de l'intérieur, il avait envoyé ce qui se faisait de plus efficace après un éclair : deux frères éméchés et turbulents, pour interrompre un acte qui aurait eu des conséquences cataclysmiques.

Malgré tout, elle éprouvait un sentiment de frustration.

Elle ne pouvait pas rester ici. Gryff allait être occupé par ses frères un bon moment, et elle devait rentrer chez elle.

L'air frais l'aiderait peut-être à reprendre ses esprits.

Elle chercha son châle et se rendit compte qu'elle l'avait laissé dans le bureau. Le second volume du dictionnaire était posé sur une table. Elle le regarda un long moment et fit courir son doigt le long de l'éraflure qui barrait la couverture, en proie à l'indécision.

Prends-le.

Ce serait si facile… Gryff s'en apercevrait, bien sûr, mais oserait-il l'accuser publiquement de l'avoir volé ? Elle en doutait. Pourtant, si déterminée fût-elle à résoudre les problèmes financiers de sa famille, sa conscience lui interdisait un tel geste. Elle avait parié et perdu, elle devait en accepter les conséquences. Et préserver son honneur.

Après un dernier regard en direction de l'ouvrage, elle se dirigea vers une fenêtre qui donnait sur le jardin et l'ouvrit. Elle enjamba le rebord et se laissa glisser dehors, puis contourna le bâtiment d'un pas vif et gagna les écuries.

Le palefrenier qui les avait accueillis était occupé dans les stalles avec deux magnifiques montures, sans doute celles des frères de Gryff. Il sembla un peu surpris de la voir.

— Bonsoir, mademoiselle. Puis-je vous aider ?

— Oui, s'il vous plaît. Pourriez-vous seller mon cheval et m'accompagner jusqu'à Newstead Park ? Lord Powys est occupé avec ses frères.

L'homme s'inclina respectueusement.

— Bien sûr, mademoiselle. Mais si je puis me permettre… avec cette robe… vous risquez d'avoir froid. Il y a des manteaux accrochés près de l'entrée. Vous pourriez peut-être…

Maddie rougit et alla en chercher un. Il était assez lourd, en lainage épais, et son odeur lui souffla immédiatement qu'il appartenait à Gryff. Elle l'enfila avec un petit frisson de satisfaction. Il lui avait volé son châle, elle lui volait son manteau. Ce n'était que justice.

Elle attendit patiemment que le palefrenier ait sellé son cheval, tout en craignant que Gryff n'arrive et ne lui ordonne de revenir, mais il n'en fit rien. Quelques minutes plus tard, ils quittaient la cour, et elle poussa un long soupir de soulagement.

Quelle soirée incroyable !

Comment faudrait-il qu'elle se comporte quand elle reverrait Gryff ? Serait-il au bal de sir Digby, le lendemain ? Penserait-il qu'ils avaient commis une terrible erreur ? Devrait-elle faire comme s'il ne s'était rien passé ?

Maddie secoua la tête. Toutes ces questions… Et elle n'avait pas une seule réponse.

27

Gryff se retourna et poussa un grognement dans son oreiller en entendant le cri perçant d'un paon. Sa tête lui faisait un mal de chien. Maudites soient les capacités inhumaines de ses frères en matière d'absorption d'alcool fort ! Avec Rhys et Morgan, c'était toujours lui qui finissait sous la table.

En les voyant tous les deux dans l'entrée, il était encore tellement ivre de son étreinte avec Maddie qu'il était resté sans voix, sous le choc, peinant à croire qu'ils se tenaient devant lui.

Il avait vu Rhys à Londres la semaine précédente – hilare après que Sommerville l'eut malencontreusement blessé –, mais Morgan, leur cadet, était alors en mer depuis presque deux ans.

Devant l'homme au teint buriné que ce dernier était devenu, Gryff avait eu le souffle coupé. Morgan était toujours ce vaurien beau comme un dieu qui faisait tomber les filles en pâmoison depuis qu'il savait marcher, mais il y avait désormais de la maturité dans son regard et un soupçon de cynisme désabusé dans son sourire.

Il avait été sur le point de les entraîner dans son bureau – loin de Maddie, restée dans la bibliothèque – quand il s'était souvenu de la table mise pour deux. Se sentant incapable de leur expliquer *ça*, il avait bifurqué en direction du grand salon. Heureusement, ses deux frères étaient déjà trop éméchés pour se rendre compte de quoi que ce soit.

Beddow était apparu avec des verres et une carafe de brandy sur un plateau, et tous les trois avaient copieusement arrosé le retour de Morgan. Vers 2 heures du matin, chacun avait titubé jusqu'à sa chambre.

Entre-temps, tandis que Nounou Maude serrait Morgan dans ses bras en pleurant, Gryff avait réussi à retourner à la bibliothèque, où il avait découvert que Maddie était partie. Un des valets lui avait expliqué qu'elle avait demandé à Huw, le palefrenier, de la raccompagner chez elle.

Un bras sur les yeux pour se protéger du rai de lumière aveuglant qui se glissait entre les rideaux, il repensa à la façon dont il s'était rué dans le hall, comme si la mort était à ses trousses. *Nom de Dieu !* Maddie avait-elle été vexée ? Elle avait forcément compris qu'il essayait de protéger sa réputation, pas de la fuir, non ?

Un sentiment de culpabilité et de frustration le traversa. C'était lui qui aurait dû la raccompagner chez elle. Il n'avait même pas pu lui dire au revoir.

Si Rhys et Morgan n'avaient pas déboulé ainsi à l'improviste, peut-être n'aurais-tu pas eu à lui dire au revoir du tout.

À cette idée, son cœur se serra. Peut-être aurait-elle été à ses côtés ce matin, fraîche et nue dans son lit. Son sexe se redressa, approbateur et enthousiaste. Seigneur, plus jamais il ne pourrait regarder ce fauteuil sans revoir ses lèvres rosies par les baisers, ses petits seins si parfaits offerts à sa bouche ! Son odeur s'attardait encore dans ses narines.

Mais qu'est-ce qui t'a pris ? Il avait lancé ce jeu dans l'intention de flirter, rien de plus, avec le baiser en point d'orgue pour la taquiner. Mais, dès l'instant où il avait pris ses lèvres, son cerveau avait cessé de fonctionner. Elle lui avait rendu son baiser avec une telle fougue et une telle tendresse qu'il avait été incapable de s'arrêter. Et lorsqu'elle avait dit « encore », il n'avait pas pu le lui refuser.

Jusqu'où l'aurait-elle laissé aller ? Il avait été sur le point de glisser ses doigts dans la délicieuse moiteur qu'il était certain de trouver entre ses cuisses. Quelques minutes encore, et il l'aurait fait jouir. Puis il aurait ouvert sa braguette, l'aurait assise sur son sexe dressé et impatient et lui aurait fait la démonstration d'un verbe que Johnson avait certainement omis d'inclure dans son foutu dictionnaire, dans cette acception tout au moins : baiser.

C'était de la folie.

Elle n'avait sans doute pas prévu que les choses iraient si loin. Ses petits cris de surprise, sous ses caresses, indiquaient qu'elle manquait d'expérience en la matière. Elle devait penser qu'on ne faisait l'amour que dans un lit, et dans le noir. S'il l'avait prise dans un fauteuil de sa bibliothèque, elle aurait été scandalisée.

Ou alors elle aurait adoré.

Gryff enfouit une nouvelle fois son visage dans l'oreiller. *Non.* Faire l'amour à Madeline Montgomery aurait été une erreur monumentale. Elle devait être encore vierge et se réservait pour l'homme qu'elle épouserait un jour.

Or, quelle que fût la puissance de l'attirance qu'il y avait entre eux, il ne serait pas cet homme. Même en laissant de côté le fait que leurs familles respectives étaient ennemies jurées et que le père de

Maddie le ferait émasculer s'il apprenait que Gryff avait ne serait-ce qu'un début de béguin pour sa fille, il n'était pas du tout prêt à se marier. Bon sang, il venait à peine d'hériter du titre de comte. À Londres, il avait toujours eu du succès auprès des femmes, mais maintenant, il allait pouvoir séduire les plus belles et les plus expertes.

Malheureusement, son corps semblait ne pas tenir compte de ce dernier détail, pourtant très pertinent. Non, son corps, cet imbécile, était désespérément épris de Madeline Montgomery. L'habileté sensuelle des autres femmes n'avait pas sur lui la moitié de l'effet que lui faisait la seule présence de Maddie.

Il avait espéré que l'excès d'alcool l'aiderait à dormir profondément, mais Maddie avait même envahi ses rêves. Toute la nuit, il avait imaginé des situations très coquines les impliquant tous les deux, et très peu de vêtements.

J'ai besoin de m'éclaircir les idées.

Trente minutes plus tard, rasé de frais et habillé, il sortit, contourna la maison et se dirigea vers la célèbre ménagerie Davies. Cette collection hétéroclite d'animaux venus d'un peu partout avait été commencée au XVIIe siècle par un Davies idéaliste et s'était élargie avec chaque génération, jusqu'à devenir le petit zoo qu'elle était aujourd'hui.

Certains animaux, parmi lesquels les paons et les flamants roses, allaient et venaient librement dans le domaine, mais la plupart vivaient dans de grands enclos en plein air. Le père de Gryff avait toujours eu un faible pour les animaux en détresse, en particulier ceux que l'on avait forcés à travailler dans des cirques ou dans les rues, et cette approche généreuse avait été reprise par Carys, au point qu'aujourd'hui, la ménagerie était en réalité une galerie d'animaux sauvages plus ou moins mal en point, venus de presque tous les continents. On trouvait parmi eux un ocelot à trois pattes, un trio d'otaries espiègles et un paresseux prénommé Hugo, plus mou qu'un caramel mais qui avait toujours l'air de sourire.

Gryff s'arrêta devant la cage de l'animal préféré de sa sœur, un ours ayant appartenu à un montreur de rue et que Carys avait baptisé Bouton d'Or. Elle avait croisé la pauvre créature dix ans plus tôt dans une ruelle londonienne, tout petit ourson enchaîné et forcé de danser sur ses pattes arrière au son de l'orgue de Barbarie de son propriétaire. Quand Carys avait vu l'homme fouetter l'ourson, son sang n'avait fait qu'un tour, et malgré ses huit ans, elle s'était ruée sur l'homme pour lui arracher son fouet, avant de le frapper avec. Ses trois frères n'avaient pas été de trop pour la calmer et prévenir une émeute.

Gryff l'avait empêchée de s'acharner sur l'homme. Rhys avait donné à ce dernier dix livres pour l'ourson – et pour son silence –, et Morgan avait attrapé la chaîne de l'animal et entraîné l'ourson jusqu'à la résidence londonienne des Davies, sur Grosvenor Square. Depuis, Bouton d'Or faisait partie de la famille.

Le montreur avait prétendu que l'ours venait de Russie, mais des recherches plus approfondies avaient montré qu'il s'agissait en réalité d'un ours à lunettes venu du Pérou. Et, au grand désespoir de Carys, que c'était un mâle.

Pendant des années, Carys avait donné à cet animal tout l'amour dont elle était capable, et sa patience avait été récompensée par une affection inconditionnelle. Bouton d'Or était désormais trop vieux pour être relâché, mais il bénéficiait d'un enclos immense et très bien agencé, et pouvait s'enorgueillir d'être aimé de tous à Trellech Court.

Comme il aimait toujours la musique, Gryff ramassa l'orgue de Barbarie qui traînait près de la porte de sa cage et actionna la manivelle. En entendant le tintement enjoué, l'ours vint immédiatement saluer Gryff, qui lui caressa la tête et le gratta derrière les oreilles.

— Bonjour, Bouton d'Or.

— Bonjour à toi, mon cœur.

Gryff se retourna en sursautant. Morgan et Rhys se tenaient derrière lui, hilares, et visiblement dans une forme éclatante, ce qui l'écœura.

Un cri assourdissant, venu d'un des paons perchés sur les remparts, l'empêcha de répliquer. Les trois frères tournèrent vers l'oiseau un regard assassin.

— Geoffrey ! grogna Morgan. Celui-là, je peux vous dire qu'il ne m'a pas manqué, en mer. Je t'espérais mort, depuis le temps ! lança-t-il en direction du paon. Vous l'avez entendu, qui hurlait tout ce qu'il savait à des heures indues, ce matin ? On devrait en faire une tourte, tiens.

Gryff sourit.

— J'ai peur que nous n'ayons des affaires plus urgentes à régler. Vous serez heureux d'apprendre que vous arrivez juste à temps pour vous rendre utiles.

— Ah bon ?

— Parfaitement.

— Cela fait presque deux ans que je me rends utile dans la marine de Sa Majesté, dit Morgan. J'avais plutôt dans l'idée de ne rien faire du tout pendant plusieurs semaines.

Ignorant les protestations de son frère, Gryff poursuivit :

— C'est dangereux. Et il faudra sans doute se battre.

— Alors j'en suis.

— Moi aussi, dit Rhys. Je me suis tellement ennuyé à Londres ! Depuis que Sommerville t'a tiré dessus, c'est bien simple, il ne s'est absolument rien passé. J'ai cru mourir d'ennui. De quoi s'agit-il ?

Aussi brièvement que possible, Gryff leur raconta les événements des derniers jours, jusqu'à l'attaque près du puits. Il ne mentionna pas la présence de Maddie dans la grotte, ni chez le Dr Williams, mais expliqua qu'elle se trouvait dans la clairière, tout à fait par hasard, quand les deux hommes lui avaient tiré dessus. Et précisa qu'elle était rentrée chez elle immédiatement après l'échauffourée.

— J'ai envoyé sur place deux valets avec une charrette pour qu'ils ramènent les corps, mais ils n'en ont trouvé qu'un – l'homme que j'avais atteint à la poitrine. Le premier avait sans doute juste perdu connaissance et s'est enfui après mon départ.

— De toute évidence, tu étais leur cible, dit Rhys, préoccupé. Es-tu certain que les contrebandiers ne t'ont pas vu, sur la plage ?

— Absolument certain.

— Et tu ne penses pas que ce Brookes aurait pu en parler au médecin ?

— Pas à moins d'avoir déliré.

— Alors il n'y a qu'une explication, dit Morgan. Le juge, sir Mostyn Drake, est de mèche avec les contrebandiers. Tu lui as dit que tu pourrais les identifier, alors il leur a ordonné de t'éliminer.

— Oui, c'est ce que je pense aussi, répondit Gryff. Ils devaient m'attendre et m'ont suivi jusqu'au puits. Sans doute espéraient-ils en finir avec moi et cacher mon corps dans les bois.

— Bon, sang, mais c'est une histoire de fous ! dit Rhys.

— Un peu tirée par les cheveux, j'en conviens, mais je ne vois pas d'autre explication.

— Qu'as-tu l'intention de faire ? demanda Morgan. Aller voir sir Mostyn ? L'accuser ?

— Impossible. Nous n'avons aucune preuve de son implication. Je veux tendre un piège aux contrebandiers et les faire avouer. Avec un peu de chance, l'un d'entre eux mentionnera sir Mostyn. J'ai écrit moi-même au supérieur de Brookes pour lui demander de l'aide, ajouta-t-il en sortant une lettre de sa poche. Il m'a répondu qu'il viendrait avec quatre de ses hommes dimanche soir pour arrêter les contrebandiers au moment où ils récupéreront leur cargaison.

Rhys fit la grimace.

— Ça ne fait pas beaucoup d'hommes, ça.

— C'est tout ce qu'il peut faire en si peu de temps. Les contrebandiers n'étaient que trois l'autre soir, mais je pense qu'ils devraient être trois fois plus nombreux dimanche. Il y a beaucoup de barriques à déplacer.

— Donc nous serons en infériorité ? Contre des bandits déterminés ? Tu commences à m'intéresser, dit Rhys avec un sourire.

— Moi aussi, renchérit Morgan. Mais ça, c'est demain soir. Que fait-on ce soir ? J'irais bien à Trellech retrouver les deux serveuses du Red Dragon. Elles sont toujours là ? Bess et Tess, si je ne me trompe ?

— Elles sont toujours là. Mais tu n'iras pas au Red Dragon ce soir, dit Gryff.

— Pourquoi ?

— Parce que toi et Rhys, vous venez avec moi au bal de sir Digby.

Rhys et Morgan poussèrent en chœur un grognement d'ennui.

— Quoi ? Pas question ! Le vin est toujours mauvais, chez Digby !

— Et les paris sont limités à un shilling !

— Et les femmes y sont tellement *respectables*...

— Drake y sera, rétorqua Gryff sans s'émouvoir. Nous parviendrons peut-être à le faire parler et à le confondre.

Comme cela ne paraissait pas convaincre ses deux frères, Gryff regarda Morgan avec un petit sourire.

— Il y aura des Montgomery à asticoter.

Rhys se redressa.

— Des Montgomery ? Lesquels ? S'il te plaît, dis-moi que Tristan est rentré du continent. Il part toujours au quart de tour, c'est un vrai plaisir. Dommage que Carys ne soit pas là, elle sait toujours bien s'y prendre avec lui.

— Non, je crains qu'il ne soit pas rentré. Mais le baron déteste toujours autant tout ce qui ressemble à un Davies, et il est en manque de bagarres depuis que père nous a quittés. Il suffira de lui dire que j'envisage de creuser le canal dont père avait tracé les plans...

Gryff sourit au souvenir de la colère de Maddie lorsqu'il avait évoqué le sujet.

— Et... je suppose que leur cousine ridicule n'est pas chez eux ? dit Morgan. Comment s'appelle-t-elle, déjà ? Hattie ? Horry ?

Gryff et Rhys le regardèrent, amusés. Chercher à leur faire croire qu'il avait oublié son nom était ridicule. Morgan faisait une fixation sur Harriet depuis l'enfance – un peu comme Gryff sur Maddie.

— Harriet, dit Rhys. Je crois qu'elle s'appelle Harriet.

— Et, oui, elle sera là, ajouta Gryff.

— Parfait, je viens, déclara Morgan. À quelle heure partons-nous ?

28

Harriet avait veillé jusqu'au retour de Maddie, mais elle attendit d'être avec elle en sécurité dans sa chambre pour l'interroger. Quand sa cousine retira son immense manteau, révélant la robe rouge et son profond décolleté, Harriet poussa un cri de surprise.

— Mais où as-tu trouvé ça ? Et ta tenue de cavalière, que lui est-il arrivé ?

Maddie lui fit un bref récit de ses aventures. Harriet, à genoux sur le lit, l'écouta bouche bée.

— Prise en embuscade, blessée par balle et conviée à Trellech Court pour le dîner ?

— Franchement, je ne pourrais pas te dire lequel de ces épisodes a été le plus traumatisant, plaisanta faiblement Maddie. Être blessée ou se rendre compte que Gryffud Davies n'est pas celui que l'on croit.

— Et ses *deux* frères sont arrivés ? Tu en es sûre ? Tu les as vus ?

— Non, je ne les ai pas vus, mais Gryff a reconnu leurs voix et a dit qu'il s'agissait de Rhys et de Morgan.

Harriet devint toute rouge, puis blêmit.

— Tu crois qu'ils seront au bal demain ?

Maddie haussa les épaules et grimaça lorsque son pansement frotta contre sa blessure.

— Je n'en ai pas la moindre idée. Mais ce serait l'occasion idéale pour annoncer leur retour dans la région.

— Je n'en reviens pas que tu aies enfin vu l'intérieur du château ! Quand je repense au nombre de fois où on les a épiés là-bas ! Alors, c'est comment ?

Maddie lui donna des détails et confirma que les Davies possédaient le second volume du dictionnaire.

— Je l'ai vu de mes yeux. C'est bien celui-là.

— Et il n'a pas voulu te le vendre ?

— Non. Mais je pense qu'il y a moyen de négocier.

Maddie fit de son mieux pour ne pas rougir. Négocier ? Elle n'était pas certaine de survivre à des négociations. Rien que d'y penser, son cœur battait à tout rompre.

Après le départ d'Harriet, elle se déshabilla et se coucha. Elle était physiquement épuisée, mais son esprit était en ébullition. Le souvenir du plaisir insensé éprouvé sous les caresses de Gryff la hantait.

Elle resta longtemps éveillée.

Son père rentra de Bristol en fin de matinée le lendemain, la mine déconfite. Maddie alla le trouver dans son bureau et, à son grand soulagement, apprit qu'il n'avait finalement pas emprunté d'argent aux usuriers.

— Des voleurs, tous autant qu'ils sont ! s'emporta-t-il. Sais-tu combien ils demandent d'intérêts ? Dix pour cent ! Dix ! C'est deux fois le taux légal !

Il se laissa tomber dans son fauteuil et se massa le front.

— Et j'ai entendu suffisamment d'histoires horribles sur les moyens auxquels ils ont recours pour assurer le recouvrement de ces sommes. Non, Maddie, je n'ai pas pris leur argent. Notre situation est désespérée, mais pas à ce point, dit-il avec un sourire las. Je vais discuter avec nos créanciers les plus insistants. Ce n'est pas que nous ne pourrons jamais les rembourser, c'est que le retour sur la plupart de mes investissements n'est pas immédiat. Les obligations garanties par l'État rapportent trois pour cent, mais elles ne sont pas faciles à convertir. Je n'aurai pas l'argent avant un an.

Maddie se pencha et l'embrassa sur le sommet du crâne.

— Nous trouverons une solution. Épouser sir Mostyn est au-dessus de mes forces, mais je te promets d'étudier toutes les propositions des autres célibataires de notre entourage.

— Merci, ma fille. Tu vas pouvoir commencer dès ce soir, chez sir Digby. Il doit m'acheter les deux bais que j'ai acquis l'an dernier chez Tattersall, donc nous devons y aller.

Maddie s'habilla avec soin ce soir-là, ce qui n'était pas dans ses habitudes. Elle avait caché la robe rouge au fond de son armoire et en portait une autre, en soie vert sauge, légèrement plus sobre, mais tout aussi flatteuse. Le bustier était brodé et froncé, et des broderies assorties couraient le long de la jupe. L'ensemble s'accordait parfaitement avec les reflets roux de ses cheveux.

Dans la voiture qui les emmenait chez les Digby, elle s'efforça de refouler sa nervosité à la perspective de revoir Gryff. Les tantes étaient toutes les deux ravies de voir enfin du monde, mais Harriet semblait tout aussi nerveuse qu'elle, un état que Maddie attribua au fait qu'elle allait peut-être croiser Morgan Davies.

À peine furent-ils entrés dans la salle de bal que Maddie sentit son père se raidir à ses côtés.

— Bon Dieu ! Aurais-je la berlue ? C'est bien les trois insupportables frères Davies que je vois ? Le plus jeune est donc rentré des tropiques ?

— Il semblerait, oui.

— Pff… Un Davies, c'est déjà difficile à supporter, deux, c'est une calamité, mais trois dans le même pays, c'est la peste incarnée.

Derrière lui, tante Connie leva les yeux au ciel.

— Oh, William, allez donc vous servir à boire et trouvez sir Arthur. Je suis sûre qu'il cherche un partenaire pour une partie de whist.

C'était la diversion idéale. Son père grommela quelque chose et s'éloigna en direction de la salle de jeu.

Tante Connie croisa le regard de Maddie et sourit malicieusement.

— Je sais. On peut dire que la crise a été évitée de justesse. Avec maestria.

Maddie éclata de rire devant son absence totale de modestie.

Harriet, qui ne lâchait pas le bras de Maddie, se pencha vers elle.

— J'ai besoin de prendre l'air. Je vais sur la terrasse.

D'un regard, Maddie lui reprocha son manque de courage, mais Harriet haussa les épaules.

— La discrétion est un courage comme les autres.

Et elle disparut dans la foule.

Tante Connie regardait de l'autre côté de la salle et s'éventait vigoureusement.

— Ça alors ! Les trois frères Davies. J'avais oublié l'effet qu'ils faisaient lorsqu'ils se montraient ensemble. Séduisants en diable, tu ne trouves pas ?

— Ce sont nos ennemis, souffla tante Prudence.

— Allons, allons. Il n'y a pas de mal à reconnaître que ces trois garçons sont un plaisir pour les yeux.

— Il en a toujours été ainsi, dit Prudence. Les Davies d'un côté de la salle de bal, et les Montgomery de l'autre. Deux familles séparées par un gouffre invisible.

Connie pouffa derrière son éventail.

— Un gouffre qui a été franchi, Prudence. Et plus d'une fois. Moi-même, il y a bien longtemps, j'ai passé un très agréable moment à le franchir en compagnie d'un lointain cousin Davies, dans le labyrinthe végétal de sir Thomas.

Prudence faillit s'étrangler.

— Nous sommes revenus sur les nombreux défauts de chacun, entre autres choses. Et, pour finir, j'ai bien dû me rendre à l'évidence : les Davies ne sont pas des bons à rien dans *tous* les domaines, conclut sa sœur, le regard brillant.

Sur ce, les tantes rejoignirent leurs amies. Restée seule, Maddie se tourna vers le Dr Williams, qui se trouvait là.

— Bonsoir, docteur. Comment va M. Brookes ?

— Je suis heureux de dire qu'il se remet tranquillement. Il lisait au coin du feu quand je suis parti.

D'un regard peu subtil, il désigna Gryff et ses frères, de l'autre côté de la salle, et Maddie retint un soupir admiratif.

Tante Connie avait raison. La beauté était un trait familial chez les Davies. Les trois frères avaient hérité de magnifiques cheveux bruns et de traits particulièrement nobles. Leur ressemblance était frappante, mais une nuance subtile faisait de chacun d'eux un être unique. C'était comme un même morceau de musique joué par trois instruments différents. Seule leur sœur, Carys, avait brisé le moule et hérité de la chevelure rousse flamboyante d'une génération antérieure.

— Je vois que Powys est ici ce soir.

Le Dr William ferma lentement un œil, et Maddie comprit, stupéfaite, que le vieil homme lui faisait un clin d'œil.

— N'ayez crainte, mademoiselle Montgomery, reprit-il. Votre secret est en sécurité avec moi.

Maddie était partagée entre le rire et la panique. Le médecin semblait enchanté à l'idée qu'elle et Gryff soient deux jeunes amants séparés par un destin cruel.

— C'est comme Roméo et Juliette, soupira-t-il. « Deux familles, égales en noblesse, Dans la belle Vérone, où nous plaçons notre scène, Sont entraînées par d'anciennes rancunes à des rixes nouvelles, Où le sang des citoyens souille les mains des citoyens[1]. » Si je peux faire quoi que ce soit pour vous deux, mademoiselle Montgomery, surtout n'hésitez pas. Je pourrais peut-être raconter à votre père comment Powys s'est comporté en héros en sauvant Brookes ?

— Je vous en prie, n'en faites rien, le supplia Maddie en lui attrapant le bras. Mon père devient extrêmement irritable dès que l'on prononce le nom de Davies.

Le médecin soupira et hocha la tête.

— C'est vrai. Mais cette rancune permanente, ce n'est pas bon pour l'estomac. Je suis étonné qu'il n'ait pas plus d'aigreurs. Ah, je vois que votre tante Prudence me fait signe de la rejoindre. Une bien belle femme, votre tante.

Maddie retint un rire tandis que, machinalement, le vieux médecin tirait sur les pointes de son gilet et rajustait son foulard.

1. Traduction de François-Victor Hugo. (*N.d.T.*)

— Si vous voulez bien m'excuser, mademoiselle Montgomery...

Elle secoua la tête, amusée. Le docteur et sa tante ? Ils n'iraient pas si mal ensemble, après tout.

29

Gryff serra la main de son hôte, sir Digby, un homme jovial et rondouillard.

— J'espère que vous ne nous en voulez pas d'être venus sans avoir été invités, monsieur ?

Digby éclata de rire.

— Ne dites pas de bêtises, Powys. Vous êtes toujours les bienvenus chez moi, comme l'était votre père. Pas de cérémonies entre nous. Content de vous revoir parmi nous, Morgan. De retour d'outre-mer, donc ? Vous devez en avoir, des choses à raconter.

— Vous ne croyez pas si bien dire. J'ai même été emprisonné à l'île Maurice à cause d'une erreur d'impression sur une carte.

Gryff, Rhys et Digby le regardèrent, interdits.

— Tu t'es bien gardé de nous en parler hier soir, marmonna Gryff.

— Ce serait trop long à vous raconter maintenant. Mais je le ferai bientôt, promis, répondit Morgan en balayant la salle du regard. Pour le moment, je crois que je vais aller danser avec l'une de ces charmantes demoiselles. La compagnie des femmes m'a manqué, pendant tout ce temps.

Digby eut un petit rire indulgent.

— Je vous en prie, faites. Un grand nombre d'entre elles ont déjà demandé à vous être présentées, petit veinard.

Une lueur coquine s'alluma dans le regard de Morgan.

— Je pensais à l'une des filles Montgomery, qu'en dites-vous ?

— Si c'est pour contrarier le père, pas de chance, il est déjà dans la salle de jeu, déclara Gryff.

— Mais je suis sûr que si je danse avec sa nièce, il en sera très vite informé.

— Vous voulez parler d'Harriet ? Je ne l'ai pas vue, dit Digby en la cherchant du regard. Elle doit être sortie.

Morgan haussa les épaules.

— Sa fille, alors, dit-il avec un regard admiratif en direction de Maddie, qui parlait avec le Dr Williams.

— Si quelqu'un danse avec Madeline, ce sera moi, lâcha Gryff sans réfléchir.

Il le regretta immédiatement, les trois autres ayant pivoté vers lui, surpris.

— Enfin, je veux dire... Je suis l'aîné des Davies. Son père sera encore plus énervé de voir qu'elle danse avec le comte de Powys.

Rhys le regarda bizarrement, mais s'abstint de tout commentaire.

— Je suppose que vous avez entendu les rumeurs ? dit Digby. La moitié du comté s'attend qu'elle accepte la demande de sir Mostyn.

Gryff se raidit. Son corps tout entier rejetait instinctivement cette nouvelle.

— Quoi ?

Digby hocha la tête avec un froncement de sourcils réprobateur.

— Depuis qu'il est veuf, il cherche à se remarier, et il semblerait qu'il ait des vues sur Mlle Montgomery. Ces derniers mois, il l'a même clairement laissé entendre.

— Mais il pourrait être son père. Il n'imagine tout de même pas qu'elle va accepter ?

Digby haussa les épaules.

— Qui sait ? Ce ne serait pas la première fois qu'une jeunesse épouse un vieillard.

— Il est ici ?

— Drake ? Oui, là-bas, près de l'entrée.

Gryff chercha le juge de paix du regard, tout en affectant un parfait détachement. À près de soixante ans, Drake était sec comme un roseau, avec le teint cireux et des yeux qui ne souriaient jamais. La veille, quand Gryff lui avait parlé de la cache des contrebandiers, il avait réagi avec froideur et indifférence.

Sir Digby devait se tromper. Maddie ne pouvait envisager d'épouser *ça*.

Il était facile de voir en quoi une telle union pouvait tenter Drake, bien sûr. Non seulement Maddie était un plaisir pour les yeux, mais elle était intelligente et avait de l'esprit. N'importe quel homme aurait voulu avoir une femme comme elle dans sa vie.

Dans son lit.

Rien que d'imaginer Drake et Maddie ensemble, Gryff eut la nausée. Il réprima un frisson et but une longue gorgée de brandy.

Une telle rumeur n'avait aucun sens. Maddie était belle et intelligente. Si elle était à la recherche d'un mari – et elle n'avait rien dit qui le laissât penser –, elle pouvait prétendre à bien mieux que sir Mostyn. Certains la trouvaient peut-être un peu trop cultivée, mais beaucoup seraient prêts à ignorer ce « défaut » pour poser leurs mains sur ce corps magnifique.

La seule raison qui pouvait pousser une jeune femme intelligente à épouser un vieux corbeau décati comme Drake, c'était l'argent ou le pouvoir. Qu'avait donc sir Mostyn que Maddie – ou son père – désirait ? Des terres ? Des relations utiles ? Il ne pouvait pas s'agir de position sociale, les Montgomery étaient déjà au-dessus de lui dans la chaîne alimentaire de la noblesse.

L'argent, alors ? Maddie n'avait en rien laissé entendre que sa famille connaissait des difficultés financières, mais après tout, un Davies était la dernière personne à qui elle aurait confié une chose pareille.

Et quand bien même… Qu'elle puisse réellement envisager de se marier pour de l'argent était aussi ridicule que répugnant. Il ne connaissait pas de femme plus intègre. Après tout, elle aurait facilement pu lui voler ce fichu dictionnaire et ne l'avait pas fait. Il l'avait laissé là, sous ses yeux, sur la table de la bibliothèque, mais elle ne l'avait pas emporté.

Gryff but une nouvelle gorgée. Perdu dans ses pensées, il n'entendait plus le brouhaha autour de lui.

Maddie ne devait pas s'approcher de Drake. Si cet homme était responsable de l'agression de la veille, c'est qu'il était capable d'ordonner un meurtre pour couvrir ses malversations. Ses sbires ne pouvaient pas savoir que Maddie se trouverait dans la clairière avec Gryff, mais elle aurait pu être abattue par une balle perdue ou exécutée pour qu'il ne reste aucun témoin.

À cette idée, Gryff sentit d'abord pulser la fureur dans ses veines, avant d'être pris de sueurs froides. Maddie ne l'avait peut-être pas reconnu, mais l'un de leurs agresseurs, près du puits, était un des hommes qui avaient tabassé Brookes. N'ayant aucune raison de penser que Drake était impliqué, elle croyait sans doute ce dernier digne de confiance. Qu'arriverait-il si elle lui racontait qu'elle aussi avait vu les contrebandiers ? Quel que soit son désir pour elle, cette ordure la ferait taire, Gryff en était certain.

Drake fixait d'un regard intense quelque chose, de l'autre côté de la pièce, avec une expression à la fois calculatrice et possessive. Quand il comprit qu'il s'agissait de Maddie, le cœur de Gryff s'emballa. Elle riait, ignorant que Drake l'observait.

Puis elle prit congé de son interlocutrice et se dirigea vers les portes-fenêtres qui ouvraient sur la terrasse.

Drake partit dans la même direction.

Gryff vida son verre de brandy, marmonna une excuse à l'intention de ses frères et les suivit.

30

La terrasse était déserte lorsque Maddie sortit chercher Harriet. La soirée était fraîche, et les autres invités avaient regagné la salle pour danser.

— Harriet ? Tu es là ? murmura-t-elle en s'avançant.

Elle frotta ses bras nus. Quelques marches menaient vers un parterre. Elle les descendit, scrutant l'obscurité à la recherche d'un banc sur lequel Harriet avait peut-être trouvé refuge, loin de la foule.

Plusieurs allées soigneusement entretenues menaient aux jardins, et les graviers crissèrent sous ses pas lorsqu'elle se dirigea vers un petit bosquet bordé d'une treille sur laquelle courait un rosier. À travers la fine semelle de ses chaussons de bal, chaque gravillon était douloureux.

Derrière elle, le brouhaha de la salle de danse résonna dans la nuit lorsque quelqu'un d'autre sortit sur la terrasse, mais elle n'y prêta pas attention. Les lumières de la maison éclairaient encore suffisamment son chemin pour qu'elle constate qu'Harriet n'était pas sous la treille ni dans le bosquet. Sa cousine ne se serait pas aventurée plus loin toute seule. Elle avait dû rentrer.

Maddie se retourna en soupirant et fit un bond en arrière lorsqu'une silhouette apparut devant elle.

— Doux Jésus ! Sir Mostyn ! s'écria-t-elle, une main sur le cœur.

S'il y avait bien quelqu'un ce soir qu'elle ne tenait pas à rencontrer au clair de lune...

Comme il tournait le dos à la maison, elle distinguait mal ses traits mais, comme à son habitude, il était vêtu de noir de la tête aux pieds et lui fit l'effet d'un spectre. Elle, en revanche, était suffisamment éclairée par les lumières de la maison pour qu'il puisse lorgner son décolleté et apprécier la façon dont son bustier moulait ses formes. Elle ne put retenir une grimace.

Lorsque sir Mostyn la salua avec raideur, elle sentit le parfum de la pommade dont il s'était enduit les cheveux et eut la nausée.

— Bonsoir, ma chère. J'espérais justement vous trouver seule. Je suppose que votre père vous a fait part de mon offre ?

— En effet, monsieur. Mais je dois refuser.

Drake se figea, comme si cette réponse le prenait au dépourvu.

— Refuser ? dit-il enfin avec un petit rire qui la glaça. Ma chère, vous ne pouvez pas refuser.

Maddie croisa les bras.

— Si, je peux. Et c'est ce que je fais. Je ne souhaite épouser personne pour le moment, et je ne pense pas que nous nous entendrions. Bonsoir, monsieur.

Elle fit un pas sur la gauche et tenta de le dépasser, mais il se mit en travers de son chemin.

— J'ai peur que ce ne soit pas à vous de décider.

Il n'avait peur de rien du tout, c'était évident, et Maddie jura intérieurement. Son ton mielleux lui donnait mal au cœur.

— J'ai des amis à Londres, reprit-il. Dans la banque. D'après eux, votre père est endetté jusqu'au cou. Vous n'avez pas les moyens de me dire non, ma chère.

Maddie se figea à son tour. *Enfer et damnation !*

La lumière éclaira le visage de Mostyn, qui s'était retourné. Il la dévisagea d'un œil lubrique, comme une mouche cherchant où se poser sur un gâteau à la crème, et se passa la langue sur les lèvres. Maddie crut vomir.

Quand Gryff la regardait ainsi, elle s'embrasait. Quand c'était Mostyn, elle se sentait sale.

Elle ouvrit la bouche, mais il ne la laissa pas parler et l'attrapa par le bras, juste au-dessous de sa blessure. Lorsqu'elle essaya de se dégager, il serra encore plus fort.

— Je me fiche bien de ce que vous voulez ou ne voulez pas, mademoiselle Montgomery, souffla-t-il. Vous allez m'épouser, sinon je raconte à tout le monde, ici et à Londres, que votre père a des soucis d'argent. Jusqu'à présent, il a réussi à garder le secret, mais il suffit que je dise un mot, et l'annonce de sa ruine se répandra comme une traînée de poudre. Ses créanciers seront tous à votre porte. Il ne pourra pas payer et sera jeté en prison. Votre disgrâce sera totale. Ce n'est pas ce que vous souhaitez, n'est-ce pas ?

Le cœur battant, Maddie oscillait entre la terreur et la fureur.

— C'est du chantage ! hoqueta-t-elle. Comment osez-vous ? Lâchez-moi !

Une nouvelle fois, elle chercha à se dégager, mais il tenait bon.

— Allons, allons, ne nous disputons pas, murmura-t-il en se penchant vers elle.

Horrifiée, elle comprit qu'il voulait l'embrasser et tourna la tête avec une grimace de dégoût.

— Je ne vous dérange pas, j'espère ?

La voix sarcastique de Gryff s'éleva dans l'obscurité, et Maddie poussa un soupir de soulagement. Sir Mostyn se redressa en étouffant un juron et la lâcha.

Les larges épaules de Gryff se découpèrent dans la pénombre. Un sourire faux se dessina sur les lèvres de sir Mostyn.

— Mais pas du tout, lord Powys. Mlle Montgomery et moi avions simplement une petite discussion. Nous la terminerons plus tard.

D'un regard menaçant, il la mit au défi d'en dire plus, puis s'inclina et prit congé. On eût dit une hyène cédant la place à un prédateur plus dangereux.

Maddie frémit. Elle le regarda repartir vers la maison, puis se tourna vers Gryff et s'affola. Depuis combien de temps était-il là, dans l'obscurité ? Qu'avait-il entendu ? Orgueil et humiliation l'étreignirent lorsqu'elle leva les yeux vers lui, inquiète, prête au pire.

Il se dégageait de lui une tension palpable, comme un après-midi d'été juste avant l'orage.

— Que faisais-tu ici toute seule ?

Maddie se raidit en entendant le ton mécontent de sa voix, mais son cœur se calma. S'il avait été témoin de la tentative de chantage de sir Mostyn, c'était la première chose dont il aurait parlé. Il n'était donc pas au courant de l'imminence de sa disgrâce. *Dieu merci.*

— Je cherchais Harriet.

— Et tu as trouvé Drake. Pas de chance, dit-il sèchement.

Elle n'aurait su dire s'il était amusé de la trouver en situation périlleuse ou s'il était énervé qu'elle soit sortie seule dans les jardins.

Et, tout au fond d'elle-même, cela l'agaça. Il était peut-être arrivé juste au bon moment pour la tirer des griffes de sir Mostyn, mais il n'était pas son père et n'avait pas de leçons à lui donner.

— À moins que tu ne l'aies cherché aussi ? dit Gryff. Si j'en crois sir Digby, tu envisages de te marier…

Maddie se mordit l'intérieur de la joue. *Il a donc entendu les rumeurs. Flûte.*

31

— C'est vrai, sir Mostyn m'a demandée en mariage, reconnut prudemment Maddie.

— Ne me dis pas que tu envisages sérieusement cette possibilité !

Maddie fit la moue. Si Gryff ignorait tout des difficultés financières des Montgomery, pourquoi la croyait-il capable d'accepter un homme comme Mostyn ? Pensait-il qu'elle manquait à ce point de perspectives ? La piètre opinion qu'il semblait avoir d'elle la blessa. Elle n'était peut-être pas la célibataire la plus convoitée du marché, mais elle n'était pas la pire non plus.

— Que je l'envisage ou non, cela ne te regarde pas.

Cette fois, il y avait suffisamment de lumière pour qu'elle le voie se renfrogner.

— Comment pourrais-tu épouser un type pareil ? dit-il avec une moue de dégoût. Ce vieux vicieux repoussant ?

Elle eut du mal à se retenir d'abonder dans son sens, tant son opinion en la matière rejoignait la sienne, mais son orgueil prit le dessus et elle redressa la tête.

— Cette histoire ne regarde que moi. Je choisirai qui je veux.

Il fit un pas vers elle.

— Et tu le laisseras t'embrasser ? Tu le laisseras poser ses sales pattes sur ta peau ? murmura-t-il d'une voix grave qui la fit frissonner. Tu le laisseras te caresser comme je t'ai caressée, Maddie ?

Il fixait sa bouche. Entre eux, tout devenait électrique.

— Tu le laisseras coucher avec toi ? reprit-il d'un air sauvage, cette fois. Tu le laisseras se répandre en toi, frémissant et baveux ?

Devant une telle image, elle eut un haut-le-cœur. Le regard qu'il posait maintenant sur elle, comme s'il la détestait, la crucifia.

— Si tu acceptes cela, tu ne vaux pas mieux que les filles de Covent Garden qui vendent leur corps pour quelques pièces.

Il se passa une main dans les cheveux. La fureur habitait son corps tout entier.

— Au moins ces filles en retirent-elles un peu de plaisir. Qu'en retirerais-tu, Maddie ? De l'argent pour te payer des robes et des chapeaux ? De quoi financer tes fouilles archéologiques ? Quoi ?

Ses propos étaient si durs, si blessants qu'elle en eut les larmes aux yeux. Mais elle tint bon.

— Je n'ai pas à m'expliquer. Pas à toi, en tout cas.

— Je croyais que tu avais plus d'amour-propre. Et les enfants, tu y as pensé ? Il va t'en faire ? Il en a déjà trois, qui sont adultes. Qui ont ton âge, peut-être. Tes vingt-deux ans face à ses soixante, cela ne te fait rien ? Il sera bientôt gâteux, et toi, tu es toute fraîche.

Il s'interrompit un instant et la regarda comme s'il la voyait pour la première fois.

— Oh. Tu espères qu'il fera vite de toi une riche veuve, c'est ça ?

Le cœur de Maddie se serra. Elle avait cru que Gryff était son ami, mais il ne voyait en elle qu'une créature sans honneur prête à tout pour survivre.

— Tu ne sais rien de moi ni de ce qui motive mes choix, rétorqua-t-elle d'une voix tremblante. Et cela ne te regarde pas.

— Ne me dis pas que tu lui seras fidèle, murmura-t-il, comme s'il se parlait à lui-même. Prendras-tu un amant, ainsi que le font la moitié des femmes mariées de la bonne société ? demanda-t-il, amer. J'espère pour toi que Mostyn n'est pas jaloux. Je viens d'affronter un mari furieux en duel. Ce n'est agréable pour personne.

— Et pourquoi pas ? lui lança-t-elle, la tête haute. Je pourrais prendre quelqu'un comme toi, qui rejette toute idée d'engagement, ne cherche rien de définitif mais juste quelques nuits de plaisir avant de passer à autre chose.

Elle avait voulu le blesser et, en le voyant sursauter, comprit qu'elle y était parvenue.

Bien fait pour lui. Il le méritait.

— Quelqu'un comme moi ?

Il se pencha sur elle. L'air vibrait entre eux, dangereux mélange de frustration et de désir. Maddie éprouvait le besoin de le faire souffrir autant qu'elle souffrait, elle, mais elle aurait tout donné pour qu'il l'enlace et la serre dans ses bras.

C'était impossible. Il fallait qu'il s'en aille avant qu'elle s'effondre et lui raconte tout. Les dettes de son père, ses propres envies ridicules, *tout*.

Gryff la fixait, incrédule.

— C'est pour cela qu'hier soir… Tu voulais que je te serve d'*étalon* ? Un dernier chant du cygne avant d'être enterrée vivante auprès d'un vieillard ?

Ce fut au tour de Maddie de sursauter. Elle vit le mépris dans son regard, et son cœur n'en battit que plus fort. Puis il l'attrapa par le bras, comme l'avait fait Mostyn.

— Es-tu enceinte ? Cherches-tu un père pour ton bâtard ? C'est ça ?

Cette fois, sa patience était à bout. Comment pouvait-il penser pareille chose d'elle ? Elle avait cru qu'il la comprenait. La respectait. Au lieu de quoi, il l'accusait d'être une séductrice sans cœur qui ne s'intéressait qu'à la fortune de ses prétendants.

— Et si je te répondais oui ? Que ferais-tu ? Tu me proposerais de t'épouser ?

Le silence de Gryff fut assourdissant.

Elle réussit à le toiser d'un sourire mauvais, même si, intérieurement, ses rêves les plus fous s'effondraient.

— Tu devrais voir ta tête, mon pauvre. Mais ne t'inquiète pas, je n'attends pas d'enfant. Toi et sir Mostyn ne craignez rien.

— Alors pourquoi ? A-t-il quelque chose contre toi ? Est-ce qu'on te force à l'épouser ? s'emporta Gryff.

Ce revirement soudain, de la colère à la sollicitude, faillit la faire céder. Comment répondre à cela sans trahir son père ? Sans se trahir elle-même ? La vérité, terrible, c'était qu'il avait raison. Elle valait à peine mieux qu'une fille de joie. Elle ne se vendait peut-être pas à sir Mostyn, mais ne se préparait-elle tout de même pas à se vendre à un homme en échange de sa fortune ?

Elle était mortifiée et en voulut à Gryff de la mettre face aux sinistres possibilités qui s'offraient à elle.

Il la lâcha, narquois.

— Eh bien, je suis désolé de devoir contrarier tes plans, mais sache que je soupçonne fortement sir Mostyn d'être un malfaiteur.

— Quoi ?

— Les hommes qui nous ont attaqués dans la clairière n'étaient pas là par hasard. Celui qui m'a tiré dessus était l'un de ceux qui ont tabassé Brookes. Qui d'autre que Drake aurait pu l'envoyer pour me faire taire ?

Maddie n'en croyait pas ses oreilles. Son cœur battait à tout rompre. Était-ce la vérité ? Elle avait à peine eu le temps de voir le premier homme quand son attention avait été attirée par le second. Ensuite, blessée, elle n'avait pas pris la peine de le regarder quand ils étaient revenus près du puits.

— Mais…

— Drake est de mèche avec les contrebandiers, j'en suis sûr. Mais je n'en aurai la preuve que si nous les prenons sur le fait. En attendant, tu dois l'éviter le plus possible. Et il ne faut pas non plus qu'il sache que tu es un témoin.

Maddie l'attrapa par la manche.

— Que vas-tu faire ?

— Mes frères et moi allons tendre un piège aux contrebandiers dans la grotte, demain soir. Le supérieur de Brookes sera là aussi, avec quelques hommes.

— Je veux venir. C'est…

— C'est hors de question. Trop dangereux. Tu nous gênerais.

Maddie le fusilla du regard mais ne discuta pas. L'expression butée de Gryff était éloquente : il ne changerait pas d'avis.

Posant les mains sur ses jupes, elle hocha la tête poliment, se contenant de son mieux.

— Très bien. Dans ce cas, je te souhaite bonne chance. Et je retourne danser. Seule.

À son grand soulagement, il s'effaça pour la laisser passer. Elle se retint de courir.

L'atmosphère gaie et festive qu'elle retrouva à l'intérieur contrastait avec la tristesse qu'elle éprouvait. Elle se sentait vide, épuisée, tel un arbre que la foudre laisse creux et calciné.

Mais elle n'était pas morte. Car, hormis dans les romans gothiques que lisait Harriet, personne ne mourait d'avoir le cœur brisé. Elle survivrait à cette épreuve, tout comme elle avait survécu à tout le reste.

32

La journée du lendemain lui parut interminable. Les tantes avaient accepté une invitation à boire le thé chez le Dr Williams, et son père ne mit pas le nez hors de son bureau, débordé qu'il était par la paperasse.

Maddie était furieuse de devoir rester chez elle pendant que les frères Davies participeraient à l'embuscade, mais elle comprenait pourquoi sa présence les aurait gênés. Gryff avait sans doute beaucoup pratiqué ce genre d'exercice à l'armée, et quelqu'un comme elle, qui n'y connaissait rien, pouvait tout faire échouer.

Malgré tout, ce sentiment d'exclusion était insupportable. Elle avait autant que lui le droit d'assister à l'arrestation des contrebandiers. Elle allait manquer le plus intéressant, et ce n'était pas juste.

Pour essayer de se changer les idées et d'oublier les choses horribles que Gryff et elle s'étaient dites la veille, elle ouvrit *Les Voyages de Gulliver*, dans l'espoir que ce roman satirique répondrait à son désir d'aventure. Mais le parallèle peu flatteur entre les deux camps en guerre dans le roman et sa propre situation eut tôt fait de la déprimer. La querelle entre les Gros-boutistes et les Petits-boutistes, jamais d'accord sur la façon d'ouvrir les œufs à la coque, semblait aussi ridicule que les chamailleries qui opposaient les Davies et les Montgomery.

Et rien ne laissait espérer que les choses changeraient bientôt.

— Ah, mademoiselle, vous êtes là. Je vous ai cherchée partout.

Gwynnie, la femme de chambre, se tenait sur le seuil en se tordant les mains. La dernière fois qu'elle l'avait vue, Maddie lui avait raconté sa rencontre en pleine nuit avec Ned, et elles avaient beaucoup ri. Mais Gwynnie, cette fois, n'avait pas du tout l'air de s'amuser.

— Que se passe-t-il ?

— Oh, mademoiselle, je ne sais pas vers qui me tourner. C'est à propos de votre sir Mostyn, vous comprenez.

— Ce n'est pas *mon* sir Mostyn, rectifia Maddie.

— Non, mademoiselle, et cela me soulage. Je n'ai jamais entendu dire du bien de ce monsieur, et maintenant, j'ai la preuve que c'est un mauvais homme.

Maddie posa son livre.

— Que veux-tu dire ?

— Il est mêlé à une histoire louche contre les gens des douanes, mademoiselle.

— Comment le sais-tu ?

— C'est mon Ned qui me l'a dit. Il était au Red Dragon, et des étrangers parlaient dans un coin. Il les a entendus prononcer le nom « Drake », alors il a tendu l'oreille.

— Que disaient-ils ?

— Que Drake avait prévenu Sadler que les gars des douanes allaient essayer de les prendre la main dans le sac. Ils ont éclaté de rire et ont dit que Sadler leur réservait une sacrée surprise.

Un frisson parcourut Maddie.

— Tu veux dire que les contrebandiers s'attendent à une embuscade ?

— Oui, mademoiselle, j'en ai peur. L'un d'entre eux a parlé de Guy Fawkes.

— Seigneur…

Deux siècles plus tôt, Guy Fawkes avait fait exploser des barils de poudre sous le Parlement, lors de la tentative d'assassinat du roi Jacques Ier. Les contrebandiers envisageaient-ils le même genre de plan ? Allaient-ils attirer Gryff et les douaniers dans la grotte, puis tout faire sauter ?

Elle se leva d'un bond.

— Merci d'être venue m'en parler, Gwynnie. Je m'en occupe.

— Merci, mademoiselle, répondit la femme de chambre avec une petite révérence. Ces contrebandiers sont un fléau, et ça m'embêterait qu'il y ait du grabuge.

Maddie remonta le couloir en courant, l'esprit en ébullition. Elle devait absolument prévenir Gryff qu'il risquait de tomber dans un piège, mais comment faire ? À l'heure qu'il était, il avait sans doute déjà quitté Trellech Court, donc lui envoyer un mot ne servirait à rien. Et il avait probablement donné rendez-vous aux douaniers dans un endroit secret, à l'écart de la ville, si bien qu'elle avait peu de chances de tomber sur lui si elle sortait à cheval dans la campagne.

Devait-elle aller directement jusqu'à la grotte ? Non, c'était trop dangereux. Elle risquait autant d'y trouver les contrebandiers que Gryff.

La meilleure solution était de repasser par les galeries souterraines et de refaire le chemin qu'elle et Gryff avaient suivi. Si elle arrivait avant les contrebandiers, elle pourrait attendre, cachée, qu'ils aient installé leur piège et se soient retirés. Ensuite, soit elle désamorcerait les barils de poudre, soit elle préviendrait Gryff à son arrivée dans la grotte.

Mais elle n'avait aucune envie de parcourir seule ces galeries. Même en suivant les flèches qu'elle avait tracées à la craie, elle pourrait se perdre ou se blesser. Non, y aller seule serait de la folie.

Elle fit brusquement demi-tour et alla toquer à la porte d'Harriet. Mettre sa cousine en danger ne lui plaisait guère, mais celle-ci avait un excellent sens de l'orientation et gardait toujours la tête froide, même en situation de crise.

— Harriet ! J'ai besoin de ton aide !

Les yeux de sa cousine s'arrondirent à mesure que Maddie lui révélait son plan, mais sa réponse fut sans équivoque.

— Bien sûr. Allons-y.

Elles s'habillèrent pour la circonstance – jupe en lainage chaud et épais, veste et châle au cas où elles devraient attendre l'arrivée des contrebandiers. Dans sa sacoche, Maddie glissa quelques objets qui pourraient leur être utiles, des bougies et de quoi faire du feu.

Elles sellèrent Galahad et une jument nommée Guenièvre, puis partirent pour la clairière au petit trot. Une fois là-bas, elles attachèrent les chevaux près du puits, se laissèrent glisser en bas du talus et gagnèrent l'entrée de la galerie.

Aussi fascinée et enthousiaste que Maddie l'avait été devant le réseau souterrain, Harriet sortit son carnet et en traça une carte rudimentaire tandis qu'elles progressaient, notant les points de repère les plus importants chaque fois qu'elle en trouvait un.

Elles arrivèrent au bout du tunnel plus rapidement que dans le souvenir de Maddie. Celle-ci éteignit leurs lanternes et glissa la tête dans le trou qui permettait l'accès à la grotte. Elle attendit quelques minutes, pour le cas où un contrebandier monterait la garde, mais n'entendit rien d'autre que le clapotis de l'eau qui se retirait lentement.

— Où est la marchandise ? demanda Harriet en passant la tête à côté de celle de sa cousine.

Maddie lui montra la seconde grotte, un peu plus bas sur leur gauche. Rien n'avait bougé. On distinguait près de l'entrée les formes sombres des barriques recouvertes de bâches.

— La galerie est identique à celle-ci, elle s'enfonce dans le rocher.

— Il vaut mieux qu'on reste ici, chuchota Harriet. Personne n'aura l'idée de lever les yeux aussi haut. Qu'est-ce que c'est que ce truc ?

Elle pointa le doigt en direction d'une forme de couleur claire, accrochée juste en dessous de la cache des contrebandiers, au niveau qu'atteignait la mer lorsqu'elle était haute.

Le cœur de Maddie fit un bond dans sa poitrine.

— C'est mon chapeau ! Le vent l'a emporté quand j'attendais lord Powys, sur le pont, et il est tombé dans la rivière.

— Il a dû descendre jusqu'à la mer et remonter jusqu'ici avec la marée. À moins que la rivière ne soit reliée à ces grottes ?

— Une chose est sûre, en tout cas : les contrebandiers le verront. Et s'ils pensent qu'il y a quelqu'un, ils se mettront à sa recherche... Il faut le récupérer. Reste là, je m'en occupe.

— Fais vite, alors.

Maddie se faufila dans le passage et arriva sur la corniche, comme elle l'avait fait avec Gryff. Mais, cette fois, la mer ne s'était pas encore retirée complètement, et le sol à ses pieds était encore en partie submergé. Il y avait plus d'un mètre d'eau à certains endroits. Pour atteindre ce fichu chapeau sans se mouiller, elle allait devoir longer la paroi, de rocher en rocher.

Rassemblant son courage, elle souleva le bas de ses jupes, le glissa dans sa ceinture et avança précautionneusement. Depuis l'endroit où elle se trouvait, Harriet la conseillait sur le chemin à prendre, sur les endroits où poser ses mains et ses pieds.

— Là ! dit enfin Maddie en arrachant le chapeau tout déformé du rocher sur lequel il avait échoué.

Elle le brandit triomphalement en direction d'Harriet, puis se redressa pour reprendre son souffle. Elle allait rebrousser chemin quand sa cousine siffla et se mit à gesticuler comme une folle en direction de l'entrée de la grotte.

— Quelqu'un arrive !

Comme pour confirmer ses dires, des voix graves, masculines, résonnèrent par-dessus le clapotis des vagues.

Rapidement, Maddie évalua la distance à parcourir pour rejoindre Harriet.

— Je ne vais pas avoir le temps de remonter jusqu'à toi. Il vaut mieux que je me cache là, lança-t-elle à mi-voix en indiquant la grotte derrière elle. Avec un peu de chance, c'est Gryff qui arrive avec ses hommes.

Harriet ne put faire autrement qu'acquiescer. Aussi vite qu'elle le put, Maddie s'enfonça à tâtons dans la grotte qui servait de cachette aux contrebandiers. Dieu merci, celle-ci s'étendait plus loin qu'elle ne l'avait cru. Elle dépassa les barriques et se glissa derrière une série de stalagmites qui se dressaient suffisamment haut et lui évoquèrent une mâchoire de bête féroce.

Plusieurs hommes entrèrent dans la grotte et allumèrent des lanternes dont la lumière se refléta sur les parois rocheuses, et Maddie tendit l'oreille, priant pour reconnaître la voix de Gryff.

— Allez, les gars, vous grimpez là-haut et vous me redescendez ces barriques vite fait. Je veux qu'on ait terminé avant le coucher du soleil.

Elle se figea. Cette voix n'était pas celle de Gryff, mais celle du dénommé Sadler, qui avait ordonné la mise à mort de Brookes. Elle se recroquevilla contre la roche, osant à peine respirer, tandis que plusieurs hommes grimpaient jusqu'à l'entrée de la grotte et ôtaient les bâches qui recouvraient la marchandise. Les barriques et les caisses passèrent de bras en bras jusqu'en bas. Les lanternes projetaient sur les parois des ombres monstrueuses qui ressemblaient à des géants courbés en deux et déformés.

Ils étaient d'une efficacité redoutable. En un rien de temps, toutes les barriques furent descendues, de même que plusieurs caisses de thé et d'autres ballots de marchandises que Maddie ne parvint pas à identifier. Dehors, on entendait braire un âne. Sans doute les contrebandiers s'en servaient-ils pour remonter leur butin le long du sentier.

33

Quand le dernier homme redescendit avec sa lanterne, Maddie osa jeter un coup d'œil en direction de l'entrée de la grotte. Sadler et plusieurs de ses complices se tenaient là et discutaient. Par un étrange phénomène acoustique, elle entendit clairement ce qu'ils disaient.

— J'arrive pas à croire que ce chien des douanes ait réussi à s'enfuir, grogna l'un d'eux en donnant un coup de pied dans l'anneau auquel Brookes avait été attaché.

— On s'en fout, dit Sadler en haussant les épaules. On va en massacrer un paquet ce soir, de toute façon.

Les hommes poussèrent des cris de joie à cette perspective.

— Alors, qui c'est les plus intelligents ? C'est pas nous, peut-être ? Et qui c'est qui va avoir une sacrée surprise ? Hein ? Davy, installe les barils de poudre. Turner, fais attention avec ta lanterne. Faudrait pas que la fête commence avant l'arrivée des invités…

Maddie se recroquevilla de nouveau lorsqu'un homme remonta dans sa direction et plaça deux petits fûts de part et d'autre de l'entrée de la grotte. Il en ouvrit un, versa un petit tas de poudre noire sur le sol, puis traça une ligne en travers de l'entrée.

Il déboucha ensuite le second fût et le posa sur le côté, de façon que l'ouverture soit tout près du petit tas de poudre.

— C'est bon ! lança-t-il d'un ton enjoué. Une étincelle, et tout saute.

Il rejoignit les autres, et les contrebandiers quittèrent la grotte principale, laissant derrière eux deux lanternes allumées – sans doute pour faire croire à Gryff qu'ils étaient encore là.

Maddie attendit que le bruit de leurs voix se soit tu et sortit de sa cachette.

— Qu'est-ce qu'on fait maintenant ? chuchota Harriet.

Maddie redressa les deux fûts de poudre et réfléchit. Le niveau de l'eau avait baissé, mais si elle poussait les fûts par-dessus le bord, non seulement les contrebandiers risquaient de les entendre tomber, mais les fûts pouvaient flotter plutôt que de se remplir d'eau.

Essayer de les porter jusqu'en bas, c'était risquer de les lâcher ou de glisser sur les rochers. Elle ne pouvait pas simplement verser la poudre dans l'eau, les rochers en retiendraient l'essentiel. Non, elle allait devoir descendre, vider la boîte contenant son nécessaire à feu, la remplir d'eau et remonter verser l'eau dans…

Dehors, des cris retentirent. Maddie se plaqua contre la paroi rocheuse, dans l'ombre, mais suffisamment près du bord pour apercevoir une langue de sable à l'entrée de la grotte. Il y eut une série de coups de feu, puis d'autres cris s'élevèrent, venant de toutes parts.

Quatre contrebandiers entrèrent en courant dans la grotte, suivis de près par Gryff, Morgan et un homme en uniforme bleu qui devait être un douanier.

Maddie retint un cri lorsque Gryff attrapa l'un des malfaiteurs par sa veste et le fit pivoter vers lui, avant de le mettre K-O d'un seul coup de poing. L'homme tomba sur les rochers, manquant de renverser l'une des lanternes que les autres avaient laissées derrière eux.

De son côté, Morgan avait saisi un autre homme par la taille, et ils avaient roulé tous les deux sur le sable humide. Les coups de poing allaient bon train ; les jurons et les insultes résonnaient sous la voûte de la grotte. C'était un combat sans merci.

Les deux autres contrebandiers reculèrent en direction de l'endroit où était cachée Maddie. Face à eux, le douanier tira son épée. Il fut bientôt rejoint par Gryff.

— Les mains en l'air ! cria l'officier des douanes.

En guise de réponse, l'un des hommes sortit un pistolet de sa poche, tandis que l'autre brandissait un impressionnant poignard.

Gryff et le douanier plongèrent pour se mettre à couvert. Un coup de feu retentit, et le douanier poussa un cri, touché à la cuisse. Les deux hommes se jetèrent dans sa direction pour l'achever, mais Gryff se rua sur celui qui avait un poignard, lui attrapa le poignet et le força à lever le bras avant de lui assener un violent coup sur les reins.

Celui qui avait tiré attrapa Gryff par-derrière et tenta de lui faire lâcher son complice. D'un coup de tête en arrière, Gryff lui brisa le nez dans un craquement sinistre, puis donna un coup de pied dans le ventre de son autre agresseur. Le poignard tomba dans les rochers, et l'homme, plié en deux, le souffle coupé, émit un long râle.

Son acolyte avait lâché Gryff et se tenait le nez. Du sang coulait entre ses doigts. Gryff l'attrapa par le col et le tira sans ménagement vers la sortie de la grotte.

Morgan se battait toujours avec le même homme entre les flaques laissées par la marée descendante. Soudain, d'un mouvement leste, il se mit à califourchon sur lui, l'immobilisa et lui donna un coup de poing décisif à la mâchoire. L'homme perdit connaissance.

L'officier des douanes gémissait en se tenant la jambe. Gryff courut jusqu'à lui et s'agenouilla. Après avoir examiné la blessure, il défit la ceinture de l'homme et la serra en haut de sa cuisse, en guise de garrot.

Concentré sur ce qu'il faisait, il ne vit pas que l'homme au poignard avait repris conscience, récupéré son arme et s'avançait derrière lui. Le contrebandier leva la main, et sa lame brilla dans la pénombre.

Maddie sortit de sa cachette.

— Gryff !

D'un coup de pied, elle poussa l'un des tonnelets de poudre par-dessus le bord. Celui-ci rebondit sur les rochers et roula vers l'homme au couteau, qui s'écarta d'un bond en poussant un cri de surprise.

Gryff se retourna au même moment, lança sa jambe tendue vers le haut et heurta l'homme au niveau des genoux, le faisant tomber.

Morgan vint à la rescousse et, quelques instants plus tard, les deux frères avaient mis l'individu hors d'état de nuire. Morgan l'entraîna vers l'entrée de la grotte, mais Gryff s'était tourné vers Maddie et ne la quittait pas des yeux.

Son regard était si noir qu'elle faillit tourner les talons et s'enfoncer dans les profondeurs de la grotte.

— Bon sang, mais qu'est-ce qui t'a pris ?

Maddie sourit faiblement.

— Je peux tout t'expliquer…

Il fit un pas en avant, avec une telle détermination qu'elle recula, heurtant au passage le second tonnelet de poudre.

— Tu pourrais aussi me dire merci, s'entendit-elle articuler tandis qu'il gravissait les rochers pour la rejoindre. Je t'ai probablement sauvé la vie. Ce type allait te poignarder.

Il se hissa sur la corniche à la force des bras, et un étrange frisson, où se mêlaient crainte et excitation, parcourut Maddie. Elle se sentait à la fois tremblante et… euphorique. À cause de la violence de la scène à laquelle elle venait d'assister ?

Dehors, le silence régnait ; on ne se battait plus. Morgan était revenu aider l'officier des douanes. Mais, lorsque Gryff se dressa devant elle, Maddie ne vit plus que lui.

Son ventre se noua quand leurs regards se croisèrent. Elle avait l'impression de faire face à une bête féroce, encore essoufflée du combat qu'elle venait de livrer. L'envie de se jeter dans ses bras la tenaillait, mais elle se maîtrisa.

— J'attends une explication, dit-il d'une voix rauque. Parce que je me rappelle très bien t'avoir demandé de ne pas venir ce soir.

Maddie redressa le menton.

— Et heureusement que je ne t'ai pas écouté, étant donné que ces contrebandiers avaient l'intention de vous faire sauter, toi et tes amis, dit-elle en montrant le tonnelet à ses pieds. Ce truc est bourré de poudre.

Gryff baissa les yeux. La traînée de poudre serpentait entre eux, telle une ligne de démarcation qu'il ne fallait pas franchir. Un défi.

Il leva une main, et elle crut qu'il allait l'attraper par l'épaule pour la secouer et lui faire entendre raison. C'est alors qu'un coup de feu retentit. Sur la gauche de Maddie, un rocher vola en éclats. Gryff se jeta en avant et la poussa vers le fond de la grotte, la protégeant instinctivement de son corps.

— Chiens !

Sadler courait dans leur direction, vert de rage. Il attrapa une des lanternes et la fit virevolter au-dessus de lui en poussant un cri triomphant.

— Et voilà pour vous !

Il lança la lanterne, qui se brisa aux pieds de Gryff. L'huile qu'elle contenait prit feu. Un rideau de flammes s'éleva et Maddie recula, un bras devant le visage pour se protéger. Gryff poussa un juron en voyant que la poudre répandue sur le sol s'était enflammée. Il tenta d'éteindre la boule de feu en la piétinant, sans succès. En désespoir de cause, il attrapa le tonnelet et le jeta sur Sadler.

— Vite, au fond de la grotte ! ordonna-t-il à Maddie. Le plus loin possible !

Elle obéit, trébuchant dans l'obscurité, sentant Gryff sur ses talons. Lorsqu'elle manqua de tomber, il la rattrapa par la taille et la porta, la serrant contre lui comme si elle n'était qu'une poupée de chiffon.

Une lumière aveuglante illumina les parois rocheuses, bientôt suivie d'une explosion monumentale qui fit vibrer ses tympans et trembler chaque organe de son corps. Le grondement était partout, autour d'elle, en elle, tel un être vivant. L'espace d'un instant, elle eut une sensation d'apesanteur, puis de chute. Et ce fut le noir le plus profond.

34

Avait-elle une nouvelle fois été frappée par la foudre ? Maddie éprouvait la même sensation, celle de flotter dans un univers étrange, indolore. Un bruit d'explosion résonnait encore dans ses oreilles.

Était-elle morte ?

Non. Elle ne pouvait pas être morte, puisqu'elle entendait quelque chose. Une pluie de terre et de rochers autour d'elle, soprano léger en contraste avec la basse profonde de la terre protestant contre le bouleversement de ses entrailles.

Ce n'est pas la foudre. C'est la poudre.

Peu à peu, le reste de son corps retrouva des sensations. Elle était face contre terre, les bras écartés, les yeux fermés. Lorsqu'elle les ouvrit, elle ne vit rien. Était-elle aveugle ?

Sa poitrine lui faisait mal. Un poids lourd l'écrasait. Seigneur, était-elle bloquée sous un rocher ? Elle tenta d'inspirer et sentit sa cage thoracique protester. Ses lèvres étaient sèches comme de la craie.

Le poids bougea soudain. Et poussa un grognement.

Gryff ! C'était Gryff, qui pesait sur elle et l'empêchait de respirer. Il avait replié les bras autour de sa tête pour la protéger, et elle sentait une de ses jambes entre les siennes.

— Gryff…, réussit-elle à articuler.

Il grogna une nouvelle fois, et le soulagement qu'elle éprouva l'ébranla jusqu'au plus profond de son être. Il n'était pas mort. Il était ici, vivant, avec elle.

Elle tâtonna autour d'elle. Il y avait de la place, ils n'avaient pas été complètement ensevelis sous les rochers.

Un sifflement lui vrillait encore les oreilles. Sa main tremblante se posa sur les cheveux de Gryff. Du bout des doigts, elle suivit son front, sa tempe, son menton. Il murmura quelque chose d'incohérent.

— Quoi ? dit-elle en se redressant sur un coude. Tu es blessé ?

— J'ai toujours rêvé d'être allongé sur toi, murmura-t-il d'une voix éraillée. Mais pas tout à fait comme ça. Avec moins de vêtements.

Maddie sentit son cœur bondir dans sa poitrine. Il était encore capable de plaisanter. Mais il parlait avec difficulté, comme s'il était ivre. D'une main, elle lui serra l'épaule pour le réconforter et sentit qu'il tentait de se retourner. Mais il lâcha une bordée de jurons et reprit sa position initiale.

— Qu'y a-t-il ?

— Ma jambe…

Elle entendit un bruit de frottement, puis un grognement de douleur. Quelques cailloux glissèrent sur le côté.

— Il nous faut de la lumière, dit-elle.

Une main sur sa hanche lui confirma qu'elle avait toujours sa petite sacoche.

— J'ai une bougie.

— Parfait.

— Et s'il y a du grisou ?

— C'est le cadet de nos soucis, dit-il en toussant. Autant prendre le risque.

Elle souleva le rabat en cuir et tâtonna à l'intérieur de la sacoche. Bonbons à la menthe, bâton de craie, elle laissa tout cela de côté. Mais elle tremblait tant qu'il lui fallut plusieurs essais avant de parvenir à allumer la bougie avec son briquet à amadou. À chaque étincelle, elle se prépara à une autre explosion, mais rien ne se produisit, et elle finit par réussir à allumer la bougie. Cette frêle lueur lui apporta un réconfort intense, comme si elle recouvrait la vue après en avoir été privée.

Gryff parvint enfin à rouler sur le côté. Il s'assit, puis tendit sa jambe devant lui avec un sifflement de douleur. Il était couvert de poussière de la tête aux pieds. On eût dit qu'il portait une perruque poudrée, à la façon des aristocrates du siècle précédent. Ce n'était plus Gryff Davies, mais l'un de ses ancêtres.

Baissant les yeux sur sa jupe, Maddie se rendit compte qu'elle n'était guère plus présentable. Une couche de poussière grise recouvrait ses vêtements.

Gryff plia le genou gauche et roula le tissu de son pantalon pour examiner l'arrière de son mollet. Sa blessure allait du genou à la cheville et saignait beaucoup.

— Mon Dieu, souffla Maddie.

Il eut un sourire un peu tordu.

— Rien de cassé. J'ai connu pire. La scie à amputer attendra. Et toi, ça va ?

— Ça va. Nous sommes encore en vie. J'ai du mal à y croire.

Elle leva la bougie pour tenter de comprendre où ils se trouvaient. La rangée de stalagmites derrière laquelle ils étaient tombés les avait protégés du gros de l'explosion et de l'avalanche de roches qui avait suivi. Les parois de la galerie étaient intactes, mais l'entrée de la grotte était bouchée sur toute sa largeur et toute sa hauteur par d'énormes rochers.

— Mon Dieu, et les autres ? murmura Maddie. Harriet était avec moi, elle m'attendait dans la grotte supérieure. Et ton frère ?

Gryff secoua la tête pour se débarrasser de la poussière et des éclats de roche qu'il avait dans les cheveux. Puis il se leva péniblement, grommelant comme un vieillard, et se dirigea vers les rochers qui obstruaient la grotte.

— Mooooorgaaaaaan ! hurla-t-il de toutes ses forces, les mains en porte-voix.

Maddie frémit, craignant qu'un tel bruit ne provoque un éboulement, mais il n'en fut rien. L'écho résonna, puis mourut, et ils attendirent une réponse.

Seigneur, faites qu'ils soient vivants.

Il y eut un silence interminable, puis le son lointain et étouffé d'un cri leur répondit enfin. Le soulagement de Maddie fut immense.

Il était impossible de dire qui, mais quelqu'un avait survécu de l'autre côté.

Les mains sur les hanches, Gryff examina le mur de rochers devant lui.

— Jamais nous n'arriverons à creuser ce truc. Pas à mains nues. Mais, au moins, quelqu'un sait que nous sommes vivants et ira chercher du secours dès que possible.

Maddie leva la bougie un peu plus haut. Gryff était très grand, mais le voir si petit devant une telle masse de roche la démoralisa. Grâce à ses travaux archéologiques, elle savait quel effort nécessitait le déplacement de grandes quantités de terre. Or, en l'occurrence, ils avaient affaire à des tonnes de roche.

— Il y en a tellement, dit-elle d'un ton las. Même sans connaître l'épaisseur de l'éboulis, il faudrait plusieurs semaines à une équipe d'hommes pour déplacer les rochers de ce côté.

Elle ne prit pas la peine d'expliquer la suite. Ils mourraient de faim ou de soif avant l'arrivée des secours. Pourtant, la présence de Gryff rendait cette perspective presque tolérable. De tous les gens avec lesquels elle aurait pu être prise au piège, ce n'était certainement pas le pire. Elle se refusa à envisager le fait qu'il soit peut-être le meilleur.

Il eut le bon sens de ne pas discuter son point de vue.

— Tu as sans doute raison. Ce n'est pas juste de la terre, c'est beaucoup, beaucoup de rochers.

Un sentiment de défaite accabla Maddie. Elle tremblait, au bord des larmes, mais elle se força à tenir la bougie bien haut tandis que Gryff faisait demi-tour et la rejoignait en boitant. Elle retint son souffle en le regardant approcher, priant en silence pour qu'il la prenne dans ses bras et la réconforte. La solidité de son torse contre sa joue, ses bras puissants autour d'elle… elle en avait désespérément besoin.

Mais il ne la toucha pas. Non, il avança, péniblement, entre les rochers, jusqu'au fond de la grotte.

— Allez, suis-moi. Étant donné qu'il ne va pas falloir compter sur les secours avant un bout de temps de ce côté, autant aller voir jusqu'où mène cette galerie. Qui sait ? Peut-être rejoint-elle l'une de celles que nous avons déjà explorées.

Maddie obtempéra, avant tout parce qu'elle ne tenait pas à rester seule dans l'obscurité. Ils marchèrent un moment et finirent par tomber sur un cul-de-sac. Un autre éboulis.

— Seigneur, soupira-t-elle, résignée. Nous sommes coincés.

Le sourire de Gryff brilla dans le halo de la bougie.

— L'éboulis ne monte pas jusqu'en haut. Si j'arrive à dégager quelques rochers, nous pourrons peut-être nous faufiler par là. Tiens-moi ça.

Il retira sa veste et la lui tendit, puis remonta ses manches de chemise, grimpa au sommet de l'éboulis et se mit au travail.

Maddie tenait la bougie bien haut, essayant de ne pas se focaliser sur la façon dont les muscles de ses avant-bras roulaient sous sa peau hâlée. Qu'est-ce qu'il lui prenait, à la fin ? Elle était au fond d'une grotte, une fin tragique et prématurée l'attendait sans doute, et elle gâchait ses derniers instants à reluquer la puissante souplesse des épaules de Gryff sous sa chemise et la façon dont son pantalon moulait si merveilleusement ses fesses.

Cependant, s'abandonner à la volupté charnelle de ce physique fabuleux n'était peut-être pas une si mauvaise façon de profiter de ce qui lui restait de bougie. Peut-être devrait-elle tout simplement demander à Gryff de se déshabiller et de la laisser le contempler à loisir. Au moins mourrait-elle heureuse – et plus cultivée : elle n'avait jamais vu d'homme nu.

Elle secoua la tête pour chasser ces inepties de son esprit. De toute évidence, le manque d'air frais commençait à l'affecter.

Elle cala la bougie entre deux pierres et entreprit d'aider Gryff à déplacer les rochers. Celui-ci n'émit aucune protestation, et bientôt, un passage de presque un mètre fut ouvert au sommet de l'éboulis.

Gryff se redressa, satisfait, les mains sur les hanches – qu'il avait très étroites.

— Après vous, milady.

35

Combien d'heures passèrent-ils à explorer la multitude de galeries ? Maddie n'aurait su le dire. Ils avaient perdu toute notion du temps. Après avoir franchi le premier éboulis, ils avaient découvert un impressionnant réseau de grottes plus petites et d'innombrables boyaux de quelques dizaines de mètres de profondeur à peine.

Maddie se répétait que c'était bon signe. Tant qu'ils n'auraient pas exploré chaque galerie, il leur restait une petite chance de sortir de là vivants.

Elle marquait chaque nouvelle galerie à la craie, et ils rebroussaient chemin dès qu'elle n'était plus praticable. Ainsi, ils explorèrent méthodiquement des dizaines de tunnels.

Il ne restait plus qu'une moitié de bougie quand apparut soudain dans le gris monotone de la roche une ligne d'un noir intense de presque trente centimètres d'épaisseur, qui suivait la paroi. Gryff frotta une main dessus, puis montra sa paume à Maddie. Elle était noire comme la suie.

— Regarde ! Une veine de charbon ! Je parierais qu'elle fait partie du même filon que celui qui traverse mes terres. Elle doit aller jusqu'à la mer. Intéressant.

Maddie leva les yeux au ciel.

— Je ne vois pas en quoi c'est intéressant. À quoi ça va nous servir, du charbon, là, maintenant ? Tu veux faire un feu et nous enfumer jusqu'à l'asphyxie ?

— Pour ta gouverne, rétorqua Gryff d'un ton docte, le charbon gallois est l'un des meilleurs du monde. Il brûle plus longtemps, donc il se vend plus cher. Mon père pensait que notre mine était bientôt épuisée, alors savoir qu'il y en a encore ici est plutôt une bonne nouvelle. C'est de l'or noir, ça.

— Eh bien, quand nous serons sortis d'ici, pourquoi ne pas nous lancer dans l'ouverture d'une compagnie minière et faire fortune, alors ? répliqua Maddie avec sarcasme.

— La compagnie Davies et Montgomery Associés ? Qui construirait un canal, par exemple ? répondit-il sur le même ton.

Une nouvelle fois, il frotta sa main sur la veine de charbon, puis s'approcha d'un rocher à la surface relativement lisse, de l'autre côté du tunnel, et y dessina un demi-cercle.

— Que fais-tu ?

— Je trace nos initiales.

Le demi-cercle devint un G, et fut suivi d'un L et d'un D.

— Gryff Llewellyn Davies, dit-il avant de tracer un M. Quel est ton second prénom ?

— Charlotte.

Il traça les initiales de Maddie, puis ajouta une croix entre les deux.

Maddie recula, pensant qu'il avait terminé, mais il frotta une nouvelle fois ses doigts sur le charbon et dessina un énorme cœur autour de leurs initiales, comme le font les amoureux qui gravent les leurs sur un arbre.

— Mais qu'est-ce qui te prend ? s'écria-t-elle. Ça ne partira jamais !

Il sourit, et elle comprit qu'il avait juste cherché à la faire monter sur ses grands chevaux. Avec succès.

— Personne ne le verra, si ?

Il n'avait pas tort. Personne ne descendrait jamais ici avant plusieurs siècles. Néanmoins, cela ne lui plaisait guère qu'il ait uni leurs deux noms de manière si définitive. Même s'ils sortaient vivants de cette grotte, ce graffiti resterait, preuve silencieuse – et fausse – qu'ils avaient eu une relation romantique.

Mais cela avait-il de l'importance ? Ils avaient si peu de chances de s'en sortir !

— Quand on identifiera nos corps, dans mille ans, les gens penseront que nous étions amants.

— Alors je suggère de faire en sorte que ce soit le cas, dit-il avec ce sourire provocateur dont il avait le secret. Si nous sommes condamnés à passer ensemble nos dernières heures sur cette terre, autant en profiter.

Maddie se sentit rougir – d'autant plus que les paroles de Gryff faisaient écho à ses pensées –, mais elle lui renvoya un regard désapprobateur.

— Je ne pense pas que nous ayons essayé toutes les galeries.

— Ça mérite tout de même qu'on y réfléchisse, dit Gryff avec un petit rire, tout en suivant la veine de charbon plus loin dans la galerie. Si nous devons vraiment mourir ici, ce serait drôle d'être enterrés dans une position un peu originale.

— Que veux-tu dire ?

— C'est toi, l'archéologue. Je suis sûr que tous les sites funéraires que tu as trouvés étaient pareils : un squelette allongé sur le dos, droit comme un i.

— Exact.

— Imagine la perplexité des futurs archéologues s'ils trouvaient deux squelettes ensemble, arrangés bizarrement, qui se tiendraient la main ou s'embrasseraient. Pense à toutes les interprétations ridicules qui en découleraient !

— Ce serait tout fausser ! s'écria Maddie. Tu bouleverserais la compréhension scientifique du passé pour des années.

Il se retint d'éclater de rire.

— Mais quelle contribution à l'histoire de l'humanité, non ? Reconnais que si tu trouvais une tombe différente des autres, tu serais ravie. Cela lancerait ta carrière. Tu passerais des années à tenter d'expliquer cette différence.

Malgré elle, Maddie fut tentée de sourire, amusée par son humour macabre.

— J'imagine déjà ce qu'on dirait, reprit Gryff avec un geste large, devant lui, comme s'il désignait un slogan sur une affiche de cirque. Les amoureux tragiques de Trellech. Nous serions immortalisés. Les savants s'arracheraient les cheveux pour comprendre ce qui nous est arrivé. Bien sûr, il faudrait que tu fasses bien attention à mourir dans mes bras. Ou moi, à mourir dans les tiens.

Tout bien réfléchi, ce n'est pas un si mauvais endroit pour passer l'éternité.

Maddie s'en voulut aussitôt d'être aussi bête.

— Ils nous trouveraient nous étranglant l'un l'autre et comprendraient aussitôt qu'ils ont affaire à un Davies et à une Montgomery.

— Tu n'es vraiment pas romantique, *cariad*.

Maddie était sur le point de lui demander de ne pas l'appeler « chérie » lorsqu'il s'arrêta brusquement et plaça le visage devant une faille de belle largeur, entre deux énormes plaques rocheuses.

— Passe-moi la bougie, vite ! dit-il en tendant la main dans sa direction. Tu sens ? C'est un courant d'air !

Son incroyable rire résonna dans toute la galerie. Comme il l'avait supputé, la flamme, placée devant la faille, vacilla.

— S'il y a de l'air, il est fort possible que cette faille mène jusqu'à l'extérieur !

Le cœur de Maddie se mit à battre plus vite, mais elle osait à peine espérer. Un courant d'air pouvait se frayer un chemin dans un espace minuscule.

— J'y vais, dit Gryff en se glissant dans la faille.

Avançant de côté, il s'enfonça lentement et disparut. Il avait gardé la bougie. Maddie attendit quelques minutes dans l'obscurité totale, tendue. Et, soudain, elle entendit un long sifflement.

— Viens ! Il faut que tu voies ça.

À son tour, elle se glissa dans la faille et avança de côté jusqu'à ce que le passage s'élargisse et débouche à l'endroit où se trouvait Gryff. Ce qu'elle découvrit la laissa bouche bée. Ils se trouvaient au bord d'un immense lac souterrain.

— C'est incroyable !

Il était impossible de voir jusqu'où s'étendait le lac ; la lumière n'éclairait pas assez loin. Sur le côté, une cascade coulait le long d'une paroi qui ressemblait à de la bougie fondue, couche après couche de concrétions calcaires descendant jusqu'à la surface du lac d'un noir d'encre. L'eau venait lécher les rochers formant la berge, et d'immenses colonnes de pierre s'élevaient du sol au plafond, conférant à l'ensemble des airs de cathédrale. Du lac jaillissaient des stalagmites, tandis que d'autres concrétions descendaient du plafond comme d'énormes glaçons.

Gryff lui tendit la bougie et mit ses mains en porte-voix.

— Ohé !

Ohé ! Ohé ! Ohé !

Son cri rebondit sur les parois et la surface de l'eau, véritable cacophonie de voix masculines qui leur revint tel un chœur discordant remontant des enfers.

— Tu crois qu'il y a un dragon au fond ? demanda-t-il. Comme au lac de Dinas Emrys ?

— S'il y en a un, tu l'as sûrement réveillé. Il ne va pas tarder à faire surface et à nous gober comme des mouches.

— Oh, moi, ça ira. C'est toi qu'il mangera.

— Pourquoi moi ?

— Parce que tout le monde sait que les dragons aiment les vierges. La pureté du cœur et du corps. Par conséquent, je suis éliminé d'office. Tu devrais peut-être faire quelque chose pour perdre cette virginité, histoire d'être tranquille, non ?

Elle se sentit rougir, mais parvint à rester impassible.

— Tu proposes de m'y aider ?

— C'est un sacrifice que je suis prêt à faire, dit-il, les yeux brillants. Ta sécurité avant tout.

— C'est très noble de ta part, mais je ne crois pas aux créatures mythiques.

— Tu parles des vierges ?

— Non, des dragons.

— Dommage, soupira Gryff avec un sourire en coin.

36

Maddie ne pouvait s'empêcher d'observer la surface du lac avec méfiance. Elle n'aurait pas été surprise de voir les eaux bouillonner et une tête couverte d'écailles émerger des profondeurs. Gryff, de son côté, suivait la berge en passant de rocher en rocher.

— Il doit s'agir d'un affluent souterrain de la Wye. Ou de l'Usk. L'une des deux, en tout cas.

— Et ?

— Et la Wye est une rivière à marées. Si le niveau monte et descend en fonction de la marée, nous pourrions mourir noyés quand elle sera haute.

— Positivement charmant.

— Mais le niveau du lac semble constant, poursuivit Gryff, ignorant le sarcasme. Ce qui signifie qu'il y a un passage vers l'extérieur, quelque part.

Maddie le suivit sur les rochers.

— S'il y en a un, il est probablement sous le niveau de l'eau. Ou trop étroit pour permettre le passage d'un homme.

Devant elle, au pied de la paroi qu'ils longeaient, quelque chose brilla soudain. Elle s'arrêta.

— Attends. Qu'est-ce que c'est ? Là, regarde… Ça scintille.

— C'est sans doute de la pyrite. L'or des fous. On en trouve partout où il y a du charbon.

— Et partout où il y a du *vrai* or, insista Maddie. Parce qu'ils ont besoin des mêmes conditions géologiques pour se former.

Elle s'approcha de l'endroit qui brillait.

— Passe-moi la bougie.

Il se retourna et la fixa, impatient.

— Nous autres Gallois avons un proverbe : « *Nid aur yw popeth melyn*. »

— Ce qui signifie ?

— Tout ce qui brille n'est pas or.

Mais il revint vers elle et approcha la bougie tandis qu'elle s'accroupissait pour examiner la roche.

— Ce n'est pas aussi jaune que l'or des fous. Regarde, c'est presque… rose.

Au creux de sa paume roulèrent quelques morceaux de roche.

Gryff s'accroupit à côté d'elle et les toucha du bout du doigt.

— C'est de l'or des fous, crois-moi. L'or est très mou. Les dents y laissent des traces quand on le mord. Or, regarde…

Il porta un morceau de roche à sa bouche et le mordit, comme s'il croquait dans une carotte. Lorsqu'il vit les traces très nettes laissées par ses dents à la surface de la roche, il ouvrit des yeux ronds. Ils se regardèrent sans rien dire.

— Ça alors ! C'est de l'or ! C'est de *l'or*, bon Dieu ! hurla-t-il soudain.

Maddie en tomba à la renverse et se retrouva sur les fesses, mais elle n'avait pas lâché les pépites.

— Tu me fais marcher.

— Non, je te jure que non. Maddie Montgomery, tu es un génie !

Ils se penchèrent de nouveau sur les pépites, puis sur la paroi. L'or traçait dans la roche une veine d'au moins deux centimètres d'épaisseur, qui se poursuivait sur plus de cinq mètres avant de disparaître dans l'obscurité.

— Tu… tu crois qu'il y en a pour combien ? demanda Maddie, le cœur battant.

— C'est difficile à dire sans le peser, mais cette pépite, là, fait à peu près la taille d'une balle de mousquet. C'est-à-dire presque une once. Et tu en as plein la main !

— Combien vaut une once d'or ?

— Cinq livres, je dirais.

Il parcourut la paroi, procédant à une rapide évaluation, et fit un peu de calcul mental.

— Tu as dans la main au moins plusieurs centaines de livres. Et cette veine… doit en valoir plusieurs milliers.

Maddie eut un rire hésitant, presque incrédule.

— Seigneur ! Nous sommes sauvés !

Gryff la fixa, intrigué.

— Comment ça, sauvés ?

Elle se mordit la lèvre. Dans l'euphorie de l'instant, elle avait pensé tout haut. Mais à quoi bon garder le secret, désormais ? Elle le regarda d'un air sévère avant de déclarer :

— D'abord, je veux ta parole que nous partagerons équitablement. Nous sommes à cheval sur nos domaines respectifs, ici, donc chacun touchera la moitié de ce que l'or rapportera.

Il approuva d'un hochement de tête, visiblement surpris qu'elle le croie capable de discuter ce point-là.

— Bien sûr. Moitié-moitié. Tu as ma parole.

— Alors il faut sans doute que je te dise que ma famille est depuis quelque temps au bord de la faillite.

— Quoi ?

— Mon père a tout perdu l'an dernier, dans le grand scandale de la Bourse.

— Je... je n'ai pas vraiment suivi cette affaire. Je me battais en Espagne, à l'époque.

— C'était une escroquerie particulièrement bien montée. Plusieurs personnes ont délibérément répandu la rumeur - fausse - que Napoléon avait été vaincu, peut-être même abattu, par un groupe de Cosaques russes. La nouvelle a fait bondir le cours des obligations émises par le gouvernement. L'homme d'affaires de mon père en a acheté pour lui quand les prix étaient au plus haut, convaincu qu'elles continueraient à monter lorsque la rumeur serait confirmée et que mon père réaliserait un confortable profit en les revendant ensuite. Mais la rumeur était fausse, et la valeur des obligations a dégringolé. Mon père a perdu plus de six mille livres.

— Bon Dieu..., murmura Gryff.

— Papa fait patienter nos créanciers depuis des mois. Je ne suis au courant de cela que depuis quelques semaines. Papa envisageait de vendre notre maison de Londres, et même Newstead Park.

— Et c'est pour cette raison que Drake est pendu à tes basques ?

Maddie détourna le regard.

— Oui. Il a eu vent de notre situation et a proposé à mon père deux milles livres pour que je l'épouse. Mais maintenant, je n'ai plus besoin d'épouser personne !

Lentement, la honte s'estompait, cédant le pas à une délicieuse chaleur dans sa poitrine. Pourtant, elle retrouva rapidement son sérieux et le fixa d'un air grave.

— Pourrais-tu envisager de ne pas vendre ta moitié tout de suite ? demanda-t-elle d'un ton hésitant. Si nous vendons tous les deux en même temps, le marché sera saturé, et le cours de l'or baissera.

Gryff semblait encore sous le choc.

— D'accord.

Maddie poussa un long soupir de soulagement et posa une main sur son bras.

— Merci. Tu es vraiment quelqu'un de bien, Gryff Davies. Quoi qu'en dise mon père.

Il baissa les yeux sur la main de Maddie et secoua la tête avant de se relever et de brosser son pantalon.

— Tu sais, ce marchandage n'a de sens que si nous arrivons à sortir d'ici.

Il se tourna vers le lac, et la réalité absurde de leur situation frappa Maddie avec la puissance d'un coup de poing. Son euphorie s'envola comme un nuage de fumée. Il avait raison. Quelle mouche l'avait piquée de se réjouir de la sorte ? À quoi bon trouver un trésor si c'était pour mourir ici ?

Un rire amer lui échappa. C'était bien sa chance, tiens. La foudre n'avait pas réussi à la tuer, mais ça…

Complètement découragée, elle s'adossa à la paroi, remonta les genoux devant elle et posa son front dessus.

— Nous n'allons pas nous en sortir, n'est-ce pas ? Nous allons mourir de faim dans une mine d'or, les prisonniers les plus riches de l'histoire.

Au-dessus d'elle, elle entendit Gryff soupirer. Du bout du pied, il poussa le sien. Elle l'ignora.

Il s'accroupit à côté d'elle.

— Allez, *cariad*, reprends-toi. Baisser les bras, ça ne te ressemble pas.

Pff. Il se trompait. Face à la réalité, même Mlle Optimiste savait être lucide.

— Quand tout sera terminé, nous fêterons ça en buvant jusqu'à plus soif. Tu verras.

— Je n'aime pas l'alcool fort.

— Nous ferons autre chose, alors. Je trouverai comment marquer le coup.

Il se pencha vers elle, et leurs épaules se touchèrent.

— Figure-toi qu'un jour, dit-il sur le ton de la conversation, comme s'ils buvaient le thé, mon père m'a raconté que ton père et lui s'amusaient à se cacher leurs toges respectives lorsqu'ils étaient en session au Parlement.

Malgré son désarroi, Maddie ne put s'empêcher de rire.

— C'est tellement puéril !

— Je suis d'accord. Mais assez drôle, aussi, j'imagine. *Si* nous sommes condamnés à mourir ici, je tiens à ce que tu saches que je n'aurais pas rêvé meilleure codétenue que toi.

Le cœur de Maddie se serra.

— Merci, c'est gentil. Et... c'est réciproque.

Ils restèrent assis un moment sans rien dire. Deux amis heureux d'être ensemble.

— Tu étais très puéril, toi aussi, tu sais, murmura-t-elle enfin. Cette façon que tu avais de me taquiner tout le temps, quand nous étions plus jeunes...

— Mais tu savais pourquoi, non ?

— Parce que tu étais un monstre ?

— Je pensais que c'était évident. Les garçons taquinent toujours les filles qui leur plaisent, dit-il en lui donnant un petit coup d'épaule. Ils leur volent leur châle et les enferment dans leurs jupes.

Elle leva la tête et le regarda.

— Tu as fait ça parce que je te plaisais ? À d'autres ! Tu aimais me rendre la vie impossible, voilà tout.

Le sourire un peu gêné de Gryff lui fit battre le cœur.

— Je reconnais que je cherchais à te faire réagir. Parce que, de ta part, je préférais la colère à l'indifférence. Même la haine aurait signifié que tu pensais encore à moi. Savoir que je réussissais à te mettre en colère, quel plaisir ! Bien sûr, ensuite, j'ai cherché un moyen de canaliser cette passion. J'ai passé beaucoup trop de temps à imaginer que je t'embrassais.

Maddie secoua la tête.

— J'ai toujours cru que tu me détestais.

Il la regarda, amusé et compatissant à la fois. Puis il se pencha vers elle et la prit par le menton pour la forcer à lui faire face. Il y avait une telle intensité dans son regard qu'elle en sentit la flamme partout en elle.

— Maddie, murmura-t-il d'une voix si grave qu'on eût dit un grognement.

Elle sentit son corps tout entier vibrer. Son cœur se mit à cogner dans sa poitrine, et au creux de son ventre, une pulsation puissante répondit à ses battements.

Le pouce de Gryff suivit son menton, lui caressa la joue et glissa sur ses lèvres pour s'arrêter à leur commissure. Le monde de Maddie s'arrêta de tourner.

— Voilà à quel point je te déteste.

37

Leurs lèvres se trouvèrent. Bientôt, la tendresse de leur baiser fut balayée par la passion. Maddie noua les bras autour du cou de Gryff, s'offrit à lui, affamée. Leurs langues s'enlacèrent.

Il la prit par la taille, lui arrachant un gémissement de gratitude. C'était là le réconfort qu'elle avait tant espéré depuis l'instant où elle avait repris conscience dans l'obscurité de la grotte et compris qu'ils étaient prisonniers. Ce contact humain, cette chaleur, la preuve qu'elle était encore en vie.

Il l'embrassa avec une ferveur qui la laissa à bout de souffle. Sa langue la parcourait, la dégustait comme on déguste une boule de glace chez Gunter. Sans se soucier des cailloux qui lui mordaient les genoux à travers ses jupes, elle se redressa, glissa les mains dans ses cheveux, lui intimant d'un simple soupir l'ordre de continuer.

Il resserra son étreinte, la plaqua contre lui. Elle voulait être sur lui, comme elle l'avait fait dans la bibliothèque ; elle voulait ses caresses partout, voulait sentir sa peau. Ses mains glissèrent sous la chemise de Gryff, remontèrent le long de son dos, goûtèrent sa chaleur et la fermeté des muscles qui roulaient sous ses paumes.

Sans quitter ses lèvres, il poussa un grognement. Elle s'enhardit et explora l'étonnant relief de son abdomen, avant de remonter sur sa poitrine. Il était si chaud ! Du bout des doigts, elle effleura ses mamelons.

Il s'écarta en jurant à mi-voix.

— Bon Dieu, Maddie. Il faut qu'on arrête, là.

Ils avaient tous deux le souffle court. À la lumière de la bougie, elle vit que ses pommettes avaient rougi. Leur baiser faisait encore briller ses lèvres. Elle se pencha pour les goûter de nouveau, impatiente, mais il la retint.

Il leva les yeux, comme s'il priait le Ciel de lui donner de la force, puis posa son front contre celui de Maddie.

— Jamais je n'aurais imaginé dire cela un jour, mais nous ne pouvons pas faire ça. Pas ici, en tout cas, dit-il avant de se redresser, une main sur la nuque de Maddie, comme s'il cherchait à y imprimer sa sincérité. Crois-moi, rien, absolument rien ne me plairait plus que de faire l'amour avec toi, mais nous ne pouvons pas faire ça ici, sur le sol rocailleux d'une foutue grotte. Une première fois mérite beaucoup mieux.

Mais Maddie se sentait soudain prête à tout. Ils n'avaient que très peu de chances de s'en sortir vivants, et si elle devait mourir, il n'était pas question qu'elle meure encore vierge.

Glissant la main dans les cheveux de Gryff, elle se pencha vers lui. Gentleman comme il l'était – avec elle, en tout cas –, il refuserait sans doute de lui accorder cette dernière volonté pour le moins immorale. Mais qu'avait-elle à perdre à le lui demander ?

— Tu as raison. Je ne devrais pas perdre ma virginité ici. Mais c'est peut-être ma seule chance, murmura-t-elle en suivant le dessin de ses lèvres du bout de la langue. Le lieu n'a pas d'importance. C'est celui avec qui on le fait qui compte. Et puis, j'ai besoin que tu me sauves des dragons.

— Quoi ?

— Tu as dit que les dragons n'aimaient que les vierges. Fais ce qu'il faut pour qu'ils se détournent de moi.

Elle le sentit se figer lorsqu'il comprit ce qu'elle voulait dire.

— Quoi ? répéta-t-il.

— Tu m'as très bien entendue.

— Tu plaisantes ?

— Je t'assure que non, répondit-elle en se mettant à califourchon sur lui.

Elle sentit aussitôt son érection contre son ventre. Il la désirait. Elle, Maddie Montgomery ! Pas une de ces filles sophistiquées de Londres. Pas une demi-mondaine experte en la matière. *Elle.*

C'était un miracle presque aussi difficile à croire que son « coup de foudre », mais il n'était pas question qu'elle hésite. Elle le désirait, elle aussi.

Il l'embrassa avec fougue, avant de la repousser délicatement. Elle allait protester, le *supplier*, quand elle vit son expression.

— Tu te rends compte que c'est un endroit absolument impossible ? grommela-t-il. Tu ne peux pas attendre d'un homme qu'il soit au mieux de sa forme dans de telles conditions.

Elle se mordit la lèvre, hésitant entre s'excuser et éclater de rire.

— Je sais que ce n'est pas l'idéal, mais je me disais qu'un homme doté de ton… expérience… serait peut-être capable de surmonter ces difficultés.

Il poussa un soupir exaspéré.

— Bon Dieu, Maddie, tu n'aurais pas pu me demander de faire ça dans un endroit moins... humide ? Une chambre. Ou une bibliothèque. On aurait fait ça tellement bien dans ma bibliothèque !

La promesse qui résonnait dans sa question lui fit battre le cœur de plus belle.

— Je m'en rends compte maintenant. Mais... c'est ici que nous sommes.

— Tu le veux vraiment ?

— Vraiment.

Il parcourut son visage d'un regard affamé, et elle perçut dans ses yeux l'instant précis où il céda. L'excitation pulsa dans ses veines.

— Bon. Il ne sera pas dit que j'aurai refusé de l'aide à une demoiselle en détresse.

En quelques gestes, il avait retiré sa veste pour l'étendre sur le sol, puis sa chemise.

Maddie retint un petit cri d'admiration devant son torse musclé. Il était magnifique, tout en puissance et en souplesse.

Avec la même urgence que lui, elle se débarrassa de sa sacoche, retira sa veste, mais se figea lorsqu'il saisit les pans de son chemisier pour les sortir de sa ceinture. Il le déboutonna ensuite, avec une lenteur insupportable, sans la quitter des yeux, la dévorant d'un regard plus brûlant et plus affamé à chaque bouton.

Seigneur, ils allaient vraiment le faire !

Lorsqu'il dénuda ses épaules, révélant son pansement, elle retint un petit cri.

Il se pencha et l'embrassa dans le cou.

— Ça, c'est le genre d'archéologie qui me plaît. Retirer une couche après l'autre jusqu'à découvrir le trésor qui se cache en dessous.

Ses doigts trouvèrent les rubans de son corset, et elle sourit lorsqu'il s'emberlificota dedans.

Repoussant ses mains, elle se délaça elle-même. Son corset glissa, dévoilant sa chemise de linon.

Gryff ne lui laissa pas le temps de se sentir nue. Déjà, il reprenait ses lèvres. Elle ferma les yeux, glissa les mains dans ses cheveux et s'abandonna aux délices de leur étreinte. Lentement, elle s'allongea, et il l'imita, s'étendant à côté d'elle. Elle laissa courir ses mains sur ses bras, sur son torse, avec le sentiment que jamais plus elle ne pourrait se passer de cette douceur.

Lorsqu'il fit tomber sa chemise de linon autour de sa taille et prit son sein dans le creux de sa main, elle frissonna de plaisir. Il lui était difficile de voir son visage dans la pénombre, mais quand il se redressa sur un coude pour la regarder et qu'il reprit la parole, il y avait de l'adoration dans sa voix.

— Maddie… Tu es absolument parfaite.

Du pouce, il effleura la pointe de son sein, puis se pencha pour la prendre entre ses lèvres, et Maddie se sentit fondre. Frissonnant sous la caresse de sa langue, elle se cambra, s'offrant tout entière sans la moindre honte.

— Magnifique, l'entendit-elle soupirer.

38

Gryff cherchait une logique à cet enchaînement d'événements, cherchait une raison de ne pas faire ce qu'ils faisaient, mais le parfum enivrant de Maddie l'empêchait de réfléchir. Le désir qu'il contenait depuis si longtemps contre-attaquait avec plus de force que jamais, comme s'il se vengeait. Le sang battait à ses tempes, obscurcissant tout sauf elle.

Il prit sa bouche comme un homme assoiffé face à un verre d'eau providentiel. Elle n'était que nectar. Ambroisie. Il savait déjà que jamais il ne s'en lasserait. Il mordilla sa lèvre inférieure, puis plongea jusqu'à sa langue, s'y frotta, s'en délecta. Elle ferma les poings dans ses cheveux, bougea contre lui, l'embrasa un peu plus de son innocente ardeur.

Il lui sembla que son cœur allait exploser. Il repensa au jour où, descendant de la colline, il l'avait aperçue sur le pont, au moment où il l'avait embrassée pour la première fois. Tout avait semblé parfait, alors. Pourquoi ne l'avait-il pas ramenée à Trellech Court, où il lui aurait fait l'amour pendant une semaine au moins ?

Parce que tu es un imbécile, voilà pourquoi.

Il aurait aimé lui apprendre tant de choses. Tant de choses qu'ils ne pourraient jamais faire. Il aurait voulu lui faire l'amour dans son lit, dans un champ de blé, sous les étoiles. Dans des dizaines d'autres lieux. Mais rien de tout cela n'arriverait. Il n'y avait que cet instant. Cette femme.

Puisqu'ils n'auraient que cela, il ferait en sorte que ce soit magnifique.

Chaque instant avec elle comptait plus que tout le reste.

Il inspira profondément, refusant de brusquer les choses. Maddie était là, contre lui, telle une déesse païenne, les cheveux épars autour de son visage. La lumière de la bougie projetait son ombre vacillante sur la courbe de ses seins et dansait sur les lignes de sa gorge.

Il avait imaginé ce moment des milliers de fois.

Avant chaque bataille, quand il croyait ne plus pouvoir avancer, il s'était laissé aller à cette rêverie. Elle l'avait nourri toutes ces années, et il s'était juré, s'il survivait, de rentrer en Angleterre et de faire l'amour à Maddie Montgomery jusqu'à ce qu'ils voient tous les deux des étoiles.

Y avait-il vraiment cru ? C'était un rêve impossible, vers lequel il s'était tourné pour tenir dans les pires moments. Mais aujourd'hui, ce rêve se réalisait, et la réalité faisait les choses mille fois mieux que sa pauvre imagination.

Troublé, il regarda sa main brunie par le soleil se poser sur la poitrine de Maddie, couvrir un sein à la peau claire. Elle le regardait faire, les yeux mi-clos, le souffle court, à la fois circonspecte et confiante.

Sa peau était douce, si douce…

Dans ses fantasmes, il la séduisait avec les vers raffinés des poètes gallois. Mais la poésie de ses ancêtres l'avait abandonné. Il ne pensait plus qu'en injonctions.

Posséder. Ravir. Satisfaire.

Il se pencha, l'embrassa, et tous ses sens s'imprégnèrent d'elle. Ses mains coururent sur ses flancs, ses hanches, perçurent la cambrure de ses reins, descendirent plus bas encore, jusqu'à l'ourlet de ses jupes, pour mieux remonter sur la soie qui couvrait ses mollets. Elle se tendit lorsqu'il dépassa sa jarretière et s'attarda sur le haut de ses cuisses, et serra les poings dans ses cheveux quand sa main se faufila entre ses jambes et trouva la fente de sa culotte.

Il effleura sa toison intime et glissa un doigt entre les plis veloutés de son sexe, exactement comme il avait rêvé de le faire dans la bibliothèque. Elle poussa un faible gémissement.

Elle était humide. Prête pour lui. Elle se cambra, enfonça les ongles dans son bras et tressauta lorsqu'il la caressa.

— Oh !

Il avait la gorge sèche, brûlante. Lentement, il la parcourut, savourant la façon dont elle bougeait contre lui. Il avait le cœur battant, n'était que désir et anticipation.

— Ooooh… C'est incr… Continue ! souffla-t-elle.

Il glissa son doigt en elle, doucement, savoura la chaleur qui l'accueillit. Elle poussa un petit cri, referma les bras autour de son cou, tenta de se redresser, de s'éloigner, sans vraiment savoir ce qu'elle voulait.

Alors il lui montra. Il s'introduisit plus loin en elle et, pour qu'elle comprenne ce qu'il voulait faire, entama un lent mouvement de va-et-vient. Il la sentit se contracter autour de son doigt, oublier ses inquiétudes et venir au-devant de sa caresse pour atteindre l'extase qui mettrait fin à ses tourments.

Du pouce, il effleura la petite perle au sommet de son sexe, lui arrachant un cri de plaisir. Plaquée contre lui, elle se raidit, avant de fondre et de s'abandonner. Il retira sa main et la serra dans ses bras.

— Seigneur, souffla-t-elle, le visage blotti dans son cou. Jamais je n'aurais cru…

Gryff sourit en entendant son émerveillement.

— Ce n'est pas tout. Laisse-moi te montrer.

Il partit à la découverte de son corps, déposant au passage une kyrielle de petits baisers, et ne s'arrêta que lorsque ses larges épaules furent calées entre ses cuisses. Là, après un dernier regard d'adoration, il se pencha et la goûta du bout de la langue. Elle se cambra violemment, manquant de le déloger, mais il passa un bras autour de sa cuisse et lui fit plier le genou pour être plus à son aise.

— Laisse-moi faire. Tu vas aimer ça, je te le jure.

Elle céda dans un soupir tremblant.

Il la lécha lascivement, en prenant son temps, et son goût exquis lui fit tourner la tête. Trouvant son bouton de nacre, il joua avec à petits coups de langue, puis glissa deux doigts en elle, savourant chaque gémissement enfiévré que ce traitement arrachait à Maddie. Elle avait refermé les poings dans ses cheveux et serrait fort. C'était douloureux, mais Dieu que cette douleur était douce !

— Gryff !

Son nom sur ses lèvres était la plus délicieuse des suppliques. Elle se raidit, les spasmes de l'orgasme la secouèrent, et une satisfaction profonde s'empara de lui. Mais son cœur battait toujours à tout rompre, pulsait jusque dans son membre en érection. D'une main, il défit son pantalon et empoigna son sexe, avant de s'allonger au-dessus d'elle. Elle était encore pantelante, le regard brumeux, mais elle se redressa pour l'attirer vers elle et l'embrasser. Il eut soudain peur de l'écraser – elle lui semblait si fragile, si petite. *Si précieuse*.

Cette dernière image le freina, tout à coup. Il devait absolument aller plus lentement. Elle était vierge, bon sang ! Qu'est-ce qu'il lui prenait de la posséder sur le sol comme une vulgaire prostituée de Vauxhall ?

— Continue, souffla-t-elle, comme si elle avait senti son indécision. Ne t'arrête pas. Pas maintenant.

Son ton suppliant eut raison de ses dernières hésitations. Il se cala entre ses cuisses, et l'extrémité de son membre glissa entre les plis trempés de son sexe, s'arrêta à l'entrée de son intimité. D'un petit coup de reins, il se força à la pénétrer lentement, alors qu'il aurait voulu plonger en elle et ne plus jamais s'arrêter. *Jamais*.

Elle ouvrit de grands yeux en sentant qu'il entrait en elle. Il prit ses lèvres, plus affamé que jamais, et crut défaillir de plaisir quand elle se détendit et l'accueillit, l'accepta. Elle bascula le bassin, et il entra plus loin encore, puis attendit sa réaction sans bouger.

Elle lâcha un long soupir tremblant. Il se prépara à ce qu'elle lui demande de se retirer, mais elle agrippa ses épaules.

— Alors c'est comme ça que tu me détestes ? murmura-t-elle, à la fois étonnée et provocatrice.

Il sourit, surpris. La petite effrontée.

— Déteste-moi encore.

Un sentiment de puissance et d'euphorie s'empara de lui. Pour la punir de son insolence, il plongea en elle d'un coup de reins et se délecta de son expression de surprise.

Il avait tant de choses à lui montrer…

39

Le corps de Maddie ne lui appartenait plus. Elle bougeait, mue par son instinct, soulevant le bassin pour tenter de retrouver les merveilleuses sensations auxquelles l'avait amenée Gryff avec ses mains et sa langue. Le sentir en elle était à la fois étrange et parfait. C'était si bon. Chaque va-et-vient la faisait frissonner d'un plaisir qui courait jusqu'au bout de ses membres.

Elle voulait connaître de nouveau ce sommet, l'appelait de tout son être, de chaque souffle, à mi-chemin entre l'agonie et le plaisir. Plantant les ongles dans les épaules de Gryff, elle l'encouragea en silence, mais alors qu'elle sentait la vague sur le point de l'emporter, il se figea et baissa la tête.

— Pourquoi t'arrêtes-tu ?

Il avait terminé ? Non, c'était impossible – elle le sentait encore en elle, dur, conquérant.

Il poussa un grognement, comme un homme cloué au pilori.

— Merde. Je n'ai pas de capote.

— Quoi ?

— Pour éviter de te faire un enfant.

Oh. La déception de Maddie était immense.

— Donc nous devons… nous arrêter ?

Il redressa le buste, et ce changement de position le fit glisser plus loin encore en elle, leur arrachant à tous les deux un petit cri de surprise. Gryff posa son front contre celui de Maddie, et elle le sentit trembler. Il luttait pour se retenir.

— Non, nous ne sommes pas obligés. Je peux me retirer avant, dit-il. Est-ce que tu me fais confiance ?

Maddie ne comprenait pas exactement ce qu'il voulait dire, mais elle n'avait pas envie qu'il s'arrête.

Était-ce parce qu'ils avaient frôlé la mort ? Elle ressentait au plus profond de son être le besoin primaire d'aller jusqu'au bout. Mais il y avait autre chose, elle en était certaine. Elle avait toujours voulu cela, avant même de savoir ce qu'elle désirait. Et elle avait confiance en lui. Elle ne lui confiait pas seulement son corps, elle lui confiait sa vie.

Délicatement, elle écarta une mèche de cheveux du front de Gryff.

— Continue.

Il poussa un soupir de soulagement et sourit.

— Comme madame voudra.

Lentement, il se remit à bouger en elle, avec l'expression de celui qui sait ce qu'il fait et tire une grande satisfaction du plaisir qu'il donne.

Il aimait titiller, agacer, provoquer, et pratiquait son art sans la moindre honte.

Elle adora cela.

Avec des gestes mesurés, précis, il prit sa jambe, l'enroula autour de sa taille et plongea de plus belle en elle. Ses mouvements étaient lents, profonds, implacables. Elle sentit monter la vague de l'extase et ne put rien faire d'autre que de s'y abandonner.

Les yeux fermés, elle n'était plus qu'une boule de sensations. Elle l'embrassa, savourant son goût. Il glissa une main entre eux, et un nouvel orgasme la cueillit. Les étoiles explosèrent derrière ses paupières closes tandis que le plaisir la secouait tout entière et que son âme s'embrasait.

Vidée de toute énergie, elle revint peu à peu à la réalité, vaguement consciente du poids de Gryff sur elle, de sa tête au creux de son cou. Il poussa un gémissement étouffé, passionné. Il n'était plus qu'énergie, allait et venait en elle avec toute la puissance dont il était capable. Dans un cri ultime, il se retira et se répandit sur son ventre, à son tour secoué par l'extase. Puis un soupir monta du plus profond de son âme, et il se laissa tomber sur elle, inerte.

Malgré son corps qui l'écrasait, Maddie sourit de le voir soudain vulnérable – cela ressemblait si peu au Gryff qu'elle connaissait ! Elle aima l'idée d'avoir réduit cet homme magnifique à l'état de créature épuisée, et ce sentiment de pouvoir se mêla en elle à une sensation de complétude que jamais elle n'avait éprouvée.

Elle glissa la main dans ses cheveux et le caressa comme on caresse la tête d'un enfant. Elle était comblée, et tous ses sens vibraient encore d'émerveillement.

Quelques instants passèrent, puis Gryff sembla reprendre ses esprits. Il roula sur le côté, et en sentant l'air frais sur sa peau nue, Maddie regretta aussitôt la chaleur de son corps. Elle chercha quoi dire, mais toute pensée lui échappait.

— Bon Dieu…, murmura-t-il.

Lui aussi paraissait à court de mots. Elle eut un petit rire.

— Tu l'as dit…

Ce qu'elle venait de ressentir avec Gryff allait au-delà de tout ce à quoi elle s'était attendue, de tout ce qu'elle avait pu imaginer. Un véritable feu d'artifice avait explosé dans ses veines. L'odeur de Gryff imprégnait encore ses narines, son corps magnifique était à côté d'elle, et jamais, jamais elle ne s'était sentie aussi en sécurité, aussi rassasiée.

Aussi... heureuse.

Ce qui était ridicule, dans la mesure où ils étaient toujours coincés dans cette grotte.

Mais au moins était-elle à l'abri des dragons.

Elle s'efforça d'éprouver des regrets, sans y parvenir. Aux yeux de la bonne société, elle était désormais déshonorée, mais franchement, elle s'en moquait. Que valaient les convenances face à des questions de vie et de mort ?

Gryff la regarda et eut un sourire contrit.

— Bon, ce n'est pas faute d'en avoir envie, mais nous ne pouvons pas rester là. Allez, viens.

Il s'assit et chercha sa chemise. Elle le regarda faire, trop fatiguée pour bouger. La lumière de la bougie éclairait ses épaules musclées, ses bras, son torse, et la gorge de Maddie se serra devant tant de beauté. Cet homme était une ode à la perfection masculine, qu'elle contempla avec une admiration non déguisée.

Il trouva un mouchoir dans la poche de sa veste et s'en servit pour essuyer le ventre et les jupes de Maddie, qui s'assit à son tour. Elle avait le sentiment de sortir d'un rêve. Sa nudité, les rochers, sous elle, et le lointain clapotis de l'eau se frayèrent lentement un chemin jusqu'à son esprit.

Tandis que Gryff rajustait son pantalon, elle remit sa chemise et lissa ses jupes.

Comment faisaient les dames de la bonne société en pareilles circonstances ? Comment devait-elle se comporter ?

Un élan de jalousie l'étreignit. Gryff, lui, avait sans doute connu ce genre de situation de nombreuses fois, alors qu'elle avançait dans l'inconnu.

Elle finit de se rhabiller et se leva. Quand elle voulut se mettre un peu à l'écart, pour se ressaisir, Gryff lui prit le menton et la força à le regarder.

— Ne joue pas les timides avec moi, Maddie. Partout, tout le temps, des gens font la même chose que nous. Il n'y a pas de honte à avoir.

— Je n'ai pas honte. Je… réfléchissais, c'est tout.

— C'est encore pire, dit-il avec un sourire en coin.

Il lissa les revers de la veste de Maddie, comme un officier inspectant ses troupes, et hocha la tête d'un air satisfait. Puis il se pencha et déposa un baiser léger sur ses lèvres.

— C'est bien, sergent. Vous voilà paré à toute éventualité.

Elle avait encore le cœur battant, mais parvint à répondre d'un hochement de tête. Peut-être avait-il raison. Une fois que l'on avait fait l'amour avec Gryff Davies, on pouvait survivre à tous les cataclysmes.

40

Gryff se retourna vers la veine d'or qui traversait la roche.

— Bon, je propose qu'on essaie de creuser un peu pour voir s'il est possible d'en rapporter des morceaux. Autant ne pas revenir les mains vides.

À eux deux, ils réussirent à extraire une poignée de pépites, de la taille d'un petit pois à celle d'une bille. Maddie les rangea soigneusement dans sa boîte à briquet, puis leva un regard interrogateur vers Gryff.

Du bout de sa botte, il tapota l'eau et observa les rides qui s'éloignèrent de la rive.

— Aurais-tu un morceau de papier ? Ou un ruban ? Quelque chose qui flotte.

Elle lui tendit l'emballage d'un bonbon à la menthe. Il le jeta à la surface, et ils le regardèrent dériver lentement. Quelques instants s'écoulèrent, puis le petit morceau de papier blanc prit un peu de vitesse et s'éloigna vers la gauche.

— Ah ! s'exclama Gryff d'un air satisfait. J'en étais sûr. Il y a du courant. Ce qui signifie que cette eau, là, vient de quelque part et va quelque part.

— Il est possible qu'elle descende encore plus profondément, remarqua Maddie avec circonspection, en le voyant suivre le papier avec autant d'attention. Nous pourrions finir aux enfers.

— Nous y sommes déjà, lança-t-il par-dessus son épaule. En ce qui me concerne, je suis pratiquement certain que l'enfer est d'avoir à portée de main une femme magnifique et un tas d'or sans pouvoir faire ce que je voudrais ni avec l'une ni avec l'autre.

Le morceau de papier s'était approché de la paroi de la grotte. Il se mit à tourbillonner, formant des cercles de plus en plus petits. Quelques instants plus tard, il disparut, entraîné sous la surface par quelque force invisible.

Gryff tendit la main en direction de Maddie.

— Tu en as un autre ?

Le deuxième papier de bonbon suivit le même chemin que le premier.

— Bien. Il y a donc une sortie par là, conclut Gryff. Il doit y avoir une galerie sous l'eau. Mais je n'ai pas tellement envie d'essayer. Et toi ?

— Moi, pas du tout.

Il revint sur leurs pas, franchit de nouveau le passage par lequel ils étaient entrés dans la grotte. Maddie le suivit et marqua l'endroit d'une grande croix à la craie. Ils contournèrent ensuite le lac par l'autre côté. Juste après un affleurement rocheux, Gryff s'arrêta.

— Le lac est moins profond ici. Et regarde.

Sans se préoccuper de ses bottes, il avança dans l'eau en direction d'une large voûte marquant l'arrivée d'une galerie qui alimentait probablement le lac.

— On va remonter ce cours d'eau, dit-il. Ce n'est pas profond, et le courant est faible. Viens.

Maddie baissa les yeux sur la bougie.

— D'accord, mais pas trop loin. Il faudra faire demi-tour assez vite si on ne veut pas se retrouver dans le noir.

— D'accord.

Elle souleva ses jupes, les rentra dans sa ceinture.

— Garde tes bottines. Les rochers sont trop coupants pour des pieds nus.

L'eau était glaciale. Ils remontèrent lentement le long de la galerie. La rivière souterraine semblait en avoir lissé le fond à force d'y couler – depuis des millénaires, peut-être. Il n'y avait plus de concrétions, mais l'eau était de plus en plus profonde.

Maddie finit par en avoir jusqu'aux genoux, et avancer à contre-courant devint difficile. Elle poussa un soupir de frustration. Gryff revint en arrière. Sa main puissante se referma sur la sienne. Elle se sentit plus forte, son pas redevint sûr.

— Nous devrions rebrousser chemin, dit-elle quand elle eut de l'eau jusqu'aux cuisses.

Gryff, lui, n'en avait que jusqu'aux genoux.

— Pas tout de suite. J'aimerais aller un peu plus loin

Elle se sentait gagnée par l'épuisement, savait qu'elle aurait bientôt atteint ses limites. Le froid pompait le peu de force qui lui restait, et elle ne sentait plus ses pieds.

Il s'arrêta devant elle et se pencha en avant.

— Allez, monte. Je vais te porter sur mon dos.

— Quoi ? Pas question !

Il leva les yeux au ciel.

— Je n'arrive pas à croire que tu te préoccupes encore des convenances. Nous sommes coincés dans une grotte. Il n'y a personne pour te juger.

— Ce n'est pas le problème. Je suis trop lourde.

Il la regarda comme pour dire : « Ne sois pas ridicule. » Elle détestait ça.

— J'ai trimballé un paquetage de cinquante kilos sur le dos à travers la moitié de l'Europe et ramené à l'arrière des blessés qui faisaient deux fois ton poids. Allez, monte.

Il posa la bougie sur un rocher et se baissa pour lui faciliter la tâche. Avec un soupir résigné, elle fit glisser sa sacoche dans son dos, posa les mains sur les épaules de Gryff, sauta et noua les jambes autour de sa taille. L'indécence de cette position – son corps ainsi ouvert et plaqué contre celui de Gryff – répandit en elle une vague de chaleur qui fut pour le moins bienvenue.

D'un coup de reins, il la fit remonter un peu pour que ce soit plus confortable, puis passa le bras gauche sous ses fesses afin de la maintenir en place. Dans les veines de Maddie, la chaleur monta de plusieurs degrés.

Tristan l'avait souvent portée ainsi lorsqu'ils étaient enfants, galopant obligeamment à travers le domaine quand elle jouait à être un chevalier sur son fringant destrier. Mais elle n'était plus une enfant, et l'homme qui la portait de la sorte n'était pas son frère.

Elle se sentait soudain vivante des pieds à la tête. Ses seins étaient écrasés contre le dos de Gryff, ses mollets frottaient sur le haut de ses cuisses, et son entrejambe était plaqué contre le creux de ses reins de la manière la plus indécente qui soit. Elle se sentait offerte, et pénétrée par la chaleur de Gryff. Et c'était honteusement bon.

Elle serra les bras un peu plus fort autour de son cou lorsqu'il récupéra la bougie de sa main libre.

— Et voilà, murmura-t-il. C'est parti. Comme à Salamanque[1].

1. Ville d'Espagne occupée par les Français et reconquise en 1812 par les troupes anglo-portugaises, sous le commandement de Wellington. (*N.d.T.*).

Sa voix était plus rauque, plus grave que d'ordinaire, et Maddie sourit. Essayait-il lui aussi d'ignorer ce que provoquait en lui cette proximité physique ? Pour tester sa théorie, elle glissa une main sur son torse, la promena sans honte sur ses pectoraux et retint un rire joyeux lorsqu'il l'arrêta.

— Ça suffit, grommela-t-il. Tu auras tout le temps de me tripoter quand nous serons sortis d'ici. Tiens plutôt la bougie.

Maddie obtempéra, et Gryff glissa les bras sous ses genoux pour mieux la tenir. Ils reprirent leur chemin. L'eau montait désormais jusqu'à la taille de Gryff, et plus la galerie s'étrécissait, plus le courant devenait fort. Bientôt, chaque pas nécessita un réel effort.

— Il faut faire demi-tour, maintenant, dit Maddie. C'est trop profond.

Ses jupes étaient trempées. Lourdes et encombrantes, elles gênaient leur progression. Maddie admirait la force de Gryff, sa détermination, mais vraiment, cela ne servait à rien. Ils devaient rebrousser chemin jusqu'à l'éboulis, sous peine de se retrouver coincés dans le noir.

— Allez, Gryff. Fais demi-tour. Nous n'aurons bientôt plus de bougie.

Un soupir de frustration gronda dans la poitrine de son compagnon.

— D'accord. Tu as gagné.

Il s'arrêta et s'apprêtait à faire demi-tour lorsqu'une brusque montée de l'eau le fit vaciller. Ils tombèrent sur le côté, et la jambe de Maddie heurta un rocher. Elle poussa un cri, de l'eau jusqu'au menton. Le courant devenu violent s'empara de ses jupes, la tirant en arrière comme une voile gonflée d'air. En désespoir de cause, elle s'agrippa à la chemise de Gryff.

Elle sentit ses bras la retenir, mais la bougie heurta la paroi lorsqu'elle tenta de se redresser et tomba dans l'eau avec le plus faible des crépitements.

Ce fut le noir absolu.

— Merde.

À tâtons, Maddie chercha à se redresser, attrapa Gryff par le cou, referma les bras autour de lui, paniquée par l'obscurité.

— Mon Dieu ! Je suis désolée ! Je ne voulais pas…

Il la serra contre lui en retour.

— Chut. Tout va bien. Je te tiens.

Son assurance, son calme firent retomber la panique qui l'avait saisie. Ils restèrent immobiles, tentant de s'adapter à cette nouvelle situation. Par-dessus le bruit de l'eau résonnait leur respiration haletante.

— Bien. Réfléchissons. La situation n'est pas idéale, je le reconnais, dit Gryff.

Maddie réprima un rire de désespoir. Elle adorait son sens de l'humour, même dans la pire des situations. Avait-il réagi avec le même pragmatisme pince-sans-rire pendant la guerre ?

— Je vais me retourner pour me mettre face à toi. Accroche-toi bien.

Il s'exécuta, la faisant d'abord glisser sur sa hanche, comme une mère porterait son enfant, puis l'amenant face à lui. Maddie crocheta ses chevilles dans son dos. Sentir l'étau de ses bras autour de sa taille la soulagea. Elle n'avait plus de force, mais ce n'était plus important.

Il la tenait. Il ne la lâcherait pas.

Leurs joues s'effleurèrent lorsqu'il ajusta sa position, et elle posa le menton sur son épaule.

Voilà. C'était la fin. Ils ne retrouveraient pas leur chemin dans l'obscurité, même jusqu'au lac.

Un calme étrange la gagna. Elle acceptait la situation. La chance n'était plus de leur côté. Ils allaient mourir de froid avant de mourir de faim. Ou se noyer.

Au moins ne mourrait-elle pas seule.

Gryff renversa la tête et fixa l'obscurité, sans pour autant desserrer son étreinte. Il sentit la joue de Maddie glisser contre la sienne, et à la façon dont son souffle réchauffa ses lèvres, il comprit, même s'il ne la voyait pas, qu'ils étaient face à face. Leurs visages s'effleurèrent lorsqu'elle tourna la tête pour prendre ses lèvres, apparemment enhardie par l'obscurité.

— Tu me tues, Maddie, souffla-t-il.

Ses deux petits seins parfaits étaient plaqués contre son torse, et l'arrondi de ses fesses occupait ses mains. Son membre se réveilla, complètement insensible à l'eau glacée et au fait qu'ils venaient de faire l'amour. Gryff s'adossa à la paroi. Ses jambes menaçaient de flancher.

Ce serait si facile, bon Dieu. Si facile. Elle avait déjà les jambes autour de sa taille. Se défaire et la pénétrer serait l'affaire d'un instant à peine. Chaleur et perfection…

Le bout de son sexe buta contre les fesses de Maddie. Il la laissa glisser lentement sur lui, pour mieux l'exciter. Elle frissonna. D'un mouvement rapide, il s'écarta, et son membre se logea entre eux, d'abord contre son bas-ventre, puis plus bas, entre ses cuisses. Maddie avait le souffle court, et malgré la situation, Gryff en tira une vraie satisfaction.

Comme il aurait aimé la voir et saisir son expression en cet instant !

— Non, dit-il enfin d'un ton ferme. La prochaine fois que nous ferons l'amour, Maddie Montgomery, ce sera en plein jour, et nous serons nus, pour que je puisse te voir tout entière et me repaître de ta beauté. Je n'ai pas survécu aux pires batailles en France et en Espagne pour venir mourir dans cette misérable grotte. Nous allons sortir d'ici. Et, une fois dehors, je te ferai la démonstration pratique de tous les mots que Johnson a jugé bon d'exclure de son fichu dictionnaire. C'est bien clair ?

Il sentit sans le voir son hochement de tête approbateur.

41

Maddie poussa un long soupir résigné et s'écarta légèrement pour tenter de saisir l'expression de Gryff dans l'obscurité, tout en sachant que son effort était vain. Vain, vraiment ? « Pas tant que ça », se dit-elle en plissant les yeux. Car elle distinguait son visage, tout à coup. Oui, elle en percevait le contour.

Persuadée de se faire des idées, elle secoua la tête, mais non, elle n'avait pas la berlue. Le trait saillant des pommettes, la ligne du menton…

— Gryff, murmura-t-elle. Je te vois.

Il répondit d'un grognement.

Elle regarda par-dessus son épaule, plus loin dans la galerie, et distingua, dans une très légère gradation de gris, la voûte qui les surplombait.

— Il y a comme un halo de lumière. Là-bas.

Il se retourna.

— Tu vois ? C'est plus clair dans cette direction, non ?

Il ne répondit pas, se mit simplement à avancer. L'eau montait de plus en plus, et bientôt Maddie se sentit portée par le flot. Gryff peinait dans le courant, aussi desserra-t-elle les jambes et les laissa-t-elle flotter.

— Attends, dit-elle. Je sais nager, ce sera plus pratique. Il faut juste… que je me débarrasse de mes jupes.

Il s'arrêta et la prit par-dessous les bras, la tenant fermement pendant qu'elle déboutonnait sa jupe et ses jupons alourdis par l'eau. Elle avait les doigts engourdis par le froid et claquait des dents, mais son envie de revoir la lumière était plus forte que tout. D'un coup de pied, elle se débarrassa de ses vêtements et sentit le courant s'en emparer aussitôt pour les emporter.

Elle n'avait plus que sa culotte et sa chemise de corps, qui descendait jusqu'à ses genoux, mais ses jambes étaient libres de leurs mouvements.

— C'est mieux. Allons-y.

Gryff la lâcha progressivement, s'assurant qu'elle pouvait avancer sans son aide, et bientôt elle se lança dans l'eau et nagea la brasse, qu'elle avait apprise enfant. L'eau était glacée, elle avait le souffle court, mais elle fendit l'eau sans un mot en direction du halo de lumière.

Peu à peu, le relief des parois devint plus net et, au détour d'un coude de la galerie, un faisceau de lumière apparut, venant du haut, projetant un cercle à la surface de l'eau. Maddie leva les yeux. Il y avait une ouverture dans la voûte de la galerie.

— C'est un trou !

Gryff la rejoignit. Ils avaient pied.

— C'est mieux que ça, dit-il avec un sourire. C'est un conduit. Un puits.

La lumière était trop pâle pour être celle du soleil. Maddie avait un peu perdu la notion du temps mais, à en juger par la quantité de bougie qu'ils avaient brûlée, ils étaient sous terre depuis plusieurs heures, ce qui signifiait que la nuit était tombée et qu'ils devaient leur salut à la pleine lune et à un ciel dégagé.

Une petite plate-forme rocheuse avançait désormais le long de la paroi. Profitant d'une vague, Gruff s'y hissa, puis aida Maddie à faire de même. Elle s'effondra à côté de lui, se sentant soudain cent fois plus lourde que dans l'eau.

Quelque chose brillait juste à côté d'elle. Elle tendit la main et ramassa une pièce d'argent.

— Regarde ça ! Une pièce de six pence !

Gryff se pencha sur l'eau, qui était d'une clarté remarquable. Maintenant qu'ils surplombaient la rivière souterraine, Maddie voyait tout au fond, à la verticale du puits, des centaines de petits objets brillants – porte-bonheur, pièces de monnaie, colifichets en métal.

— Ils ont été jetés dans le puits pour porter chance, souffla-t-elle, comprenant soudain de quoi il s'agissait. Tu crois que c'est *notre* puits ? Le Puits de Vertu ?

— Tu veux dire Ffynnon Pen Rhys, corrigea Gryff sans réfléchir. Oui, ça se pourrait bien.

Maddie secoua la tête, émerveillée. Quelques jours plus tôt à peine, elle y avait jeté une épingle à cheveux, et son souhait avait été de ne jamais épouser sir Mostyn.

Elle faillit éclater de rire. Ce souhait-là avait indéniablement été exaucé ! Tant de choses étaient arrivées, depuis !

— Mais le puits était à sec, la dernière fois que j'ai fait un vœu, se souvint-elle.

— De toute évidence, il ne l'est plus. Mais son niveau est très bas. Ce qui n'est pas plus mal pour nous, puisque sinon, nous serions sous l'eau. Reste à sortir d'ici, maintenant.

Ils examinèrent le conduit du puits. Il était à peu près aussi large que les épaules de Gryff.

— Dommage que personne n'ait laissé un seau au bout d'une corde, soupira-t-il.

— Tu penses que nous allons pouvoir remonter le long du conduit ?

— Si on arrive à l'atteindre, pourquoi pas ? Ce sera comme monter dans une cheminée. Les ramoneurs le font tout le temps.

Il se remit dans l'eau et avança jusqu'à la verticale du puits.

— Ça vaut le coup d'essayer. Il y a des prises un peu partout.

Il tendit les bras, mais un bon mètre le séparait encore du départ du conduit. Il sauta, sauta encore, tentant d'en agripper le bord intérieur, mais c'était toujours trop haut. Le cœur de Maddie se serra.

— Viens, lança Gryff. Je vais te hisser là-haut. En te mettant debout sur mes épaules, tu devrais pouvoir atteindre le puits. Mais retire ta veste et ta sacoche ; elles risquent de te gêner pour grimper une fois que tu seras dans le puits.

Maddie n'hésita pas. De toute façon, elle devait être ridicule, sans jupe ni jupons, avec simplement sa veste. Elle passa la sacoche par-dessus sa tête, puis retira sa veste trempée et laissa le tout en tas sur la corniche.

Sa chemise de corps était trempée et lui collait à la peau. Les yeux de Gryff se posèrent immédiatement sur les rondeurs mises en relief par le vêtement devenu transparent. Puis il secoua la tête, comme s'il tentait de reprendre ses esprits, et Maddie lui lança un sourire amusé.

Elle n'avait pas oublié ce qu'il lui avait promis. Il lui ferait l'amour en plein jour. Elle ferait en sorte qu'il tienne sa promesse.

À son tour, elle replongea dans l'eau glacée et nagea jusqu'à lui. Il se pencha, les mains croisées pour lui servir de marchepied, comme s'il l'aidait à monter à cheval. Un court instant, lorsqu'elle posa les mains sur ses épaules, ils furent face à face. Elle plongea son regard dans le sien et eut alors la sensation d'être là où elle devait être, au moment où il le fallait.

Était-ce ce que ressentaient les soldats après une bataille ? Cette camaraderie, fruit de l'expérience partagée ? Un torrent d'émotions, où se mêlaient soulagement, gratitude et amour, menaça de la submerger.

« Amour ? s'étonna-t-elle. Vraiment ? » Elle n'avait rien vu venir.

Mais ce n'était pas le moment de réfléchir à cela. Gryff se redressa et la poussa vers le haut. Elle s'appuya sur sa tête et mit un genou sur son épaule. Ils vacillèrent quelques instants.

— Aïe ! marmonna-t-il lorsqu'elle lui tira les cheveux.

Elle avait l'entrejambe juste en face de son visage et se sentit gênée. Pour couper court à son embarras, elle poussa de toutes ses forces sur sa tête et posa les pieds sur ses épaules, comme au cirque. Lentement, en équilibre instable, elle se redressa et posa les mains sur la voûte.

— Est-ce que tu vois une prise à l'intérieur du puits ? haleta Gryff en la maintenant fermement par les chevilles.

Il fit quelques pas sur le côté pour lui permettre de s'introduire dans le conduit. Les parois du puits étaient, Dieu merci, très irrégulières. De nombreuses roches affleuraient, offrant autant de prises. Maddie se hissa un peu plus haut, puis s'adossa à la paroi, posa les pieds en face d'elle et tendit les jambes, établissant une sorte de pont en travers du puits.

— Comment vas-tu faire pour monter ? demanda-t-elle à Gryff.

Elle lui tendit la main, comme si elle voulait le tirer vers le haut, mais il secoua la tête avec un petit sourire.

— Laisse tomber. Je suis trop lourd.

— Mais je ne peux pas te laisser ici !

— Il va pourtant bien falloir, *cariad*. Je compte sur toi pour me sortir de là. Dès que tu seras en haut, fais descendre la corde et le seau.

— Mais…

— Tu es capable de monter, je le sais. Tu n'auras qu'à imaginer que tu escalades les tours de Trellech Court et que tu vas t'introduire dans ma chambre pour exiger que je te rende ton châle. Je l'ai toujours, tu sais.

— Et moi, j'ai ton manteau. Donc nous sommes à égalité.

— Allez, grimpe.

Maddie le fixa d'un regard sévère, soudain consciente du fait qu'elle ne portait que ses dessous et que sa culotte était largement fendue.

— Promets-moi de ne pas regarder pendant que je grimpe.

Étant donné ce qu'ils venaient de faire, sa requête était ridicule, mais on ne se débarrassait pas si facilement de sa pudeur…

Il eut un rire étouffé.

— Promis.

Elle entama son ascension.

42

Le puits faisait une bonne dizaine de mètres de profondeur. Maddie progressait lentement, bras et jambes écartés, tremblant sous l'effet de la tension et de l'effort.

Elle ne cessait de regarder vers le haut, avant tout pour ne pas regarder vers le bas et risquer de prendre peur en imaginant sa chute si elle perdait pied. Au-dessus d'elle, le cercle de lumière s'agrandissait, et cela lui redonnait du courage.

— Continue ! Tu t'en sors magnifiquement !

Les encouragements de Gryff résonnaient depuis le fond du puits.

Mais chaque mouvement était douloureux. Maddie n'avait pas souvenir d'avoir jamais produit pareil effort physique. Elle se concentrait sur chaque prise, l'une après l'autre, centimètre par centimètre.

Lorsqu'elle leva la tête et aperçut la lune, un sursaut d'énergie la traversa.

— Tu y es presque !

Sans se précipiter, elle poursuivit son ascension et, dans un dernier effort, se hissa par-dessus la margelle du puits. Elle resta là un long moment, essoufflée et grelottante.

La pierre couverte de mousse sous sa joue et l'odeur des pins bordant la clairière étaient les deux plus belles choses au monde.

— Merci. Merci ! souffla-t-elle à l'intention de l'univers, saisie d'une bouffée d'euphorie.

Puis elle se mit à quatre pattes et regarda dans le puits. Il faisait trop sombre pour voir quoi que ce soit et, l'espace d'un instant, elle fut prise de panique. Où était Gryff ?

Elle entendit alors son appel résonner dans le conduit.

— Tu y es ? Bravo ! Envoie-moi la corde, maintenant.

Maddie se leva, encore tremblante, et gagna le petit renfoncement où un seau en bois était attaché à une corde. Celle-ci était nouée à un anneau métallique scellé dans la pierre. Maddie en testa la solidité. À force d'avoir été trempées et séchées, les fibres de la corde s'étaient resserrées, semblaient soudées entre elles, et le nœud tenait bon.

Le seau cogna sur les parois du puits lorsqu'elle le descendit. Bientôt, la corde cessa de se balancer. Gryff avait dû l'attraper.

— N'oublie pas ma sacoche ! lança-t-elle.

La corde craqua et se tendit, sans doute sous le poids de Gryff. Maddie pria pour qu'elle ne cède pas. Quelques instants s'écoulèrent et, bientôt, elle l'entendit se hisser le long de la paroi, grimpant beaucoup plus rapidement qu'elle ne l'avait fait.

Quand ses boucles brunes apparurent par-dessus la margelle, elle attrapa l'arrière de sa veste et l'aida à sortir du puits. Il s'affala sur le dos, les bras en croix, tel le survivant d'un naufrage ayant enfin atteint la rive. Il était à bout de souffle, sa poitrine se soulevait à un rythme effréné, mais il poussa un cri de pur bonheur.

— On s'en est sortis ! Merci, mon Dieu, on s'en est sortis ! Plus jamais je ne remettrai les pieds dans une grotte !

Il s'assit en riant, retira la sacoche de Maddie qu'il portait en bandoulière et la posa à côté de lui. Il avait bourré sa veste dedans – les manches dépassaient du rabat.

Il se leva et lui tendit la main. Il était magnifique dans le clair de lune, et Maddie se souvint de toutes les fois où elle avait refusé son aide. Quelle imbécile elle avait été ! Accepter l'aide de quelqu'un de plus fort que soi n'était pas synonyme de faiblesse.

Elle glissa sa main gelée dans la sienne, et il l'aida à se relever. Lorsqu'ils furent face à face, sans réfléchir, elle attrapa sa chemise et l'attira vers elle. Elle avait envie d'un baiser. Elle se sentit défaillir lorsqu'il prit son visage entre ses mains et respecta sa volonté en scellant sa bouche à la sienne.

— Bon Dieu, Maddie. J'ai bien cru qu'on allait mourir au fond de ce trou, reconnut-il d'une voix éraillée.

Il déposa de petits baisers un peu partout sur son visage, ses tempes, ses paupières, et jusqu'au petit creux à la base de son cou, puis il la serra dans ses bras, l'étreignant si fort qu'elle manqua d'air. Mais elle sourit et l'étreignit en retour.

Le hennissement d'un cheval les interrompit. Cela venait de la clairière. Gryff ramassa la sacoche et aida Maddie à gravir les quelques marches qui conduisaient vers le pré. Galahad et Guenièvre attendaient patiemment à l'orée du bois, toujours attachés.

Le cœur de Maddie se serra. De toute évidence, Harriet n'avait pas réussi à revenir jusqu'ici. Elle regarda la lune.

— Quelle heure est-il ?

— Je ne sais pas. Mais, connaissant Rhys, il aura tenté de dégager l'accès à la grotte le plus vite possible. Il faut le prévenir que nous sommes vivants.

— Et si Harriet est encore coincée à l'intérieur ? Ou Morgan ?

Tout l'or du monde ne la consolerait pas si sa cousine avait été tuée.

Gryff serra sa main dans la sienne.

— On va les sortir de là, je te le promets.

Même si tout ce que nous trouvons est un corps sans vie.

Cette éventualité était dans leur esprit à tous les deux, mais Maddie savait que la promesse de Gryff était sincère. Il chercherait avec acharnement. C'était le genre d'homme à refuser de laisser un blessé sur le champ de bataille, ou un soldat, ennemi ou pas, sans sépulture.

Elle frissonna. Il retira sa veste et la posa sur ses épaules. Elle était encore presque sèche, et Maddie la serra autour d'elle, reconnaissante.

— Merci.

Il attacha sa sacoche à la selle de Guenièvre, et ils gagnèrent le chemin.

Maddie grimaça. Chaque pas était un traumatisme pour ses muscles éprouvés. Elle avait une perception nouvelle de son corps, sentait le frottement du coton mouillé sur ses seins et entre ses cuisses, et l'odeur de Gryff sur la veste qui la réchauffait. Elle inspira profondément pour s'en imprégner, comme un fumeur d'opium incapable de se passer de sa drogue.

43

Le petit village de Mathern était en ébullition. Un groupe d'hommes se tenait sur la petite place. De toute évidence, une expédition de sauvetage se montait. Torches et lanternes dansaient un peu partout dans la nuit ; on réunissait du matériel, on sellait des chevaux.

Maddie arrêta Galahad près d'un cottage, un peu à l'écart, et baissa les yeux sur sa tenue pour le moins légère. La veste de Gryff ne cachait pas ses jambes, et on voyait clairement qu'elle était en sous-vêtements. Elle mit pied à terre, et Gryff l'imita.

— Continue sans moi, dit-elle. Je ne veux pas qu'on me voie dans cette tenue.

Gryff acquiesça, puis leva les yeux en direction de l'horloge du clocher.

— Il n'est que 22 h 30.

— Quoi ? Tu veux dire que nous avons passé moins de quatre heures sous terre ?

Des heures qui m'ont semblé être des jours.

Non loin de là se tenait un homme portant la tenue bleue, reconnaissable entre toutes, des douanes. Il était occupé à réquisitionner chevaux et charrettes. Gryff s'approcha.

— Vous, là, ordonna le douanier. Il me faut d'autres charrettes et…

Il reconnut Gryff et se figea, stupéfait.

— Lord Powys ? Bonté divine, vous êtes vivant !

— En effet, capitaine Bridges. Tout comme Mlle Montgomery, dit Gryff en faisant un geste dans la direction de Maddie. Nous avons eu beaucoup de chance.

Voyant le capitaine agiter la main avec enthousiasme pour la saluer, Maddie s'empourpra et se cacha un peu plus derrière Galahad.

— Avez-vous des nouvelles de mes frères ? demanda Gryff.

— Oui. Ils sont tous les deux sains et saufs, même si Morgan a reçu un bon coup sur la tête. Le Dr Williams lui a fait un pansement, mais il a refusé de rester ici. Il est retourné à la grotte pour participer aux recherches.

Cette nouvelle apaisa un peu Maddie. Gryff avait perdu tant d'amis pendant la guerre ! La mort d'un frère aurait été pour lui un coup terrible, difficilement surmontable.

— Et ma cousine ? lança-t-elle. Vous avez des nouvelles ?

— Maddie ? Maddie !

Tous trois se tournèrent, et le cœur de Maddie faillit exploser. Harriet traversait la place en courant malgré ses jupes, et se jeta dans ses bras.

— Harry ! s'écria Maddie, peinant à croire que sa cousine était bien là.

— Seigneur, je t'ai crue morte, Maddie ! Que s'est-il passé ?

Les larmes que Maddie retenait depuis déjà un moment roulèrent sur ses joues. Les mots restaient bloqués dans sa gorge, son cœur battait à tout rompre.

— Nous avons... été... pris au piège, expliqua-t-elle entre deux sanglots. On a réussi à sortir en escaladant le puits.

Harriet la fixa avec des yeux ronds.

— Tu as escaladé un *puits* ? Avec lord Powys ?

— Le Puits de Vertu. Là où nous avions laissé nos chevaux.

— Seigneur !

— Mais toi, comment t'en es-tu sortie ? hoqueta Maddie.

Harriet mima un frisson.

— Brr... Quand cet horrible individu a jeté la lampe, je me suis jetée à terre en me roulant en boule. Quelle explosion ! Je n'avais jamais rien entendu d'aussi fort, j'ai cru que mes oreilles se déchiraient. Quand le calme est revenu, l'entrée principale de la grotte était pratiquement intacte. Les seuls dégâts étaient du côté où tu te trouvais. La galerie était à moitié écroulée. Je t'ai crue morte ! Et lord Powys aussi ! Et Morgan... je le voyais, inconscient, près de l'entrée.

— Qu'as-tu fait ?

Harriet se redressa, prenant la posture qu'elle adoptait lorsqu'elle avait affaire à un client irascible dans la boutique de son père. Celle de la commerçante « à qui on ne la fait pas », disait souvent Maddie.

— Je suis descendue voir s'il était encore vivant, évidemment. Il respirait. Mais il a tout de même fallu que je lui donne une bonne claque pour le ranimer.

Malgré son épuisement, Maddie sourit. Harriet et Morgan jouaient au chat et à la souris depuis toujours. Un peu comme elle et Gryff.

— Je suis sûre que cela t'a fait beaucoup de bien.

— Tu n'imagines même pas. Ce n'est pas si souvent qu'on a le dessus sur un Davies. Cela m'a fait un bien fou.

— Il était gravement blessé ?

— Pff, à peine une égratignure. Cet homme a une chance incroyable. Et le crâne plus dur que du granit. À mon avis, il a neuf vies, comme les chats. Enfin bref, quelques instants plus tard, nous avons entendu lord Powys crier, et même si l'on ne comprenait pas ce qu'il disait, Morgan a été soulagé. Son frère était en vie. Pris au piège, mais en vie. Et moi, je me suis dit que tu devais être avec lui. Cela m'a redonné espoir.

» Dehors, c'était un véritable champ de bataille. Quelques douaniers avaient été blessés, mais les contrebandiers étaient tous ligotés et assis en rang d'oignons sur le sable, à l'exception de leur chef. Lui, je pense qu'il est mort. Il se tenait juste en dessous de la partie de la voûte qui s'est effondrée.

Maddie secoua la tête, triste malgré tout qu'un homme, criminel ou pas, ait perdu la vie. D'une certaine manière, Sadler avait pris les devants : la sentence réservée aux contrebandiers était la pendaison. Avec un peu de chance, les jurés seraient plus cléments avec ses complices. La déportation, c'était toujours mieux que l'exécution.

— J'ai aidé le capitaine Bridges à ramener les blessés au village, continua Harriet. J'étais tellement inquiète pour toi ! Rien qu'à l'idée d'annoncer ce qui t'était arrivé à ton père… Seigneur ! Mais tu sembles à bout de forces. Tu as besoin de repos, et tout de suite.

Avec un sourire en coin, elle se pencha à l'oreille de Maddie et ajouta :

— Et, par égard pour ce que tu as traversé, j'attendrai demain que tu m'expliques pourquoi tu ne portes que des sous-vêtements trempés et la veste de lord Powys.

Les joues de Maddie s'empourprèrent, mais le souvenir de LA nouvelle lui revint soudain.

— Oh ! J'allais oublier ! Nous avons trouvé de l'or ! Un filon magnifique !

— De l'or ? Tu en as rapporté ?

Maddie se tourna vers Gryff, qui discutait avec le capitaine. Sa sacoche était attachée à l'arrière de sa selle.

— C'est lord Powys qui l'a.

— C'est malin ! s'exclama Harriet. Tu peux faire une croix dessus, maintenant !

Son cynisme agaça Maddie.

— Mais pas du tout. Il a promis que nous partagerions, moitié-moitié, et je le crois.

Harriet semblait toujours aussi sceptique.

— Ce ne serait pas la première fois qu'un Davies ne tient pas ses promesses.

Comme s'il avait compris de quoi elles parlaient, Gryff se tourna vers elle, mais un mouvement furtif, derrière lui, attira le regard de Maddie. Une mince silhouette, la tête dissimulée sous une capuche, s'éclipsait en direction d'une ruelle.

Gryff se retourna pour voir ce qu'elle regardait et poussa un cri.

— Hé ! Mais c'est Drake !

Il s'élança en courant. L'individu, qui l'avait entendu, pivota sur lui-même, et Maddie reconnut le visage de sir Mostyn. Il tenta de fuir, mais il était trop lent. Dans un grognement de fureur, Gryff le plaqua au sol.

— Lâchez-moi, espèce de nigaud ! hurla le vieil homme. Je suis juge de paix ! Je vous ferai poursuivre pour agression !

Il agitait les bras et les jambes en tous sens. On eût dit un corbeau fou.

— Ce n'est pas moi qui serai poursuivi, riposta Gryff en le relevant sans ménagement. Nous savons très bien qui est à la tête des contrebandiers.

— Moi ? Vous êtes fou ! Quelles preuves avez-vous ?

Drake se tourna vers Maddie avec un regard implorant.

— Mademoiselle Montgomery. Tout ceci est ridicule. Ne me dites pas que vous croyez à ces infamies !

— J'y crois, déclara fermement Maddie. Tout comme je crois que c'est vous qui avez envoyé des hommes pour faire taire Gryff. Et me faire taire, moi.

Drake secoua la tête.

— Mais si vous êtes réellement innocent, monsieur, vous n'avez rien à craindre, reprit Maddie avec un sourire doucereux. Les contrebandiers vous disculperont dès qu'on les interrogera.

Drake se décomposa un peu plus, si c'était encore possible, et Maddie éprouva un plaisir infini à le voir blêmir. Ce n'était guère charitable, mais c'était si bon...

Le capitaine Bridges s'approcha et prit sir Mostyn par le bras.

— Étant donné la gravité de ces accusations, monsieur, je vais devoir vous placer en détention, j'en ai peur. Avec les autres. Suivez-moi.

Drake se débattit, continua de protester vigoureusement et de clamer son innocence, mais il fut conduit jusqu'au tribunal, un modeste bâtiment auquel plusieurs cellules étaient accolées. Maddie le regarda s'éloigner avec satisfaction et se tourna vers Gryff. Il la fixait avec intensité.

Sa timidité reprit soudain le dessus. Il y avait tant à dire… Mais pas ici, pas en public. Elle avait besoin de réfléchir à tout ce qui s'était passé entre eux, de mettre un peu d'ordre dans ses pensées. Elle fit mine de retirer sa veste pour la lui rendre, mais il secoua la tête et s'approcha.

— Garde-la. Je n'ai pas froid.

Elle hocha la tête en guise de réponse.

— Il faut qu'on parle, murmura-t-il pour qu'Harriet ne l'entende pas. Tous les deux.

D'un geste délicat, il ramena une mèche de cheveux derrière l'oreille de Maddie.

— J'ai promis de te faire l'amour en plein jour, Maddie Montgomery, et j'ai bien l'intention de tenir cette promesse.

Il y avait dans son sourire cette expression que Maddie aimait tant, et pourtant son cœur se serra. La réalité de leur situation reprenait le dessus. Gryff ne parlait pas d'une union sérieuse. Il n'avait pas caché son intention de regagner Londres. Ce qu'il suggérait, c'était une liaison, une série de moments partagés avant qu'il parte retrouver sa vie d'avant.

Imaginer faire l'amour avec lui la transportait, mais être sa maîtresse, un amour de passage voué à rester secret, elle n'en voulait pas. Elle n'avait pas envie de se cacher, de devoir voler quelques moments avec lui, comme Ned et Gwynnie, puis, en public, prétendre qu'elle ne le connaissait pas.

Elle comprit soudain ce qu'elle voulait réellement. Elle voulait tous ses baisers, tout le temps.

Parce qu'elle l'aimait.

Cette révélation lui fit l'effet d'un coup de foudre en plein cœur, la paralysant et l'empêchant de respirer.

À quel moment était-ce arrivé ? Elle n'aurait su le dire précisément. Ce sentiment s'était peu à peu immiscé en elle, l'avait envahie, comme une marée qui monte et se répand. Avec Gryff, elle avait toujours éprouvé des émotions extrêmes, mais ce bouillonnement n'avait jamais été de la haine.

Cela avait toujours été de l'amour.

C'était de l'amour.

Ça alors...

Gryff s'approcha, comme s'il voulait la prendre dans ses bras, mais elle fit un pas de côté. Ils étaient en public, et ses sentiments pour lui étaient trop nouveaux, encore trop à vif. Elle ne pouvait pas s'autoriser le délice de son étreinte. On se faisait trop vite à ce luxe-là.

— Prends Guenièvre, dit-elle à la place, et va retrouver tes frères. Harriet et moi monterons toutes les deux.

Son attitude distante déconcerta Gryff.

— D'accord. Mais nous nous reverrons bientôt.

Elle répondit d'un sourire fugace.

— Je prends les rênes, intervint Harriet. Tu n'en peux plus, c'est évident.

Durant le trajet qui les ramenait à Newstead Park, Maddie tomba dans une sorte d'état second, bercée par le pas du cheval. Une légère brume flottait audessus des prés, telle une couverture cotonneuse, fantomatique. Des gouttelettes d'humidité avaient paré les cheveux d'Harriet d'un voile argenté.

Il était facile de comprendre, devant pareil décor, pourquoi les gens du pays croyaient aux fées et aux esprits. Le clair de lune nimbait tout de nuances de blanc et de noir, conférant au paysage un aspect magique, presque éthéré. Maddie avait l'impression d'être suspendue entre ciel et terre.

Elle tenta de se laisser apaiser par le calme environnant, mais rien n'y fit. Ses pensées refusaient de se calmer. Elle aimait Gryff Davies. Mais qu'en était-il de lui ? « Je ne te déteste pas », ce n'était pas pareil que « Je t'aime ».

Même s'il disait avoir rêvé de coucher avec elle, elle ne devait pas être la première à avoir éveillé son désir. Il voulait refaire l'amour avec elle mais, de toute évidence, jamais il n'avait envisagé quoi que ce soit de durable entre eux.

S'intéresserait-il encore longtemps à elle maintenant que sa curiosité était satisfaite et ses appétits rassasiés ? C'était peu probable.

Elle, en revanche, avait le sentiment que leur histoire aurait un effet durable sur elle, exactement comme le coup de foudre. Simplement, au lieu de cicatrices sur les bras, Gryff Davies laisserait une marque indélébile dans son cœur.

Lorsque Newstead Park apparut enfin au détour du chemin, elle était au bord de l'évanouissement, et l'émotion qui la submergea devant la silhouette familière de la bâtisse lui fit de nouveau monter les larmes aux yeux. Cette maison faisait partie d'elle, était dans chacun de ses souvenirs d'enfance. La vendre lui aurait brisé le cœur.

Il n'y avait pas de lumière à l'intérieur. Son père et les tantes étaient sans doute couchés, ignorant tout des événements de la soirée.

Elle accepta le bras d'Harriet et se laissa guider à travers la cuisine, jusqu'à l'escalier de service. Une fois qu'elles furent dans sa chambre, Harriet lui retira ses sous-vêtements encore trempés, et la seule pensée qui lui vint fut que, pour la seconde fois de la journée, quelqu'un la déshabillait.

Le souvenir de ce qu'elle avait fait avec Gryff réveilla en elle d'agréables sensations, mais l'intensité de sa fatigue l'emporta. À peine Harriet l'eut-elle aidée à passer une chemise de nuit qu'elle se laissa tomber dans son lit et s'abandonna au sommeil.

44

— Continuez à creuser ! Chaque minute compte.

Quelle ne fut pas la fierté de Gryff lorsqu'il entendit la voix de son frère ! La plage fourmillait d'hommes, de chevaux et de charrettes. Il croisa des habitants du village, qui le saluèrent sans le reconnaître – personne ne savait qui on cherchait, juste que des malheureux avaient été pris au piège après une explosion dans la grotte. Dans cette communauté qui vivait depuis longtemps grâce à la mine, tout le monde savait à quel point il était important de faire vite. On redoutait plus que tout l'effondrement d'une galerie ou un coup de grisou.

Il entra dans la grotte. Éclairés par des torches, six ou sept hommes tentaient de dégager le passage, évacuant dans un tombereau les rochers de l'éboulis. On eût dit des titans. Rhys et Morgan étaient là, couverts de terre et de sueur. Morgan avait un pansement à la tête et un bras en écharpe, mais il se démenait comme un beau diable pour déplacer les gravats de son bras valide.

Gryff respira enfin, soulagé. Tout le monde était sain et sauf. Ce sentiment-là, il avait prié pour le connaître après chaque bataille. Avoir la confirmation qu'il n'avait perdu aucun homme, voilà ce qui lui avait apporté du réconfort. Malheureusement, trop souvent, des soldats étaient tombés au champ d'honneur.

— Va dire à quelqu'un qu'il nous faut des cordes et des poulies, cria Rhys. On continuera tant qu'il faudra, jusqu'à ce qu'on les trouve. Vivants ou morts.

— Ça fait plaisir à entendre, dit Gryff avec un petit rire.

— Gryff !

D'un seul mouvement, Rhys et Morgan firent volte-face et coururent vers lui. Il se laissa joyeusement étreindre et taper dans le dos.

— Bon sang ! s'écria Rhys d'une voix étranglée par l'émotion. On s'était presque résignés à ta mort. Morgan était certain de t'avoir entendu crier mais, pour être honnête, je ne le croyais pas. J'étais persuadé que derrière cette montagne de roches, on ne découvrirait rien d'autre que ton cadavre disloqué.

Morgan lui jeta un regard noir, puis se retourna vers Gryff.

— Et la fille Montgomery ? Où est-elle ? demanda-t-il avec empressement. Dis-moi qu'elle était avec toi, s'il te plaît.

— Elle était effectivement avec moi. À l'heure qu'il est, elle est en route pour Newstead Park en compagnie de sa cousine.

Morgan poussa un soupir de soulagement.

— Dieu merci !

— J'ai d'ailleurs appris que tu devais ton sauvetage à sa cousine Harriet, reprit Gryff d'un ton railleur.

— Sauvetage ? Cette folle a failli me casser une dent ! grommela Morgan en posant une main sur sa joue et en bougeant la mâchoire inférieure comme s'il tentait de la remettre en place.

— Mais tu es vivant, quand même, remarqua Rhys en riant.

— Et elle est plus énervante que jamais. Je te jure, un de ces jours, nous en viendrons aux mains, elle et moi.

— Appelle ça comme tu veux...

Rhys se tourna vers l'éboulis et haussa la voix pour que les autres l'entendent.

— Vous pouvez arrêter, les gars ! Nous avons retrouvé notre homme !

Des hourras s'élevèrent dans la grotte, tels les cris de joie d'une armée victorieuse après la bataille.

— Et Sadler, le contrebandier ? demanda Gryff.

— On a déjà retrouvé son corps, répondit Morgan. Ce n'était pas beau à voir. Il a été emporté au village, pour l'inhumation.

Rhys observait Gryff, notant sa chemise sale, son pantalon taché de sang et ses bottes avachies.

— Bon Dieu, on dirait que tu viens de tenir six rounds contre Gentleman Jackson[1]. Allez, rentrons, tu as besoin d'un verre.

Gryff grimaça quand une nouvelle tape dans le dos raviva ses douleurs. Il s'était brisé des côtes, à coup sûr. Et sa jambe le faisait souffrir. Maintenant que cette aventure arrivait à sa fin, il avait l'impression d'être cassé, tordu, blessé de toutes parts. Mais, bizarrement, il n'avait rien ressenti de tout cela en faisant l'amour à Maddie.

En vérité, il n'avait prêté attention à rien d'autre qu'à elle dès l'instant où ils s'étaient retrouvés pris au piège, conscient de chacun de ses trébuchements,

1. Boxeur anglais qui combattait à poings nus, champion d'Angleterre en 1796. Son élégance et ses manières distinguées lui valurent d'être très apprécié de l'aristocratie. (*N.d.T.*)

de ses frissons, de ses soupirs. Il secoua la tête, mais l'image de Maddie, allongée sous lui, était gravée sur ses iris, comme s'il avait regardé le soleil trop longtemps. Il la voyait même lorsqu'il fermait les yeux.

Tout en sortant de la grotte, les trois frères échangèrent remerciements et poignées de main chaleureuses avec tous ceux qui étaient venus les aider. Lorsqu'ils arrivèrent à Trellech Court, Gryff aurait pu aller se coucher et dormir une semaine entière, mais il alla se changer et rejoignit ses frères dans la bibliothèque.

Rhys remplit trois généreux verres de brandy, lui en tendit un et cogna son verre contre le sien.

— Au miracle de ton sauvetage.

Morgan prit son verre et le leva.

— Santé.

— Santé, répondit Gryff, avant d'ajouter à l'intention de Rhys : Tu te voyais déjà comte de Powys, pas vrai ?

Son frère feignit de s'offenser.

— Mais pas du tout ! Être le deuxième fils me va très bien, merci beaucoup. J'ai tous les avantages du nom, et aucun inconvénient. Et puis, figure-toi que certains d'entre nous n'ont pas besoin d'un titre pour avoir les femmes à leurs pieds.

— C'est bien vrai ! confirma Morgan en riant.

Gryff but une longue gorgée, savoura la brûlure du brandy dans sa gorge et la chaleur qu'il répandit dans ses veines. Ce goût lui rappela Maddie et leur baiser sur la plage. Bon sang, penserait-il à elle chaque fois qu'il boirait un verre, désormais ? Cela frisait l'obsession.

Il s'obligea à revenir au moment présent et aux deux hommes assis à côté de lui. Il était profondément reconnaissant de leur présence et regretta que

Carys ne soit pas avec eux. Celle-ci était encore à Londres, faisant à n'en pas douter des ravages parmi ces messieurs de la bonne société.

Dans certaines familles, il le savait, les frères et sœurs se détestaient. Mais les liens qui unissaient les quatre Davies étaient puissants. Il pencha la tête en arrière, contre le dossier de son fauteuil, et but une nouvelle gorgée de brandy.

La vie était belle.

45

Au réveil, Maddie avait mal partout, et l'esprit en ébullition. Que devait-elle faire à propos de Gryff Davies ? Il fallait qu'elle le voie très vite, ne serait-ce que pour récupérer sa sacoche et la moitié de l'or qu'elle contenait.

S'il avait vu juste à propos de sa valeur, la vente de la petite quantité rapportée permettrait à son père de payer ses dettes les plus urgentes. Ensuite, Gryff et lui devraient se mettre d'accord sur la façon dont le filon serait exploité.

Son père allait détester traiter avec un Davies, bien sûr – le projet de canal l'avait déjà démontré –, mais à cheval donné on ne regardait pas les dents. Le manque quasi total de fonds le motiverait suffisamment pour qu'il finisse par pactiser avec le diable.

À la perspective de revoir Gryff, Maddie sentit ses joues rosir et son cœur battre plus fort. Elle jouait avec le feu, elle en avait conscience. Si tentée fût-elle d'avoir une liaison avec lui, elle savait que ce serait une erreur. Elle se connaissait suffisamment pour savoir qu'elle n'était pas capable de passer d'un homme à un autre aussi facilement qu'un papillon volette de fleur en fleur.

Était-elle prête à attendre, à espérer qu'il tomberait amoureux d'elle un jour, à patienter jusqu'à ce qu'il soit prêt à se marier ? Elle n'était pas sûre d'en être capable. Et qu'arriverait-il si elle l'attendait et qu'au bout du compte il tombe amoureux d'une autre ? Elle n'aurait pas la force d'encaisser pareil revers.

Elle poussa un long soupir. Allons, elle n'était certainement pas la première femme à tomber amoureuse d'un homme qui n'était pas pour elle. Elle finirait bien par s'en remettre, tout comme elle s'était remise d'avoir été frappée par la foudre. Pour éviter une rechute, néanmoins, éviter de le croiser semblait conseillé.

Elle le traiterait comme un ami. C'était peut-être lâche, mais une rupture nette serait dans l'intérêt de tous. Quand elle repenserait à ce qu'ils avaient vécu tous les deux, ce serait avec tendresse, et un petit pincement au cœur.

On toqua doucement à sa porte.

— Debout, Maddie ! chuchota Harriet. Ton père veut nous voir tous dans le salon.

Elle se leva, s'habilla prestement et descendit. Lorsqu'elle entra dans le salon, son père agita une feuille de papier dans sa direction.

— Bonne nouvelle ! Tristan est de retour ! En Angleterre, tout du moins. Cela vient de Douvres. À l'heure où je vous parle, il est en route pour Londres.

Tante Constance applaudit, ravie.

— C'est formidable ! Pourquoi n'irions-nous pas tous à Londres pour l'accueillir ? Ensuite, nous pourrions faire une grande fête pour célébrer son retour.

Son père se rembrunit.

— Connie, je te l'ai déjà dit, la maison de Londres doit être vendue. Et nous n'avons pas un sou à mettre dans l'organisation d'une soirée.

Il se laissa tomber dans un fauteuil, remonta ses lunettes sur son front et se massa les tempes.

— Tristan trouvera peut-être une solution pour sauver le domaine. Moi, je ne sais plus quoi faire.

Harriet lança un regard complice à Maddie, puis indiqua un petit paquet enveloppé de papier marron, posé sur une console près de la porte.

— C'est arrivé pour toi ce matin, Maddie. Ça vient de Trellech Court.

Son père redressa brusquement la tête et fixa le petit paquet comme s'il risquait d'exploser.

— Un Davies qui t'envoie des paquets ? C'est quoi cette histoire ?

Malgré sa gêne, Maddie se leva, prit le paquet et tira sur la ficelle qui l'entourait. C'était trop petit pour être sa sacoche, mais son cœur bondit lorsqu'elle découvrit sa boîte à briquet.

Harriet se pencha en avant pour voir ce que contenait le paquet. Maddie y jeta à peine un coup d'œil et le referma.

— Papa, il faut que je te parle. Enfin, il faut que je vous parle, à tous.

Aussi brièvement que possible, elle leur fit un compte rendu expurgé des événements de la veille.

Tante Connie et tante Prudence l'écoutèrent, haletantes, son père se contentant de commenter ses propos d'un « bon Dieu, Maddie ! » ici et là.

— Et c'est là-dedans que tu as mis l'or ? demanda enfin Harriet.

— Oui.

— Et… il y est encore ?

Ils se penchèrent tous les quatre tandis que Maddie ouvrait le couvercle et penchait la boîte pour qu'ils voient mieux. Un cri d'émerveillement collectif résonna dans la pièce.

— Il y est toujours, conclut triomphalement Maddie.

À vrai dire, il lui semblait même que Gryff n'avait pas pris ce qui lui revenait, mais peut-être se trompait-elle – il faisait si sombre dans la grotte !

— C'est pour toi, dit-elle en tendant la boîte à son père, qui la prit de ses mains tremblantes. Est-ce que tu crois qu'il y a assez pour que nous allions tous à Londres accueillir Tristan ?

— Je... je dirais que oui. Ma chère fille, je suis sans voix. Nous te devons notre salut.

Il chercha dans sa poche un mouchoir, se moucha bruyamment et tapota discrètement ses yeux brillants. Puis il se tourna vers Harriet.

— Tu viens aussi, Harriet. Je ne peux pas dire que j'approuve toutes ces balades dans la campagne, surtout en compagnie de ces terribles Davies, mais en l'occurrence, je comprends en quoi c'était inévitable. Vous avez sauvé la situation. Et nous partons pour Londres !

Les tantes applaudirent.

— Dire que cet horrible sir Mostyn était de mèche avec les contrebandiers, dit Connie en secouant la tête. J'ai su dès le début que ce n'était pas un type bien. Je te l'ai toujours dit, n'est-ce pas, Pru ?

— C'est vrai, convint Prudence. Quel sinistre individu ! Je suis vraiment contente que tu n'aies pas voulu de lui, Madeline.

Maddie sourit.

— Et moi donc !

Tante Connie bondissait sur sa chaise comme une enfant surexcitée.

— Oh, j'ai tellement hâte de revoir Londres ! Cela fait une éternité ! Et maintenant que nous avons de nouveau de l'argent, nous allons pouvoir faire tant de choses ! Je sens que nous allons vraiment nous amuser !

Devant l'expression atterrée de son père, Maddie faillit éclater de rire. Tante Prudence et tante Connie prenant la capitale d'assaut était une chose qu'elle n'aurait manquée pour rien au monde.

46

Gryff attendait un mot de Maddie avec une impatience à peine masquée. Il avait hâte de la revoir, de la sentir, de la goûter de nouveau, tel un opiomane en manque qui ne rêve que de sa prochaine boulette.

Il avait passé l'essentiel de la matinée avec ses frères à aider le capitaine Bridges. Il avait fallu prendre les dépositions des contrebandiers placés en détention dans la petite prison du village. Leur chef mort, la plupart d'entre eux avaient collaboré sans hésiter, dans l'espoir que cela leur vaudrait la clémence du juge.

Au moins trois d'entre eux avaient reconnu que sir Mostyn Drake était leur complice, ce dernier les prévenant à l'avance du passage des patrouilles de douaniers. Ils avaient aussi évoqué son rôle d'intermédiaire : il se chargeait d'entreposer la marchandise dans des bâtiments lui appartenant avant de la faire transporter jusqu'à Bristol, Oxford et Londres.

Devant pareille abondance de preuves, Gryff avait eu grand plaisir à informer Drake des charges qui pesaient contre lui. Ce dernier avait été placé en détention et resterait en prison jusqu'à ce que l'affaire soit portée devant le juge.

Quand les trois frères Davies regagnèrent enfin Trellech Court, Gryff trépignait.

— Y a-t-il eu du courrier pendant notre absence ? demanda-t-il dès qu'ils arrivèrent des écuries.

Un regard au plateau en argent destiné aux lettres, sur la console de l'entrée, lui indiquait que non.

— Non, monsieur, confirma Beddow. Vous attendez quelque chose ?

Gryff fit la moue. *Oui, bon sang, bien sûr que oui !* Il attendait de Maddie qu'elle lui envoie une lettre demandant quand elle pourrait le revoir. Ou au moins un mot le remerciant de lui avoir fait parvenir la petite boîte contenant l'or. Peut-être n'avait-elle pas remarqué qu'il avait laissé tout ce qu'ils avaient rapporté, mais elle aurait au moins pu manifester un peu de gratitude !

— Non, non, grommela-t-il. Rien de particulier.

Une idée désagréable se fraya un chemin dans son esprit. Et si elle ne voulait plus le voir ? Elle semblait avoir aimé faire l'amour avec lui. Oui, elle avait aimé, il en était sûr. Elle n'avait pas pu simuler son plaisir, ce frisson qu'il avait senti lorsqu'il était en elle. Mais peut-être lui avait-il fait peur ? Avait-il été trop ardent ? Trop passionné ?

Bon Dieu, et s'il l'avait dégoûtée du sexe pour toujours ?

Mais non, c'était ridicule. Elle avait été trop occupée ce matin pour lui écrire, voilà tout.

Et sans doute gênée, aussi.

Ou peut-être qu'elle ne t'apprécie pas autant que tu l'apprécies.

Peut-être qu'elle s'est servie de toi pour perdre sa virginité.

Maintenant que tu lui as montré que c'était bon et qu'elle pouvait éviter de tomber enceinte, peut-être qu'elle envisage de faire la même chose avec tous les hommes qui lui plairont...

Gryff se passa une main sur le visage tandis que son estomac se nouait. Imaginer Maddie avec un autre homme le mettait hors de lui.

Bon sang, ils n'en avaient pas terminé, tous les deux ! Il voulait lui faire l'amour, encore, en plein jour, comme il le lui avait promis, avec, à disposition, une quantité illimitée de préservatifs et un lit immense. Il voulait l'explorer, la découvrir. S'endormir en la tenant dans ses bras, ouvrir les yeux le matin et constater qu'elle y était encore. Il voulait voir ses pommettes rosir sous l'effet de la fatigue, et ses yeux se fermer parce qu'il lui aurait donné du plaisir jusqu'à l'épuisement. Il...

— On peut savoir pourquoi tu restes planté là, au milieu de l'entrée, le regard dans le vide ? demanda Rhys.

Gryff se ressaisit et rougit, mal à l'aise. Puis il toussota pour s'éclaircir la gorge et joignit discrètement les mains devant son entrejambe pour masquer la conséquence à demi dressée de ses pensées.

— Oh, pour rien. Je rêvassais, c'est tout.

Morgan le regarda d'un œil narquois. Il allait dire quelque chose lorsqu'un bruit de sabots s'éleva dans la cour. Les trois frères se tournèrent vers la porte ouverte. Un messager à cheval arrêta sa monture du côté des écuries.

— J'ai un message pour lord Powys.

Le cœur de Gryff fit un bond. Il sortit, la main tendue, et prit le pli.

Le cachet portait les armoiries des Montgomery – trois fleurs de lys sur un bouclier surmonté d'un casque à aigrette. Intérieurement, Gryff poussa un soupir de soulagement.

Ignorant le regard de ses frères, il alla jusqu'au bureau et claqua la porte derrière lui pour être tranquille. En ouvrant la lettre, il s'aperçut qu'il tremblait comme une feuille.

Lord Powys…

Dès les premiers mots, il fronça les sourcils.

Voilà qui était bien solennel. Même pas « cher lord Powys ». Et pourquoi utilisait-elle son titre ? Pourquoi n'écrivait-elle pas « cher Gryff » ou « mon chéri » ? Bon, peut-être craignait-elle que quelqu'un d'autre ne lise cette lettre. Il pouvait comprendre.

Je vous prie d'accepter par la présente ma reconnaissance éternelle pour l'aide que vous m'avez apportée hier. Je pense ne pas exagérer en disant qu'il s'agit là d'une expérience que je n'oublierai jamais.

Gryff nota le vouvoiement, l'attribua à la même raison et retint un rire. « L'aide » ? C'était une façon de voir les choses. Lui non plus ne l'oublierait jamais. Surtout la partie où elle avait prononcé son nom en gémissant tandis qu'il l'amenait jusqu'à un orgasme d'anthologie. Ou le moment où elle l'avait embrassé comme si c'était la fin du monde.

Je vous remercie pour l'or. Harriet pensait que vous ne nous le donneriez pas, mais je n'ai jamais douté de votre honnêteté.

Gryff voua immédiatement Harriet aux gémonies, même s'il était conscient qu'en matière de promesses non tenues, les Davies avaient un certain passif vis-à-vis des Montgomery.

Je suis sûre que mon père sera d'accord pour discuter avec vous des modalités d'extraction du filon d'or que nous avons découvert.

Cette fois, elle exagérait peut-être un peu. « Sera d'accord » ? Le vieux Montgomery préférerait sans doute se casser un bras plutôt que travailler avec lui, mais il n'aurait pas le choix, s'il avait des dettes et voulait sauver la demeure de ses ancêtres.

Mais ces discussions devront attendre que nous rentrions de Londres. Tristan est de retour d'Europe, et nous avons décidé d'aller l'accueillir en famille.

Avec toute ma considération, et dans l'espoir que notre amitié perdure,

Madeline Montgomery

Gryff dut relire plusieurs fois les dernières lignes avant de vraiment comprendre ce qu'elles voulaient dire. Il jeta la lettre sur son bureau et tapa du poing.

Londres. Elle partait pour Londres. S'éloignait de lui.

Il relut la lettre et sentit la colère monter en lui.

Amitié ? Reconnaissance ?

Mais il ne voulait pas de sa foutue reconnaissance ! Il la voulait, elle, nue dans son lit, sous lui, sur lui, dans toutes les positions, et aussi longtemps qu'il le faudrait jusqu'à ce qu'il l'oublie.

Le problème, c'est que tu ne l'oublieras jamais.

— La ferme, gronda Gryff.

Mais la petite voix refusa de l'écouter.

Et tu sais pourquoi ? Parce que tu l'aimes. Tu l'aimes depuis toujours. Reconnais-le donc, imbécile.

Gryff se prit la tête entre les mains. Était-ce vrai ? Il se le répéta lentement, avec précaution, comme on tâte une dent du bout de la langue pour voir si elle bouge. Et ferma les yeux. Cette conclusion n'était pas complètement extravagante.

En voilà une bonne, tiens.

Il aimait Maddie Montgomery et ne pouvait même pas le lui dire puisqu'elle n'était pas là.

Une bouffée d'indignation s'empara de lui. Quelle lâcheté, cette façon de lui écrire et de fuir ! Si elle en avait assez de lui, elle aurait au moins pu le lui dire en face.

Et si ce n'était pas le cas, si elle avait juste filé à Londres pour ne pas affronter ce qu'il y avait entre eux, alors il ne la laisserait pas s'en tirer comme ça non plus.

Il eut soudain un éclair de lucidité. En lui offrant l'or trouvé dans la grotte, il lui avait donné les moyens de prendre ses distances. Quel idiot ! Mais, bon sang, elle était forcément amoureuse de lui. Il lui avait évité la mort à plusieurs reprises, comme n'importe quel prince charmant de n'importe quel conte de fées. Sans parler du fait qu'il l'avait fait jouir plusieurs fois, dans des conditions pas toujours faciles, et se sentait tout à fait prêt à recommencer, si seulement elle voulait bien lui en laisser la possibilité.

Après tout ce qu'il avait fait pour elle, il *méritait* cette fille, bon Dieu !

Il trouverait le moyen de lui faire admettre les sentiments qu'elle avait pour lui. Qu'il s'agisse d'amour, de haine ou d'indifférence.

L'indifférence, il n'y croyait pas. Personne n'embrassait avec autant de douceur, ne faisait l'amour avec autant de ferveur s'il était indifférent.

Il se leva, prêt à ordonner à Beddow de préparer ses affaires, puis se figea. Nom d'une pipe ! Il ne pouvait pas aller à Londres, à cause de ce fichu duel contre Sommerville. Poussant un soupir exaspéré, il se laissa retomber dans son fauteuil.

Rhys entra précisément à cet instant dans le bureau, sans frapper, et s'affala à son tour dans l'un des profonds fauteuils en cuir capitonné. Gryff le regarda d'un air mauvais.

— Gueule de bois ? demanda gentiment son frère.

— Non.

— Tes blessures te font souffrir ?

— Non.

— Bon, alors c'est une femme. Quand on fait la tête que tu fais, je ne vois pas ce que cela peut être d'autre.

Gryff le fixa d'un regard plus noir encore.

— Mlle Montgomery, je suppose ? dit Rhys en riant, pas du tout impressionné par l'air de son frère. Tu avais exactement la même tête quand tu es rentré du jardin lors du bal de sir Digby, à peine cinq minutes après qu'elle-même est rentrée, avec une expression très proche de la tienne, si je me souviens bien.

Il fit mine d'examiner ses ongles, et Gryff maudit la perspicacité de son frère.

— Querelle d'amoureux ? demanda Rhys en montrant d'un signe de tête la lettre restée sur le bureau.

— Nous ne sommes pas...

Gryff s'interrompit brusquement, retenant l'instinct naturel qui le poussait à nier.

— Ah.

Gryff se laissa tomber, le front sur le bureau.

— Bonté divine...

— J'ai discuté avec l'une des deux charmantes serveuses du Red Dragon, quand nous étions en ville, dit

Rhys. Bess. Ou Tess. Je ne sais plus. Apparemment, leur cousine Gwynnie, qui est bonne à Newstead Park, partait pour Londres avec toute la famille. Mais peut-être es-tu déjà au courant ?

Gryff releva la tête. Son frère le regardait avec un sourire innocent qui ne le trompa pas une seconde. Dans ses yeux brillait une étincelle malicieuse.

— J'ai oublié de te dire, hier, dans l'effervescence des retrouvailles : Sinclair m'a écrit. Il semblerait que tu ne sois plus persona non grata à Londres.

Le cœur de Gryff fit un bond.

— Comment ça ?

— Prinny[1] était au White's l'autre jour et y a trouvé l'ambiance vraiment sinistre sans toi. Quand Fox lui a fait remarquer que c'était lui qui avait interdit les duels, il s'est exclamé – je cite – : « Bonté divine, Charles, la moitié de la Chambre des lords serait en prison si tous ceux qui se battent en duel étaient punis ! Mon père a fait acquitter son ministre de la Guerre et son ministre des Affaires étrangères lorsqu'ils ont été pris. Que quelqu'un dise à Powys qu'il doit rentrer à Londres au plus vite, avant que je meure d'ennui. »

— Ça alors !

— C'est pour ainsi dire un ordre royal, commenta Morgan en entrant.

— Ce qu'il veut surtout, c'est m'emprunter de l'argent, dit Gryff. Ou me supplier d'annuler les dettes qu'il avait contractées envers notre père. Il est toujours à court d'espèces sonnantes et trébuchantes.

— C'est sans doute vrai. Mais au moins n'es-tu plus banni de la capitale.

Gryff secoua la tête. À peine une semaine plus tôt, il avait pris son retour à Trellech Court comme une

1. Surnom du prince régent, futur roi George IV. (*N.d.T.*)

sanction, une peine qu'il devait purger en attendant de pouvoir retourner à Londres. Seule la perspective de revoir Maddie avait rendu cette punition acceptable.

Et voilà que c'était pour Maddie qu'il avait hâte de retourner à Londres. Partout où elle se trouvait, il voulait être.

Jamais il n'avait été attiré par une femme comme il l'était par Maddie. Il la trouvait fascinante à tout point de vue. Elle était courageuse, forte et belle. Face à ce qu'ils avaient dû affronter dans ces grottes, il connaissait cinquante hommes qui auraient renoncé, mais elle, non. Elle avait continué, comme un brave petit soldat, pleine de ressources, déterminée. Impressionnante.

Il voulait la voir, la taquiner, rire avec elle et lui faire l'amour. Encore, et toujours.

Cent fois ne suffiraient pas. Il commençait à penser que toute une vie ne suffirait pas.

Non. Quand même pas *toute une vie*. C'était ridicule.

Ou pas ?

Animé d'une détermination nouvelle, il repoussa son fauteuil et se leva.

— Faites vos bagages, les garçons. Nous rentrons à Londres.

47

— Maddie, tu ne le croiras jamais. La fortune nous sourit de nouveau !

Maddie leva les yeux du livre dans lequel elle était plongée et haussa les sourcils devant l'expression ravie de son père.

Ils étaient à Londres depuis déjà une semaine, et ce séjour s'avérait aussi divertissant et épuisant que d'habitude. Tristan était arrivé peu après leur installation dans la maison d'Hanover Square, et ces derniers jours, ils avaient enchaîné les invitations afin de renouer avec leurs amis et connaissances.

— De quoi s'agit-il ? demanda-t-elle.

— Je viens de recevoir un mot de James Christie. Tu sais, le commissaire-priseur de Pall Mall.

— Ah oui.

— Il m'envoie la liste des objets qui figureront à la prochaine vente. Tu te souviens de ce dictionnaire dont tu m'avais parlé il y a quelque temps ?

— Oui, articula lentement Maddie, soudain prise d'une bouffée de chaleur.

À cause de ce dictionnaire, elle s'était retrouvée dans une situation pour le moins délicate… en compagnie de celui auquel elle tentait vainement de ne plus penser depuis son arrivée à Londres.

Par son amie Elizabeth Trent, elle avait appris que Gryff et ses frères étaient eux aussi à Londres. Cette nouvelle l'avait mise sur des charbons ardents. Chaque fois qu'on toquait à la porte, elle sursautait, et son pouls s'emballait tous les jours à l'arrivée du courrier.

Elle n'était pas certaine de vouloir voir Gryff. Il y avait de toute façon peu de chances qu'il vienne lui rendre une visite de courtoisie, mais elle espérait qu'il répondrait à sa lettre.

Était-il venu à Londres pour tenter de la convaincre qu'une liaison entre eux était une bonne idée ? Cette possibilité était un peu tirée par les cheveux, mieux valait ne rien espérer de ce côté. Non, il en avait probablement eu assez de la vie à la campagne. Et maintenant qu'elle l'avait relégué au statut d'ami, il cherchait sans doute une autre femme à qui prodiguer son affection. À cette seule pensée, Maddie grinçait des dents.

— Eh bien, figure-toi que le second volume est mis en vente demain, poursuivit son père. Que penses-tu de cela, ma fille ?

— Excellente nouvelle. Mais qui pourrait vouloir ne vendre qu'un volume ?

Un vague soupçon lui traversa l'esprit.

Son père haussa les épaules.

— Va savoir. Les gens perdent des livres tout le temps. J'en perds bien, moi. Cela n'a pas vraiment d'importance, si ?

— Non, sans doute que non, murmura-t-elle.

Sa première réaction avait été de croire que Gryff, pour une raison qui lui échappait, avait décidé de vendre sa moitié du dictionnaire. Mais cela n'avait aucun sens. Il s'agissait probablement d'une coïncidence.

— Sais-tu qui est le vendeur ?

— Aucune idée. Le catalogue stipule juste « propriété d'un gentleman ».

— Hum...

— J'ai décidé de faire une offre.

— Il te reste des factures à payer, lui rappela-t-elle prudemment.

L'or de la grotte leur avait rapporté plus de six cents livres, qui avaient servi à rembourser les créanciers les plus pressants. Cela avait suffi à rassurer les autres, qui avaient accepté d'attendre pour être remboursés que l'exploitation du filon ait commencé. Au plus tard dans six mois, avait dit son père.

— Et il faut encore que tu te mettes d'accord avec lord Powys sur la façon dont vous allez exploiter la mine, ajouta-t-elle.

Il soupira, à la manière d'un enfant que l'on force à étudier par une journée ensoleillée.

— Promets-moi de ne pas faire une offre qui dépasse les cinquante livres, supplia-t-elle.

— Promis, dit-il avant de se retirer.

Tante Constance leva les yeux de son tricot.

— Il parlait du dictionnaire de Samuel Johnson ?

Maddie acquiesça d'un hochement de tête.

— Sais-tu que Pru et moi avons rencontré le Dr Johnson plusieurs fois ? Tu te souviens, Pru ?

— Oh oui ! Il doit y avoir au moins cinquante ans de cela, maintenant ! C'était un homme immensément drôle.

Tante Constance pouffa.

— Son dictionnaire était connu pour avoir fait l'impasse sur un certain nombre de mots licencieux, non ?

— Tout à fait. Lavinia Webster l'avait félicité sur ce point, et Johnson lui avait répondu : « Dois-je en déduire que vous les avez cherchés, madame ? »

Tante Constance s'étrangla de rire.

— Oui ! Je me souviens. Elle était tellement prude. Elle a rougi comme une tomate. Quel fou rire !

Maddie secoua la tête avec un sourire amusé, sourire qui s'élargit lorsqu'elle vit entrer Tristan. Son frère aîné semblait en forme, le teint encore hâlé par ses nombreux voyages. Elle était heureuse qu'il soit de retour.

— Tout le monde est impatient d'aller au bal de lady Belton, demain soir ? J'ai entendu dire qu'il y aurait foule.

Le cœur de Maddie fit un bond. Gryff serait-il là ? Et dans ce cas, comment devrait-elle se comporter en sa présence ?

Au moins avait-elle une belle robe à mettre. Son père avait autorisé l'achat de nouvelles tenues pour elle et Harriet, chez Mme de Tourville, sur Bond Street, et elle avait choisi une folie en soie céladon, au décolleté extrêmement flatteur. Jamais elle n'avait acheté de robe aussi osée, mais les toilettes de style plus banal, comme celles qu'elle avait portées les saisons précédentes, ne lui avaient pas fait envie. Elle avait changé depuis son premier voyage à Londres, quatre ans plus tôt, et se sentait très heureuse de ne pas devoir porter les couleurs insipides et ternes imposées aux débutantes.

La question était : avait-elle envie de voir Gryff ou pas ?

48

La maison de vente aux enchères Christie's, sur Pall Mall, était hébergée dans un très beau bâtiment ceint de balustrades métalliques et dont l'entrée était surmontée d'un portique triangulaire. Maddie avait décidé d'y accompagner son père, afin de s'assurer qu'il ne succomberait pas à la fièvre des enchères et ne dépenserait pas plus qu'il ne le pouvait. Tristan était lui aussi de la partie.

Contrairement à nombre d'établissements qui désapprouvaient ouvertement la présence de femmes en leurs murs, les salles des ventes étaient accessibles à tous, et Maddie salua plusieurs femmes de sa connaissance, dont lady Harcourt et Mme Coutts, lorsqu'elles prirent place dans la même salle qu'elle. On attendit le commissaire-priseur, James Christie, qui monta bientôt sur l'estrade et lança la vente.

Lord Montgomery était d'humeur enjouée à l'idée de réunir enfin les deux volumes du dictionnaire, mais son visage se ferma lorsque, de l'autre côté de l'allée, il aperçut quelqu'un.

— Que fait ici cet insupportable freluquet de Davies ? souffla-t-il.

Maddie se contrôla comme elle le put, évitant tout mouvement brusque dans la direction de Gryff.

Mais, lentement, elle tourna la tête jusqu'à ce qu'elle le repère, assis à quelques rangs de là, derrière eux. Sa sœur, Carys, dont la chevelure évoquait la Vénus du Titien, l'accompagnait, absolument ravissante en robe de soie lilas bordée de dentelle.

Maddie le but littéralement des yeux. En redingote vert bouteille et pantalon beige, il était d'une grande élégance. Une émeraude scintillait à son épingle de cravate.

— Peut-être s'intéresse-t-il à l'un des livres en vente aujourd'hui, dit-elle d'un ton serein, soulagée qu'il ne l'ait pas remarquée.

— Balivernes ! Je sais pourquoi il est ici, ce vaurien. Il a entendu parler du dictionnaire et veut enchérir contre moi.

— Je suis sûre que tu te trompes. Pourquoi voudrait-il un autre exemplaire du second volume ? C'est plutôt le premier qui l'intéresserait, à mon avis. Pour avoir l'ouvrage complet.

— Mais le premier n'est pas proposé à la vente aujourd'hui. Non, ce qui l'intéresse vraiment, c'est de me contrarier, voilà tout. Il est aussi mauvais que son père. Même s'il ne remporte pas le livre, il aura fait grimper les enchères, rien que pour m'énerver. Parce que, je te le répète, il n'y a que ça qui intéresse les Davies. Énerver les gens.

Son père montait sur ses grands chevaux, mais Maddie avait perçu dans ses yeux le plaisir que lui procurait la perspective d'un nouvel affrontement. En réalité, il aimait cela, et la présence d'un nouvel ennemi ajoutait une dimension supplémentaire au défi.

— Je suis sûre que tu te trompes, murmura-t-elle.

Mais ses mots manquaient de conviction, elle s'en rendait compte elle-même.

Tristan haussa les sourcils en apercevant Carys.

— La diablesse rousse fait toujours scandale dans la bonne société, je suppose ?

Maddie eut un petit rire.

— On peut le dire. Dernièrement, elle s'est distinguée lors d'une course à cheval dans Rotten Row.

— Cette fille a toujours été un garçon manqué, dit-il avec un petit claquement de langue réprobateur. Ses frères lui laissent beaucoup trop de liberté. Ce n'est pas parce qu'elle est ravissante qu'elle a le droit de faire ce qui lui plaît.

Maddie le regarda d'un œil taquin.

— Oh, tu as donc remarqué qu'elle était ravissante, mmm ?

— D'un point de vue purement esthétique, rétorqua aussitôt Tristan. Son tempérament, lui, laisse beaucoup à désirer.

— Depuis ton départ, elle a refusé une bonne dizaine de prétendants.

— Je me demande s'ils se rendent compte de la chance qu'ils ont eue. Ce n'est pas d'un mari qu'elle a besoin, mais d'un dresseur.

— Ah, ça, c'est méchant, protesta Maddie. Reconnais tout de même qu'elle est beaucoup plus intéressante que le dernier lot de débutantes, toutes plus fades les unes que les autres. Elle, au moins, elle marque les esprits.

— C'est une façon de voir les choses, mais oui, on peut dire qu'elle marque les esprits, répondit Tristan en riant.

L'objet de leur conversation choisit ce moment pour se pencher en avant et regarder dans leur direction. Ses lèvres s'incurvèrent en un délicieux sourire. Tristan jura à mi-voix lorsqu'elle leur adressa un petit froncement de sourcils amusé et réprobateur à la fois – elle les avait surpris en train de l'observer.

Elle avait compris qu'ils parlaient d'elle, Maddie en était certaine. Ses doutes ne tardèrent pas à être confirmés. Carys porta ses doigts gantés à ses lèvres pour envoyer à Tristan un baiser mutin, suivi d'un petit salut.

Tristan tourna la tête et croisa les bras. Maddie adressa à Carys un sourire amical, puis se tourna vers l'estrade.

La vente commençait.

— De quel lot le dictionnaire fait-il partie ? demanda-t-elle à son père.

— Du lot numéro vingt-trois.

Ils attendirent tous avec impatience.

— Lot numéro vingt-trois, annonça enfin Christie. Dictionnaire, Samuel Johnson, volume deux.

Un assistant vêtu de noir montra l'ouvrage pour que toute la salle le voie. Maddie changea de position sur sa chaise, luttant contre son envie de regarder Gryff.

— Je propose de commencer les enchères à deux livres, dit le commissaire-priseur.

Son père leva la main.

— Ici !

Christie hocha la tête.

— Deux livres devant. Qui dit mieux ?

Maddie retint son souffle, priant pour que son père se soit trompé sur la motivation de Gryff, mais Christie accepta soudain trois livres derrière eux. Elle se retourna et vit Gryff baisser la main. Il croisa son regard, un sourire narquois sur les lèvres.

Elle en resta bouche bée. Le misérable ! Il enchérissait vraiment contre eux !

— Cinq livres, lança son père.

Christie pointa son marteau dans sa direction.

— Cinq livres ici. Quelqu'un à dix ?

Maddie fusilla Gryff du regard, le mettant au défi d'enchérir. Il haussa les sourcils, sourit de nouveau et, d'un geste détendu, leva le catalogue qu'il tenait à la main pour accepter dix.

— Espèce de canaille, grommela le père de Maddie, refusant de se retourner. Il le fait exprès ! Douze !

Gryff offrit quinze livres.

Son père enchérit à dix-huit.

Gryff monta à vingt.

Maddie se retourna et, avec son regard le plus mécontent, articula : « Ça suffit ! » à l'intention de Gryff.

Il lui répondit d'un clin d'œil et proposa vingt-cinq contre les vingt-deux de son père.

Cette bataille semblait ravir Christie.

— J'ai vingt-cinq livres ici, à ma gauche !

Son père leva la main.

— Trente livres ! tonna-t-il.

Maddie retint son souffle, priant pour que Gryff cesse d'enchérir. Il soutint un long moment son regard, puis, lentement, fit non de la tête.

— Pas mieux ? dit Christie, dépité. Vous êtes sûr ?

Gryff secoua une nouvelle fois la tête.

— Très bien, reprit le commissaire-priseur. Dans ce cas, adjugé, vendu pour trente livres à lord Lucas.

Il abattit son marteau sur le pupitre, et un second assistant inscrivit la vente dans le registre.

— Ah ! lâcha son père, satisfait.

Maddie s'affaissa sur sa chaise, cherchant à comprendre les motivations de Gryff.

S'agissait-il d'une vengeance parce qu'elle avait refusé de devenir sa maîtresse ?

Cela aurait été cruel et rancunier, ce qui ne lui ressemblait pas. Même si elle lui avait fait du mal en repoussant sa proposition – mais elle doutait qu'il tienne à elle à ce point –, il n'aurait pas réagi aussi méchamment. Il avait sans doute déjà trouvé une nouvelle maîtresse, alors pourquoi perdre du temps à la punir, elle ?

Et s'il avait vraiment cherché à contrarier son père, pourquoi avait-il cessé de surenchérir ? Il connaissait l'état de leurs finances et, de son côté, avait les moyens de monter très haut pour ce dictionnaire. Pourtant, il avait laissé son père gagner les enchères. C'était absurde.

La dernière demi-heure de la vente fut interminable. Maddie trépignait, certaine que Gryff la regardait depuis l'autre côté de la salle. Elle sentait ses yeux sur sa nuque. Il ne participa à aucune autre enchère, et elle continua de se demander pourquoi il avait ainsi cherché à contrarier son père, surtout dans la mesure où ils allaient tous les deux bientôt devoir travailler ensemble à l'exploitation de la mine.

Le dernier lot à peine vendu, Tristan sortit pour aller chercher la voiture. Maddie et son père s'approchèrent des tables où l'on récupérait et payait les lots acquis. La plupart des acheteurs faisant la même chose, c'était la cohue.

Son père joua efficacement des coudes et partit devant elle, la laissant prise en sandwich entre un homme rougeaud à petites lunettes rondes et un vieux professeur.

Elle sentit soudain derrière elle la présence d'un corps puissant, et presque aussitôt le parfum de Gryff flotta jusqu'à ses narines. Son cœur manqua d'exploser quand, l'espace de quelques secondes, son dos fut plaqué contre son torse. Elle faillit s'abandonner, mais se ressaisit et se raidit.

— Laissez passer mademoiselle, ordonna-t-il d'une voix grave, ses bras formant une cage protectrice autour d'elle.

Il poussa l'homme rougeaud sur le côté. Son imposante stature leur ouvrit un chemin à travers la foule, et elle rejoignit son père devant le bureau de l'assistant. Son corps tout entier vibrait de la présence de Gryff derrière elle.

Le sourire de son père disparut lorsqu'il vit Gryff.

— Lord Powys, lâcha-t-il avec raideur.

Gryff se plaça à côté d'elle et inclina poliment la tête.

— Baron Lucas. Mademoiselle Montgomery, ajouta-t-il à l'intention de Maddie avec un sourire en coin.

Elle répondit d'une petite révérence, ne sachant que dire. Ils avaient été très intimes, et voilà qu'ils se comportaient comme deux étrangers polis. Elle eut un pincement au cœur, regrettant soudain sa décision. Quelle idiote ! Elle aurait pu avoir tellement plus… Pourquoi n'avait-elle pas accepté de devenir sa maîtresse ? Cela n'aurait duré qu'un temps, mais ne valait-il pas mieux avoir des remords que des regrets ?

Elle avait voulu se protéger, oubliant que, de toute façon, elle souffrirait. Le simple fait de le regarder et de le désirer était douloureux.

— Vous avez remporté les enchères, monsieur, dit Gryff avec gravité. Félicitations.

Ce fair-play sembla surprendre son père, qui opta néanmoins pour une attitude magnanime.

— Merci, Davies. Je suis sûr que vous finirez par trouver votre moitié vous aussi.

Votre moitié. Maddie repensa à sa tante Constance, qui avait elle aussi cherché « sa moitié ».

Gryff eut un bref regard dans sa direction.

— Merci, monsieur. Je l'espère.

« Reprends-toi, se morigéna-t-elle. Il parle de livres, pas d'amour. »

L'assistant tendit le dictionnaire à son père, qui le serra contre lui avant d'en caresser la couverture.

Maddie se figea. À un endroit, le cuir était abîmé. On distinguait une éraflure très particulière.

Une éraflure qu'elle avait suivie du doigt, lorsque, dans la bibliothèque des Davies, elle avait hésité à leur voler l'ouvrage.

Elle leva les yeux. Gryff la fixait d'un regard intense, avec toujours ce petit sourire énigmatique. Elle ouvrit la bouche pour exiger des explications mais, d'un signe de tête discret, il lui demanda de n'en rien faire.

— Irez-vous au bal de lady Belton, ce soir ? s'enquit-il d'un ton léger.

— Oui, nous serons là, répondit son père.

— Alors je vous y verrai. J'aurai une proposition à vous faire.

Une nouvelle fois, le cœur de Maddie s'emballa. Elle s'en voulut aussitôt. Il parlait à son père et faisait référence à leur projet commun d'exploitation de la mine. Pourtant, il ne l'avait pas quittée des yeux.

Elle devait absolument cesser de prêter un double sens à tout ce qu'il disait.

— À ce soir, donc, dit Gryff en les saluant. Profitez bien de votre acquisition.

Et il s'éloigna, les laissant tous deux stupéfaits.

Pendant le trajet du retour, Maddie ignora le bavardage enjoué de son père et tenta de comprendre ce qui venait de se produire.

Gryff avait mis sa moitié du dictionnaire en vente. Puis il avait délibérément enchéri contre son père, pour un bien qui lui appartenait déjà.

Dans quel but ? Faire monter le prix ? Soutirer le maximum d'argent à son père ?

C'était une stratégie très risquée. Il ignorait jusqu'où son père était prêt à aller. Il aurait très bien pu se retrouver contraint d'acheter son propre livre et de payer les frais de mise en vente par-dessus le marché !

Elle avait envie de hurler. Ce petit sourire, elle le connaissait. Gryff Davies avait une idée derrière la tête, mais laquelle ? Elle était bien incapable de le dire.

49

— Grands dieux, Carys, qu'est-ce que c'est que cette chose sur ta tête ?

En entendant Morgan, Gryff leva les yeux. Carys se tenait sur le seuil du bureau et prenait la pose pour un effet plus théâtral. D'une main, elle tapota sa coiffure pour le moins originale.

C'était impressionnant. Des rubans bleus avaient été tressés dans ses cheveux roux pour simuler des vagues, et un trois-mâts miniature, avec des voiles en papier, était perché au sommet de cette mer déchaînée, penchant dangereusement sur le côté, comme s'il était ballotté par la tempête. Des épingles à tête de perle, plantées un peu partout, figuraient l'écume.

— C'est un navire en mer, mon cher frère, répondit-elle d'un ton innocent. En l'honneur de ton retour sain et sauf du périlleux voyage qui fut le tien.

— Oui, je vois bien, répondit Morgan, perplexe. Après trois ans dans la marine, je sais reconnaître un navire. Je dirais même un galion, en l'occurrence. Mais la question que je me pose, c'est… pourquoi ?

L'éclat de rire de Carys résonna dans la pièce.

— Pourquoi ? Parce que c'est complètement farfelu. Parce que les esclaves de la mode seront d'un ridicule achevé lorsqu'elles suivront celle que je suis en train de lancer et que cela m'amuse follement. Tu verras. Dès demain matin, avoir un bateau sur la tête sera du dernier cri.

Gryff détailla le reste de la tenue de sa sœur. L'année de ses débuts dans le monde, Carys avait porté les couleurs pastel imposées aux débutantes, mais dès l'année suivante, elle avait jonglé joyeusement avec des couleurs plus vives et plus provocatrices. Avec sa peau claire et sa chevelure de feu, elle pouvait se permettre pratiquement toutes les teintes. Et elle ajoutait toujours une note très personnelle, un détail excentrique à ses tenues, qui la faisait sortir du lot. Sa toilette de ce soir ne faisait pas exception.

— Tu vas vraiment porter ça ? s'inquiéta Rhys, allongé sur le sofa.

Carys leva les yeux au ciel, avant de les baisser sur le décolleté de sa robe, qui ne cachait pas grand-chose de sa gorge.

— Bien sûr ! Ne joue donc pas les prudes, Rhys. Les échancrures généreuses sont très à la mode cette année.

— Ce n'est pas tant le décolleté que le tissu qui me préoccupe. J'ai connu des vitres qui étaient moins transparentes que ça.

— Mais nooon. C'est une illusion d'optique. Regarde, dit-elle en soulevant ses jupes. La dernière épaisseur est transparente, mais en dessous, tout est couleur chair. On dirait que je ne porte rien, mais c'est juste une impression.

Rhys poussa un soupir désapprobateur.

— Donc la mode est au « presque nu » cette saison ? intervint Gryff en pouffant.

Carys sentit qu'elle avait là un allié et sourit.

— Exactement. Je serai très déçue si aucune douairière mal embouchée ne s'évanouit en me voyant. Au moins n'ai-je pas mouillé le tissu pour qu'il me moule un peu plus, comme l'a fait Cecily Brown le mois dernier.

Rhys se tourna vers Gryff.

— Tu ne vas tout de même pas la laisser sortir comme ça ?

Carys le fusilla du regard.

— Bien sûr que si ! Quel hypocrite tu fais. Si une femme qui te plaisait portait cette robe, tu serais ravi. Là, tu es désagréable uniquement parce que je suis ta sœur.

— Tu me fais penser à une chanteuse d'opéra.

Carys sourit, prenant visiblement cela pour un compliment.

— Alors c'est parfait. Il est vrai qu'en la matière, tu es un fin connaisseur.

Gryff intervint avant que son frère réplique.

— Tu es très belle, dit-il pour apaiser les choses. Mais pense à mettre un manteau, sinon tu vas mourir de froid dans la voiture.

Il savait depuis longtemps qu'il pouvait faire confiance à sa sœur. Carys savait très précisément jusqu'où elle pouvait aller en matière d'extravagance. Elle prenait un malin plaisir à provoquer des remous dans la bonne société, mais jamais elle ne ferait quoi que ce soit qui puisse l'en exclure.

— Merci, mon frère adoré, lança-t-elle à Gryff avec un grand sourire. Je suis tellement contente que ce soit toi l'aîné, et pas Rhys ou Morgan. Ils m'auraient envoyée au couvent depuis belle lurette !

— Je ne vois pas quel couvent voudrait de toi, marmonna Morgan. Même si on finançait la construction d'une nouvelle cathédrale.

— Si tu pouvais juste éviter que quelqu'un te demande en mariage ce soir, dit Gryff, ne plaisantant qu'à moitié. Je n'en peux plus de ces soupirants tremblants d'amour qui m'entraînent dans la salle de jeu pour « me parler de quelque chose ». J'aimerais être tranquille, pour une fois.

— Tu sais bien que je ne fais rien pour les encourager, répondit Carys. À vrai dire, je fais même tout pour les décourager. Regarde ma tête. Une coiffure pareille, c'est monstrueux, non ? Mais ils sont tous tellement superficiels ! Ils ne voient que mon joli nez et la finesse de mes chevilles.

— N'oublions pas ta dot, ajouta Morgan en riant. Ils la voient bien, ta dot. Et, pour elle, un homme est prêt à supporter toutes tes excentricités.

— C'est vrai, soupira Carys. J'ai même réussi à rendre les taches de rousseur très tendance. L'été dernier, j'ai délibérément passé plusieurs semaines sans mettre de chapeau, en espérant que les taches de rousseur feraient oublier la pâleur de mon teint. Résultat ? À peine étions-nous de retour à Londres que Gareth Bainbridges se déclarait « sous le charme », et en moins de temps qu'il n'en faut pour le dire, la moitié de ces dames achetaient des crayons pour consteller leurs joues de taches de rousseur. Que veux-tu que j'y fasse ?

— Bon, en tout cas, reprit Gryff, il y aura au moins un homme ce soir qui ne tombera pas sous ton charme. Tristan Montgomery est rentré de son Grand Tour.

Carys fit la moue. Le nez ainsi plissé, elle ressemblait plus à la gamine têtue dont il se souvenait qu'à la jeune femme sans complexe qu'elle était devenue. L'espace d'un instant, il se demanda ce qui était arrivé. Elle avait fait ses débuts puis, au milieu de la saison, du jour au lendemain ou presque, la débutante obéissante et docile était devenue cette créature insouciante et sûre d'elle qu'il avait devant lui aujourd'hui.

Sur le moment, il n'y avait pas vraiment prêté attention, résolu qu'il était à profiter des dernières semaines qu'il lui restait avant son départ pour la France et le combat. Mais il se demandait aujourd'hui si ce changement radical n'avait pas été la conséquence de quelque chose. Plus jeune, Carys avait toujours dit qu'elle voulait se marier mais, depuis ses débuts, elle affichait un mépris consommé pour la gent masculine.

— C'est vrai ? Tristan le Tempéré est de retour ? dit Rhys, reprenant le surnom qu'ils avaient donné à leur voisin du fait de son caractère très posé.

— Oui, répondit Carys. Gryff et moi l'avons vu à la vente aux enchères ce matin. Il n'a pas changé. Et je le soupçonne d'être toujours aussi coincé.

— Oh, il n'est pas si mal, tu exagères. Tu lui en veux juste parce qu'il ne réagit jamais à tes piques.

Carys haussa les épaules.

— Cet homme est un automate. Il devrait apprendre à s'amuser un peu.

— Laisse-le donc tranquille, le pauvre, intervint Morgan. Et contente-toi de l'adoration de tous les autres hommes qui seront au bal ce soir.

Les yeux verts de Carys brillèrent.

— Mais tu sais bien que c'est plus fort que moi : je ne sais pas résister à un défi.

Gryff se leva et ajusta les poignets de sa redingote, soudain impatient de relever le défi qu'il s'était fixé ce soir : Maddie.

— Nous ferions mieux d'y aller. Je vais demander à Pinsent de faire préparer la voiture.

50

Comme l'avait prédit Tristan, il y avait foule au bal de lady Belton. Les équipages, rangés en file indienne dans la rue, attendaient de pouvoir déposer leurs passagers devant l'entrée de la résidence Belton. Maddie et le reste de la famille durent ensuite patienter presque vingt minutes avant de pouvoir saluer leurs hôtes et franchir le seuil de la salle de bal.

Les tantes étaient surexcitées. Son père était d'une grande élégance dans sa nouvelle redingote bordeaux, et Tristan était toujours aussi beau. Il avait le souci du détail et de l'esthétique et ne sortait jamais sans être parfaitement mis.

D'un regard, Maddie balaya la salle. Elle repéra d'abord Harriet et son oncle John et leur fit un petit signe. Puis elle aperçut Rhys Davies en grande conversation avec une ravissante blonde près du saladier à punch. Vint ensuite Morgan, un bras en écharpe. À en juger par l'essaim de jeunes filles qui gravitait autour de lui, il avait su tirer parti de sa blessure.

Harriet, qui l'avait rejointe, leva les yeux au ciel.

— Non mais tu as vu ça ? Il a assorti le tissu de son écharpe à son gilet. Quel prétentieux !

Maddie sourit, puis se figea soudain. Elle venait d'apercevoir Gryff, beau comme un dieu dans sa tenue de soirée noire. Elle cligna des yeux, incrédule, en constatant qu'il était en grande conversation avec Henry Sommerville, l'homme contre qui il s'était battu en duel moins de deux semaines plus tôt.

De toute évidence, les deux hommes avaient décidé de tirer un trait sur le passé. Gryff racontait quelque chose à Sommerville, qui éclata de rire en lui donnant une grande tape dans le dos.

La très belle femme qui se tenait à côté de Sommerville était son épouse, Sophie. Il semblait évident, à sa façon de s'adresser à Gryff, qu'il n'y avait entre eux que de l'amitié. Elle n'avait d'yeux que pour son mari. Pourtant, Maddie fut immédiatement jalouse de la relation simple qu'elle paraissait avoir avec Gryff. Elle envia leur badinage, leurs rires.

Comme s'il avait senti son regard sur lui, Gryff tourna la tête dans sa direction. Le cœur de Maddie fit un bond quand leurs yeux se croisèrent. Il sourit, puis elle devina qu'il s'excusait auprès des Sommerville. L'instant d'après, il traversait la salle et venait vers elle.

— Je vais chercher à boire, dit-elle à Tristan.

Dans pareille foule, éviter Gryff aurait été facile, mais elle tenait à l'affronter, au contraire. Son attitude, le matin, chez Christie's, l'avait rendue folle. Il fallait absolument qu'elle sache à quoi il jouait.

Elle se faufila entre les groupes d'invités avec l'intention de le rencontrer à mi-chemin. Ils se retrouvèrent devant Persée tenant la tête de Méduse, l'un des fleurons de la collection de marbres anciens que possédait lord Belton. L'expression furieuse de Méduse était assez proche de ce qu'éprouvait

Maddie, qui regrettait presque de ne pouvoir transformer Gryff en pierre d'un seul regard.

Elle ne perdit pas de temps en mondanités.

— Maintenant, ça suffit, Davies. Je t'écoute. À quoi joues-tu ?

Gryff sourit, amusé par son franc-parler.

— On ne se vouvoie plus ? Je te l'ai dit, j'ai une proposition à faire à ton père. Je sais que ni toi ni lui n'êtes d'accord pour le canal, alors j'ai fait quelques recherches pour tenter de trouver une autre solution. Un compromis, si tu préfères.

Elle plissa les yeux, méfiante devant cette affabilité soudaine.

— Toi ? Un compromis ? Lequel ?

— Une voie ferrée, dit-il, les yeux brillants d'enthousiasme. On utiliserait des chevaux, ou même un moteur à vapeur pour tirer les wagons à plate-forme. Cela demanderait moins de main-d'œuvre et reviendrait donc beaucoup moins cher à construire qu'un canal. Et pour ne pas abîmer tes trésors archéologiques, la voie ferrée pourrait contourner les zones que tu souhaites protéger.

Maddie ne répondit pas tout de suite. C'était beaucoup d'informations à digérer.

— Cela me paraît être une bonne solution, admit-elle enfin, un peu à contrecœur.

— Je suis ravi de te l'entendre dire. J'espère que ton père sera du même avis.

— Ah, je comprends tout, maintenant ! C'est pour cela que tu l'as laissé emporter ta moitié du dictionnaire ! Tu essaies de le mettre de bonne humeur.

— Quel cynisme..., se moqua Gryff. Mais tu n'as pas complètement tort.

— Quelle autre raison aurait pu motiver ton attitude ?

D'un regard, il balaya la salle. Autour d'eux, les couples se formaient en prévision de la danse suivante. Il lui offrit son bras.

— Je te le dirai si tu danses avec moi.

— Cela ferait scandale ! La dernière fois qu'un Davies a dansé avec une Montgomery, ce devait être avant l'invasion des Normands.

— Que se passe-t-il ? Tu as peur ?

— Bien sûr que non.

— Alors viens.

Il la prit par la main et l'entraîna vers le centre de la salle. À la façon dont les couples se plaçaient, Maddie comprit soudain qu'il s'agissait d'une valse, et non d'un quadrille. C'était bien sa chance !

Gryff la fit pivoter face à lui. Elle retint son souffle. Il lui avait tant manqué !

Du coin de l'œil, elle vit son père interrompre sa conversation pour la regarder, sous le choc. Du côté de la table des rafraîchissements, tante Connie leva son verre dans sa direction et l'encouragea d'un signe de tête.

Gryff l'enlaça, prêt à s'élancer. Elle sentit son regard parcourir ses épaules nues, suivre le V de son décolleté. Elle avait beau s'être poudrée, les cicatrices laissées par les brûlures restaient visibles par endroits. C'était la première fois qu'elle portait une robe qui les révélait, mais elle ne craignait plus les regards, ce soir. La seule opinion qui comptait était celle de Gryff, or il l'avait déjà vue nue. Et avait apprécié le spectacle.

Tu n'as plus à te cacher.

— Jolie robe, dit-il.

— Merci. J'en avais assez de cacher mes cicatrices.

— Bravo.

Le compliment lui fit plaisir, mais elle refusa de se laisser fléchir par ses flatteries.

Les musiciens jouèrent les premières mesures, et elle se laissa entraîner par Gryff.

Carys inspira longuement et se rapprocha de Tristan Montgomery en prenant soin de faire comme si c'était la foule qui les poussait l'un vers l'autre. Elle ne le regardait pas, mais sut exactement à quel instant son regard bleu et serein se posa sur elle. Elle en frissonna de la tête aux pieds.

Ce garçon lui faisait le même effet depuis toujours.

Sur un dernier éclat de rire maîtrisé, elle quitta le gentleman avec qui elle venait de danser, se retourna en virevoltant et feignit un cri de surprise lorsqu'elle heurta le corps robuste de Tristan.

Il lui prit les bras pour l'empêcher de tomber, et elle s'autorisa le plaisir illicite de poser les mains sur son torse, comme si elle cherchait à retrouver l'équilibre. Une vague de chaleur l'envahit.

— Oh, Montgomery ! Je te prie de m'excuser, dit-elle gaiement.

Il recula d'un pas, comme si la toucher l'avait brûlé, mais pas assez vite pour empêcher Carys de sentir son parfum. Elle en eut des papillons dans le ventre.

Il fronça les sourcils – ce qu'il faisait chaque fois qu'il la voyait –, et elle retint un mouvement d'agacement. Avec toutes les autres femmes, il était la courtoisie même, le charme personnifié assaisonné d'une dose d'humour pince-sans-rire. Pourquoi lui réservait-il la manifestation de son mécontentement ? Déjà, lorsqu'ils étaient enfants, il la traitait par le mépris, sous prétexte qu'elle était trop petite et trop puérile.

Il était tellement maître de lui, tellement dans la retenue ! Cela la rendait folle. Sa façon si polie de désapprouver son comportement lui faisait parfois craindre qu'il ne l'ait percée à jour et n'ait vu, derrière l'écervelée sans complexe qu'elle montrait à la société, la jeune fille perdue et brisée qu'elle était en réalité.

Carys ferma les yeux. *Arrête tes bêtises. C'est un ours mal léché qui ne sait pas s'amuser, voilà tout.*

Un ours mal léché beau comme un dieu et irrésistible.

Elle lui adressa son sourire le plus resplendissant.

— Alors, de retour du continent sain et sauf ?

— Comme tu vois.

— Comment s'est passé ton Grand Tour ?

L'expression de Tristan s'adoucit.

— Très bien. L'Italie a été une véritable révélation. Découvrir l'architecture en vrai et non plus en gravures, dans un livre, est absolument formidable.

Il posa les yeux sur la coiffure extravagante de Carys, et un petit sourire se dessina sur ses lèvres. Chez n'importe quel homme, cela aurait été de l'amusement, mais chez lui, c'était forcément de la désapprobation.

— Comment dit-on, déjà ? Il faut le voir pour le croire, ajouta-t-il sèchement.

Carys se sentit rougir, ce qui n'était pas dans ses habitudes. Tout le monde la trouvait follement drôle et créative. Dans le regard de Tristan Montgomery, en revanche, elle s'était toujours vue frivole et légèrement ridicule.

Pourquoi cherchait-elle à ce point son approbation ? Elle n'aurait sur le dire. Elle aurait pu se contenter des flatteries de ses dizaines d'admirateurs, comme Morgan l'avait dit.

Mais il y avait chez Tristan Montgomery quelque chose de délicieusement inaccessible. Le faire sourire ou obtenir de lui autre chose qu'un regard narquois était pour elle une sorte de défi à relever.

Autour d'eux, les couples se formaient pour la valse. Elle lorgna en direction du centre de la salle, dans l'espoir qu'il saisirait l'allusion et l'inviterait à danser, mais il hocha poliment la tête.

— Je te prie de m'excuser, je vois lord Pennington, là-bas. J'ai promis de lui dessiner une nouvelle orangerie.

Son regard bleu courut sur son visage, s'arrêtant brièvement sur ses lèvres.

— Les affaires avant le plaisir, lady Carys, ajouta-t-il avec un sourire en coin.

— Dans les dictionnaires uniquement, répliqua Carys. Le A est avant le P. À moins d'être une prostituée, bien sûr. Dans ce cas, le plaisir, c'est les affaires.

Le cœur battant, elle attendit qu'il réagisse à ses propos délibérément provocateurs. Une jeune fille de bonne famille n'aurait jamais osé prononcer le mot « prostituée » lors d'une conversation mondaine.

Un sourire se dessina enfin sur les lèvres de Tristan, et le cœur de Carys bondit dans sa poitrine.

Elle l'avait fait sourire !

— Cette façon de parler, vraiment…, dit-il d'un ton léger.

Une nouvelle fois, il fixait ses lèvres, et elle frissonna. Il avait dit cela d'un ton froid, mais dans ses yeux brillait quelque chose de… brûlant.

— Quelqu'un devrait te rabattre le caquet.

Carys en resta bouche bée. Avant qu'elle ait trouvé la moindre repartie et, Dieu merci, avant qu'elle ait pu bredouiller : « Oh, mais je t'en prie, ne t'en prive pas ! », il la salua poliment et s'éloigna.

Elle poussa un long soupir. Doux Jésus ! Comment était-il possible de flirter avec des dizaines d'hommes et de n'en retirer qu'un plaisir très relatif, quand chaque échange avec Tristan Montgomery la laissait littéralement consumée, tel un papillon de nuit s'approchant trop près d'une flamme ?

Ce qui était idiot, dans la mesure où c'était elle la passionnée, et Tristan l'incarnation du calme et de la froideur. Un vrai glacier.

Ses regards brûlants mis à part.

Carys se mordit la lèvre. Peut-être n'était-il pas un glacier, finalement, mais un volcan, comme le Vésuve. Couronné de neige pour tromper l'œil et bouillonnant de lave en fusion à l'intérieur.

Que fallait-il faire, alors, pour qu'il entre en éruption ?

C'était la première fois que Gryff et Maddie dansaient ensemble. Même aux fêtes de village, ils n'avaient jamais dansé le quadrille. Mais leurs deux corps semblaient très bien se passer d'instructions, et le cœur de Maddie s'envolait à chaque pirouette, tant ils virevoltaient avec aisance. Autour d'eux, la salle n'était plus qu'un kaléidoscope de bijoux et de robes somptueuses.

Dans les bras de Gryff, Maddie se sentait si parfaitement à sa place qu'elle en avait le cœur serré, comme si elle redoutait déjà de le perdre. Elle notait chaque détail : son odeur, la puissance de ses jambes quand elles glissaient contre les siennes, l'assurance avec laquelle il la guidait. Elle enregistrait tout, pour le cas où cette première valse serait aussi la dernière.

Lorsque la musique s'arrêta, il fallut que quelqu'un la bouscule pour qu'elle reprenne ses esprits. Elle suivit Gryff, même quand elle s'aperçut qu'il ne la ramenait pas auprès de ses tantes ou de sa cousine. Il l'entraîna dans un coin plus tranquille, près d'une porte-fenêtre ouverte qui menait à un petit balcon. L'air frais lui fit du bien – son cœur battait si vite…

— J'attends tes explications pour le dictionnaire.

Il sourit.

— Tu ne renonces jamais.

— Tu n'arrêtes pas de détourner la conversation.

Il posa une épaule contre le mur, l'empêchant de voir la salle de bal et créant ainsi un cadre étrangement intime. Elle essaya de ne pas se répéter qu'il était séduisant en diable dans sa tenue de soirée.

— Ce dictionnaire est la métaphore parfaite d'un mariage réussi. Deux moitiés qui ne valent rien l'une sans l'autre. Mieux vaut qu'elles soient ensemble que séparées.

— Comme c'est poétique !

La tête penchée sur le côté, il la fixa d'un regard intense.

— C'est aussi la métaphore parfaite de nos deux familles.

— Toujours divisées ?

— Et bien plus fortes ensemble. Les Davies et les Montgomery ont besoin les uns des autres pour se sentir vivants. Réfléchis. Ton père aurait-il été heureux si je lui avais simplement donné ma moitié du dictionnaire ?

— Non, probablement pas. Cela aurait éveillé sa méfiance.

— Et cela l'aurait déçu. Il a eu bien plus de plaisir à enchérir contre moi, parce qu'on apprécie toujours plus ce qu'on a eu du mal à obtenir que ce qui vous tombe tout cru dans la bouche.

L'intensité du regard de Gryff la rendait nerveuse.

— C'est vrai, réussit-elle à répondre. Et je reconnais que c'était bien joué de ta part, parce que maintenant, il est probable qu'il acceptera ton projet de voie ferrée. Surtout si cela permet d'exploiter plus rapidement notre moitié du filon d'or.

Gryff avança d'un pas vers elle.

— Je ne l'ai pas fait pour qu'il accepte mon projet.

Le cœur de Maddie se mit à cogner dans sa poitrine.

— Je l'ai fait, reprit-il, parce que ton père possède quelque chose que je désire bien plus qu'un vieux bouquin poussiéreux. Quelque chose de grande valeur. Que je veux depuis très, très longtemps, même si je ne l'ai compris que récemment. Aujourd'hui, je me rends compte que je ne peux pas vivre sans. Et, pour l'obtenir, je serais prêt à lui donner toute ma bibliothèque, et tout l'or de cette mine s'il le faut.

Maddie n'en croyait pas ses oreilles. Jamais elle ne s'était attendue à pareil aveu de sa part. Mais elle devait être franche avec lui. Désirer n'était pas la même chose qu'aimer.

— Si tu parles de moi et d'avoir une liaison avec moi, alors je suis désolée, mais je ne peux pas.

— Tu ne veux pas de moi ?

— Je tiens trop à toi pour ça, lâcha-t-elle dans un murmure.

Il poussa un énorme soupir, comme si sa réponse le soulageait d'un grand poids. Puis il lui prit la main, glissa ses doigts entre les siens. Déjà, Maddie cherchait comment elle allait répondre à ses arguments en faveur d'une liaison.

— Est-ce que tu m'aimes, Maddie ?

Elle détourna le regard, troublée.

— Cela n'a rien à voir avec tout ça.

— Permets-moi de penser le contraire, dit-il sèchement. Parce que moi, je t'aime.

Elle le regarda sans comprendre.

— Quoi ?

— Je t'aime, murmura-t-il avec ce sourire un peu tordu qui la faisait fondre. Et je crois que c'est une maladie incurable.

Elle secoua la tête, stupéfaite.

— Mais…

— J'ai besoin que tu réunisses deux mots de ce fichu dictionnaire. Un dans chaque volume. Un qui commence par E et l'autre par M.

— Lesquels ?

— Épouse-moi.

Le souffle de Maddie se bloqua dans sa poitrine.

— Mais…

— Je renoncerai à ma part des terres communes, si tu penses que cela peut convaincre ton père d'accepter.

— Et tu mettrais fin à la querelle qui nous oppose depuis des siècles ? Mais c'est la dernière chose qu'il voudra ! Non, nous aurons plus de chances de le convaincre en lui disant que s'il me laisse t'épouser, il aura une espionne dans le camp adverse.

— Alors c'est oui ?

Un sourire resplendissant illumina le visage de Maddie. Elle leva leurs mains jointes, les posa sur son cœur.

— Oui ! Mais pourquoi me demander cela au milieu d'une salle de bal bondée, idiot ? J'ai envie de t'embrasser et je ne peux pas !

— Tu as raison, c'est complètement stupide de ma part.

Après un rapide regard par-dessus son épaule, il la poussa en direction de l'étroit balcon, sur lequel ils tenaient à peine. Du pied, il referma la porte derrière eux, puis la fit pivoter face à lui.

— Tu veux que je me mette à genoux ?

— C'est la tradition, après tout.

Il secoua la tête, mais mit un genou à terre et porta la main de Maddie à ses lèvres. Un halo de lumière parvenait jusqu'à eux depuis la salle de bal, et Maddie s'émerveilla de la chance qui était la sienne. Cet homme était à elle pour toujours. Peut-être était-elle née sous une bonne étoile, finalement.

— Madeline Montgomery, veux-tu m'épouser ?

— Cela fait beaucoup d'allitérations, mais oui. J'en serais très honorée.

Il se releva et la prit dans ses bras. Elle sentit sa chaleur, sa puissance, et s'en délecta.

— Tu devrais m'embrasser, maintenant, murmura-t-elle. Pour sceller le pacte.

Il sourit, saisissant l'allusion.

— Comme ce jour-là, sur le pont ?

— Exactement.

— Avec plaisir.

Maddie accueillit son baiser avec passion. Dans un soupir de bonheur pur, elle noua les bras autour de son cou, ferma les yeux et s'abandonna contre lui.

Dix bonnes minutes s'écoulèrent avant qu'ils s'écartent enfin l'un de l'autre. Elle avait les lèvres en feu, se sentait fébrile.

— Nous devrions rentrer, chuchota-t-elle. On va finir par nous chercher.

Gryff hocha la tête.

— Je passerai voir ton père demain et lui demanderai officiellement ta main.

Elle ne put résister à l'envie de le taquiner.

— Sir Mostyn avait offert deux mille livres pour m'épouser, tu sais.

— J'en proposerai cinq.

— Alors ça devrait le convaincre. Surtout si je lui dis que je ne veux personne d'autre. Il a beau être un peu irascible, il souhaite vraiment mon bonheur. Il va grommeler, taper du poing, mais il finira par accepter. Il m'aime, lui aussi.

Ils réussirent à regagner la salle de bal sans être vus. Garder leurs distances pendant le reste de la soirée fut un véritable supplice, mais Maddie se divertit en observant les autres membres de la famille.

Morgan, remarqua-t-elle, regardait Harriet à la dérobée chaque fois que c'était possible – et que celle-ci ne le regardait pas. Devant l'expression étrange, calculatrice qu'il affichait, Maddie résolut de mettre sa cousine en garde contre les Davies rancuniers.

Mais ce qui valait vraiment le coup d'œil, c'étaient les regards désapprobateurs plus aiguisés que des couteaux que Tristan envoyait en direction de la flamboyante Carys, qui trônait au centre d'un cercle d'admirateurs.

Maddie réprima un sourire. Ces deux-là avaient des caractères aux antipodes l'un de l'autre. Tristan était ordonné, mesuré en tout, quand Carys n'était qu'impétuosité et gaieté. Elle avait hâte de les voir contraints de passer du temps ensemble durant les semaines à venir.

Gryff avait raison. Leurs familles respectives ne verraient pas d'un bon œil la fin des hostilités. Se haïr était tout simplement trop amusant. Gryff et elle allaient former une alliance, mais il était très possible que celle-ci marque le début d'une nouvelle ère pour la rivalité entre les Davies et les Montgomery…

Épilogue

Maddie descendit les quelques marches qui menaient au Puits de Vertu et sortit une pièce en argent de son aumônière. Le niveau de l'eau avait nettement remonté depuis le jour où Gryff et elle avaient réussi à s'en extraire. On distinguait les ondulations de l'eau à mi-hauteur du puits.

Elle ferma les yeux, fit un vœu et jeta la pièce.

Deux bras puissants l'enlacèrent. Avec un sourire, elle s'abandonna à l'étreinte de son mari.

— Quel vœu as-tu fait ? demanda Gryff en l'embrassant dans le cou. Je ne vois vraiment pas ce que tu pourrais vouloir de plus. Tu as un mari sensationnel et attentif qui te laisse faire ce qu'il te plaît.

Maddie se mordit la lèvre pour ne pas rire devant pareille suffisance. Elle baissa les yeux sur l'alliance qui brillait à son annulaire gauche. Gryff l'avait fait faire avec les premières pépites extraites de la mine d'or désormais baptisée « mine Davies-Montgomery ».

— J'ai juste souhaité que les gens que j'aime trouvent le même bonheur que moi. Tristan et Harriet.

— Et pour ma famille à moi, alors ? Rhys et Morgan sont plus intenables que jamais, et Carys m'empêche de dormir une nuit sur deux.

— Je leur souhaite la même chose. Et tu sais, j'ai réfléchi…

— Holà ! Dangereux, ça.

Il l'embrassa sur l'oreille.

— À ton avis, la prochaine fois qu'un Davies devra rencontrer un Montgomery, le jour de l'équinoxe de printemps, qui devrions-nous envoyer ? Tristan et Carys ? Ou Harriet et Morgan ?

Gryff la fit pivoter contre lui et déposa un baiser sur ses lèvres.

— Je te laisse le privilège de cette décision, mon amour.

13598

Composition
FACOMPO

Achevé d'imprimer en Italie
par GRAFICA VENETA
le 5 septembre 2022

Dépôt légal : octobre 2022
EAN 9782290379424
OTP L21EPSN002498-545364

ÉDITIONS J'AI LU
82, rue Saint-Lazare, 75009 Paris

Diffusion France et étranger : Flammarion